放肆　流浪

黄小黄　著

北京航空航天大学出版社
BEIHANG UNIVERSITY PRESS

内容简介

黄小黄，城市森林中的普通职员，努力工作，积极生活。八年间，利用节假日、休息日，一直行走在中国的各个角落，遍访繁华都市新兴的工业文明和偏远村落尘封的文物古迹。他是广袤大地上的孤独行者，看大漠的星空，望草原的落日，他在用心感知这个世界。那些直指人心的平凡文字和一组组独特震撼的记录照片，会让读者感受到身边最微不足道的信仰和温暖。请相信，它们会在你遇到挫折的时候，带给你再来一次的勇气。

图书在版编目（CIP）数据

放肆流浪 / 黄小黄著 .-- 北京：北京航空航天大学出版社，2015.11

ISBN 978-7-5124-1767-0

Ⅰ.① 放… Ⅱ.①黄… Ⅲ.① 游记 – 作品集 – 中国 – 当代 Ⅳ.① I267.4

中国版本图书馆 CIP 数据核字（2015）第 085350 号

放肆流浪

黄小黄 著

策划编辑 谭　莉

责任编辑 郑　方

*

北京航空航天大学出版社出版发行

北京市海淀区学院路37号 （100191） http://www.buaapress.com.cn

发行部电话：010-82317024 传真：010-82328026

读者信箱：bhpress@263.net 邮购电话：010-82316936

北京尚唐印刷包装有限公司印装 各地书店经销

*

开本：700×1000　1/16　印张：28.5　字数：345千字

2015年11月第 1 版　2015年11月第 1 次印刷

ISBN 978-7-5124-1767-0　定价：49.80元

【序一】

我叫黄小黄，在我离开那座小城之前，我是一张白纸。那年，爸爸送我上大学，他帮我安顿好床铺。临走时说，长大了，自己的路该自己走了。我一直记忆犹新，那年我20岁。

之后，像所有大学生一样，毕业，工作，按部就班地上下班。两点一线的工作、生活圈便成了我的全部。在城市里，我开始一点点积累社会的阅历和生存的技能，努力工作，不辞辛劳。慢慢地我从大家口中的小黄变成黄哥。

突然有一天，我开始费尽心机地寻找时间。我开始独自去旅行，用这种很笨、但又很有用的方式充实自己。开始有人问我，你的工作那样忙碌，为什么还能去那么远的地方旅行，然后又在网上待那么长的时间？后来我告诉他，我在寻找一个未解的答案。

我能感觉到自己对外界的胆怯、对成长的抗拒、对未来的迷惘、对社会的逃避，所以我选择一个人默默出发。我曾无数次告诫自己，停止旅行。可依旧走了大半个中国，又回到原点。我开始明白，这就是真实的我。

有时候，我觉得和这个世界有点疏离，活在一个自己构建的世界里，可我并不觉得小时候那些单纯的道理、坚持的梦想有错。人生有太多的不如意，但谁又曾为那些梦想一直平凡地坚持到底。

　　我们每个人都有一颗千疮百孔的心和一段四处逃亡的往事。为什么要去旅行？有的人是为了放松，有的人是为了历练，有的人则是为了铭记。我，只想以此记录一些故事。这些故事，无论是喜剧、悲剧、荒诞剧，到最后都会变成一张张青春的收据，终身信仰。

　　这些年，我一次次地把这些埋藏心底的"收据"整理在一起。我知道，我一直在等待一个很成熟的机会，将埋藏最深的心里话送给你。我更愿意通过书写让你知道，这些无比散乱的表达背后是一段段最刻骨铭心的领悟，这些表达汇聚成了一本饱含温情和希望的正能量的文字。而这文字，并不是游记。

　　有人问，下一站，你会去哪里，我说，简单地想，默默地走。我和很多普通青年一样，正努力生活在这个巨变中的中国，正努力生活在这个快速发展的时代。按时还银行房贷，按时上下班，追求着最为平凡的生活。

　　世界在变，我们该怎么办？请再阳光一点，再朴实一点。我们，都要做勇敢的自己。加油，共勉！

【序二】

问：你在干什么事情？

答：我一直在紧张忙碌的工作中，挤时间去旅行，渐渐的无关经纬坐标，无关分秒，无关风景。我一直在排除万难地去实现这件事情；我用8年多的时间在坚持这件事情；我用37 259张照片在记录这件事情；我用30多万文字在描述这件事情；我用无数的夜晚在整理这件事情。我告诉自己，这件事非做不可，没有余地，它是我生活不可或缺的一部分。

问：路上，你想表达什么？

答：我不想去过多地表达。我只想倾听一种感动，是那种在路上因为某种敏感神经所触发的情绪；我想倾听一种信任，是那种可以没有任何猜疑和心计的纯粹；我想倾听一种温暖，是那种认识和不认识的人所能给你的帮助和善意的微笑；我想倾听一种敬畏，是那种对于自然或人文景观所折射出来的光彩；我想倾听一种珍惜，是那种必须带上相机、记录本、录音笔，再三确认无误后才开始的上路；我想倾听一种迷茫，那种站在十字路口不知身向何处的胡乱一指。

我用尽一切记叙、议论、说明、描写、抒情的表达方式，想尽一切夸张、对比、比喻、拟人、联想、想象的表现手法，写

尽一切生死、哭泣、悲伤、孤独、欢笑、留恋和爱，最终，我都是想倾听自己的内心和灵魂的无可替代。我想让自己的尊严浮出水面，沐浴阳光，不被体制和杂事所禁锢。为了倾听这个世界，我冷静下来，年复一年地继续行走。

问：你为什么要这样做？

答：《阿甘正传》里，阿甘坚信：向前，千万不要去怀疑，这样的奔跑总会带来希望。

有人说，旅行的意义就在经历，当自己年老时，可以很骄傲地收获满满的回忆；有人说，旅行的意义在于完成自己的梦想，满足自己的好奇，多看看这个世界；也有人说，旅行是为了愤世嫉俗地呐喊，为了逃离这个令人厌烦的高压生活。而我说，旅行最大的收获，不是美景，不是美食，不是历史，不是文化，不是宗教，而是让我相信真的有"信仰"这个东西存在。用最简单的活法，认识现在的自己，做好现在的自己，这就是一种生活态度。

问：你的使命和价值是什么？

答：在路上——这三个字总是和青春、叛逆、逃离联系在一起，这也是很多人远行的标志性符号。起初，我觉得自己也是这样理解的，可到后来，我渐渐明白了，不是！我不是为了炫耀自己去了很多地方，看看网上点击量有多高，享受网友恭维般的回复，魅惑别人放下一切去旅行。一场真正的旅行不是达人秀的舞台。旅行对我而言，更像是一场修行，我需要让它变得更加纯粹。

问：下一站你将去哪里？什么时候去？和谁去？

答：对于生活，你相信命中注定，还是变化莫测？其实，相信你所相信的就好。生活有无限的可能，何必规划得那样清楚。计划太清楚，殊不知到头来，很多事情却需要无条件服从。什么时候去？冬天还是夏天，假期还是离职；去哪里？北方还是南方，国内还是国外；和谁去？朋友，爱人，或是一个人。这些问题，我统统都不知道，你的问题我无法解答，我只能坚定地告诉你，我要去下一个地方。有什么样的眼睛就能看见什么样的风景，有什么样的耳朵就能听到什么样的言语，在什么样的时间就能遇见什么样的生活，有什么样的心就能遇见什么样的人。外国人称之为命运，中国人则叫它缘分。

问：你还能坚持多久？你将怎样做到？

答：我想，这是一种生活习惯。我会一直地旅行下去，走过东西南北，走过春夏秋冬。远行让我的信仰坚定。有些事情不是看到希望才去坚持，而是坚持了才看得到希望。

问：你要带读者去哪里？

答：毫不出名的作者，毫不曲折的故事，在这个文化快餐风行的时代，这些便显得那样平淡无奇。我并不热衷于贩卖有限的个人经历，我也不热衷于展现鸡毛蒜皮的旅行生活。我热衷于对乌托邦式生活的赞美，我热衷于对这个时代和这一代人点滴的记录。

我渴望让读者看见我的真实，我正在用最朴实的行动记录时代变迁中那些最微不足道的信仰和能量。我想像一只蜜蜂，让所有的伙伴们都知道，坚持前行，远方必是花香满径。

问：你要带自己去哪里？你的人生将会如何？

答：我很想离开原点，去另一个维度。后来，我发现越想离开原点，现实越发如影随形地跟着自己，无论到哪里，终究都会回到原点。人的一生其实不过是在跟自己斗争的过程。无论你是谁，都应该坦然面对自己内心的困惑、纠结和欲望，并且努力去控制它、改变它。我所能做的，就是不要停下脚步，能走多远就走多远。看过美丽的风景之后，老老实实地回家，认真生活。

问：你认识自己吗？

答：我是一个深存感恩又独自远行的男子。嗯，我叫阿武，如果你在世界的某一个路口遇见我，一起干一杯吧！

【目录】

【SECTION 7】

【酣畅淋漓的时代】225

【SECTION 8】

【黯然不神伤】267

【SECTION 9】

【有趣的人，全世界都在帮你】 323

【SECTION 10】

【信仰爱与光明的孩子】 373

【THE END】 419

【作者简介】 439

【很多想法该去实现】

上大学的时候，业余时间很多，总想找些事情来做。

想浪迹天涯，时间倒是有一大把，可穷学生一个。茫然无措，内心却不安定。我骑着那辆破单车在学校附近转悠，在宿舍熬夜看网上的游记、照片到深夜，仅此而已。

那年3月，独自一人在阳台悠闲地喝绿茶，看樱花。我突然想，为何不去考一个导游证，一来可以随旅游团一起游玩，二来可以赚些零花钱，三来可以历练自己，这应该是个不错的选择。

参考书很厚，4门笔试、1门口试。我硬着头皮，每天占座、复习、背书、做题，努力用功，在自习室学习到很晚。那段时间总觉得自己是疯了，一个非旅游专业的学生却在努力考一个和自己八竿子打不着的导游证。当时同学们大都在忙专业课或者是为找工作而考证书，而我却在忙一些乱七八糟的事情。

但我相信，就像高考带我来到一座城市一样，导游证或许能给我一扇更加明亮的窗户去看外面的世界。4月，所有的科目顺利通过，我在学校外的烤肉摊，点了烤肉，要了啤酒，庆贺了一番。烟熏火燎里，伴着阵阵凉风，我觉得很满足。

大学时期，我有很多遗憾。临近毕业，我拿出了一张白纸，在上面写满了后悔。现在回想起大学时光，有很多该去做、想去做的事情，终究因为种种原因，很多都束之高阁。其中就包括大学时期我没能去远行。但拿到导游证，至少使我勇敢大胆地迈出了第一步。如果年轻的时候没有折腾，我想，黄力武，你的青春该有多苍白？

1 再见，黄老师

北京，城区
河北，秦皇岛市

　　准确地说，我的第一次长途旅行是以全陪导游的身份去的。

　　那年暑假，7月的一天，我接到了一家旅行社的电话，告诉我有一个夏令营的团，问我有无时间去，工资每天40元。我欣喜地答应了，这样的电话，我已经等了近一个月。

　　我买了一个10元钱的小包，用一根废旧的天线杆当导游旗，带上自己平时上自习的小水壶，开始上路。先去社里拿了团计划表，又急忙去接夏令营的孩子们。一顿忙乱后终于将二十多个孩子拉到火车站。那一刻，我开始明白，这并不是一次旅行，而是一项紧急又细致的工作。

在出发前，我强调了一些事情，订立了一些规矩，孩子们显得很兴奋，当然我和这些小孩一样兴奋。

一会儿，有个叫佳宝的小孩，过来怯怯地哭着对我说："黄老师，我把钱弄丢了。"

我蹲下身来，擦了擦他委屈的泪水，说："没事，老师借给你200，我先替你保管，你要买东西从我这里支取。"他破涕为笑。

孩子告诉我，平时他爸妈没时间管他，中午吃饭也是给他钱，让他自己到饭馆吃。我明白自己无力去改变什么，但我能做的就是，在这短短的几天鼓励他更加勇敢和坚强。第一次被人叫黄老师，我不知道此后的日子会如何，至少现在我要为"老师"这两个字负责。

夏令营的孩子们各有各的故事。

刘凯，父母离异，继父待他也不好，但他很懂事，知道只有自己好好学习，才能改变命运。

张敏、张颖是姐妹俩，都只有七岁，古灵精怪，一路上惹得别人睡不好觉。

康帅，母亲在北京工作，不知什么原因，当我问他情况时，他总是回避。

张轩，在安康上学，明年上高一，喜欢打篮球，还跟我说他喜欢一个女孩，人家却不喜欢他……

吴俊豪，还在上小学，很绅士，很少说话，QQ的个性签名总是和自己年龄很不相符的悲伤调调。

……

那段时间，像是和自己的好朋友相处，我和孩子们聊得很开心。

坐车前往秦皇岛北戴河。我们住的是一所海边的学校，离大海很近。刚下车，一群孩子便放下东西兴冲冲奔向海边。蔚蓝的大海，柔软的沙滩，夹杂着鲜腥的气息扑面而来。我一个人站在高处，目不转睛地望着在海水里尽情玩耍的孩子们。这也是我第一次看见大海。

天气突变，暴雨倾盆，我急忙招呼大家返回，清点人数，一个都没少，这才安心。等安顿好孩子们去吃饭，才发现自己早已狼狈得如落汤鸡一般，更狼狈的是，我没带换洗衣物和洗漱用品，只好去澡堂将衣服拧干后硬生生地套上。第二天，我有些感冒，无大碍，吃了药，好多了。后来看见孩子们放在我床头的那些零食，还有一个可爱的海螺，我知道这是他们的心意，内心暖融融的。

辗转回到北京，清晨四点和孩子们跑去看升旗，然后去故宫。故宫人很多，我不停地嘱咐孩子们注意安全，别走散。游完故宫，悬着的心终于落地，还好，都回来了。

晚上回到住处，手机响起，是康帅妈妈的电话，她说自己在门外，想见见孩子。我急忙下楼，康妈妈手里拎着一些水果，很客气地和我打招呼。进了房间，康帅并没有我预想的那样惊喜。康妈妈不停地问长问短，可孩子只是闷头不语，向窗外不停地张望着。

过了一会儿，这位母亲从房间里出来。临走的时候，她托我好好照顾孩子，声音哽咽。后来我才知道，康妈妈已经在北京工作七年了，由于工作忙，平时和孩子交流很少，那天晚上孩子同样也没有和她说很多话。

七天后，当我带着这些孩子们回来的那一刻，我突然觉得轻松了许多。"再见，黄老师！"这群孩子向我告别，我疲惫地向他们招手示意。

最后一个孩子被父母接走，我也准备收起导游旗离开。此时，电话响起，旅行社又说，第二天带团去连云港和青岛，六天。

那年暑假，我几乎都是和夏令营的孩子在打交道，拿着小旗穿梭在全国各地的旅游景点之间，虽说挣得很少，但是我很开心。之后的一年时间里，我拿着团计划表，和天南海北的游客们兴高采烈地去了很多地方。我喜欢带着一大群游客浩浩荡荡地去游玩，喜欢听他们讲自己的故事，喜欢听他们对我导游工作的褒奖和批评。

但我依然没有忘记自己最初的想法，那应该是一个没有杂念的想法，没有精打细算的安排，没有进店购物和住宿的标准，是一场更加纯粹的行走。不久，我便离开了导游行业，因为当初我考导游证是奢望以此来完成自己的旅行梦想，可是现实却告诉我，这是一份工作。此后，再也没有人叫我"黄导"或者是"黄老师"，我再也没有拿起那面导游旗。

再见，黄老师，我要去找寻自己的梦想。

2 唤醒自己

河南，郑州市火车站

　　背起背包，站在喧闹的站台，周围是拥挤的候车人，我被人群簇拥着出了站。到郑州，已是晚上七点多，举目无亲，漂泊的心如同断线的风筝，我不知道自己要去哪里，胡乱走着。

　　我被一阵《东方红》的钟声所吸引，随声寻去，来到了一个广场。这里有座现代建筑风格的塔雄伟屹立。和国内所有城市的广场一样，健身的阿姨、放风筝的老人、卖小吃的摊贩、做买卖的商贩，各自忙活着。广场上人很多，也很热闹。在喧嚣中，我坐在路边的台阶上发呆，因为在记忆中，郑州好像没有什么地方可去。

认识那个小伙子也是在这个广场，他大约十四五岁的模样，着装朴素，摆个小摊，卖袜子、鞋垫和一些不值钱的小首饰。小伙子很老练地吆喝着，明亮的眼睛追逐着每一个路过的行人。我凑上来，他笑迎着，问："买点什么？要袜子吗，便宜给你了。"我路费都不够，哪有钱再去买东西，笑笑说："我看看。"他说："慢慢看，你看好了，我便宜给你。"

有些累了，我就地坐了下来，小伙子摊前也没什么生意，就和我聊了起来。

他不是郑州人，现在上初中，学习也不好，却喜欢豫剧，闲下来了，总喜欢听着磁带跟着学。因为爸爸老认为他不务正业，小伙子便离家出走，跑了出来，已经快一个月了。身上实在没钱了，就去批发市场进点小百货，然后拿到广场去卖。他的理想就是有一天能跟着一个豫剧剧团，走南闯北地去唱戏。他说想让爸爸好好看看，自己不上学照样生活得很好。

听完故事，我无言以对，也不便劝他回家。我佩服这小伙子的勇气，但是我也在担心他的生活。一个人来到陌生的城市，无依无靠，硬是赌着一口气在执拗地支撑着。但是这样的生活毕竟和他的年纪不相符。

我将目光转向他的小摊，实在挑拣不出什么我需要的东西，但我还是认真地挑着，想买一件。最终，我花了三元钱买了条手链，尽管我那三元钱对他而言，也帮不了什么大忙。

我笑着说："我喜欢那手链的样式，我要了。"时间有些晚了，我决定离开郑州。当我走了很远，下意识地回头，看见小伙子透过熙熙攘攘的人群朝我笑着。

那次，我心事重重，大概是为了少年倔强的坚持。

这个坚强的孩子应该回家，他需要更多的关怀和照顾。父亲也应该支持他，这样他才能获得更多的动力，才能一步步地走向自己的梦想。那个摆摊的兄弟，我并不担心他的生活，靠他的勇气和闯劲，我觉得他会离他的梦想越来越近。

挤进了火车，靠着过道的车窗，我凝视着缓缓远去的昏黄路灯。我祝福那个摆摊的孩子。

旅行中，灵魂与灵魂碰撞，让我感到了生活的丰满。在这片偌大的土地上，别人温暖了你的旅行，你也影响着别人的脚步，到底谁该谢谢谁呢？

时常，我会被一些点点滴滴的事物唤醒。

记得我们单位门口有一位白发老人，每日不间断地来摆摊。一辆破旧的三轮车停在马路边的树下。他用车身和篷布简单地遮了一个空间，他就坐在那四处漏风的篷布下，不知疲倦地磨着桃木。城管从来不拦他，因为他太老了，身体单薄得都能看见骨头。

他的桃木饰品，做工、样式和正规店里的根本无法比拟。他好像从来也不在乎有多少人来买，也不吆喝。只是有人来买的时候，他从做好的桃木中挑一个自己认为最好的，然后找一根红绳，系好了递到那人手上，然后将皱巴巴的零钱放进一个塑料袋里。

有时候我会隔着单位的玻璃，静静地看着他，猜想老人背后的故事。可后来，终于有一天，老人连同他的那辆破三轮车再也没有来过……

我不知道自己什么时候开始变得喜欢观察，仔细地看着身边所有的一切。我也不再相信"只有在旅途中，才能看见另一个自己"这样的话。我开始坚信，只要你愿意，你随时能透过时间，看见另一个世界。

3 我们都这般矫情地活着

山西，晋城市皇城相府

　　从郑州到新乡，再到晋城，列车一直在太行山与王屋山间穿行。我对晋城一无所知，仅仅是觉得地名很好听。晋城是煤都，全市蕴藏着丰富的煤炭资源。一路上拉煤车呼啸而过，络绎不绝。我靠着车窗，盘算着到底去哪里合适。

　　后来，我辗转来到了皇城相府，那是一座屹立了近四百年的大宅。皇城相府的名气很大，是因为其主人的缘故，它是清朝康熙皇帝的老师陈廷敬的官邸。

进入皇城相府的那一刻，我怀有一份敬重和好奇，我希望这高耸的阁楼和巨大的碑石能告诉我这城堡主人的传奇人生。一一参观了石牌楼、冢宰第、树德院。走上河山楼，环看整个相府，角楼垛口、祠堂书房、花园假山、楼阁亭榭，层层叠叠，依山而建雄伟大度。

陈廷敬是康熙的股肱之臣，12岁时就是从这里走出，参与朝政40余年，为大清帝国的兴盛立下了显赫功勋。而整个陈氏家族历来以耕读传家，家风淳朴，家教严明，在明清两代曾出了41位贡生，19位举人，33位家族诗人，9位中进士，6人入翰林，是显赫的文化大家族。

从河山楼向下望去，我被这高耸的城墙和不计其数的古色院落所吸引，有种无法走出的感觉。我紧靠城墙，心想这该是怎样一座天下无双的深宅大院，带着它那喧嚣显赫的历史，迈着它那逐渐没落的步伐，从辉煌到平静，从此默默地躺在三晋大地上。这该是怎样一个威震朝野的家族，从德积一门、恩荣三世的荣耀到烟消云散的破败，从辅佐帝王的重臣到背井离乡的布衣村夫。

威严的皇城相府依旧雄伟无比，可却早已是人去楼空。陈氏家族走了，带着自己满城的荣耀走了，空留这城阙供游人去遐想昨日的辉煌。陈氏家族败落后，皇城相府陆续住进了千余户村民，俨然成了一个村庄，名为皇城村。

我想象着这座古城在接待完最后一批五湖四海的游客之后，关上门的那一刻：举目四望，空无一人，孤寂凄凉。人消失了，这些房子就像失去了生命的脉搏，僵硬地存在着，毫无生气。

转了一大圈，从皇城相府出来，下午四点。当我再次回望这座大气磅礴的建筑群时，看见旁边立着"全国著名十佳小康村"的宣传牌。我想，这里的老百姓生活都很幸福，大家都在精心地保护着这些古老的建筑。

突然觉得自己的矫情大可不必，从鼎盛到衰落，从衰落再到新生，这正是沧海桑田的历史轮回。世间万物，包括这座古老的宅院，只是依着这个循环，以另一种别样的姿态傲然存在。

也许我眼前的这座古老的建筑一直就焕发着勃勃生机，一刻也没有停滞，只是现如今它变得更加包容和豁达。

每去一些地方，我总是带有一些矫情，哼哼唧唧地胡言乱语。但心里也知道，正是自己的每一次矫情，才让自己每一次的旅行故事，看起来都那样楚楚动人，记忆犹新。我开始明白，所谓矫情，就是在我追求自己所想要的生活的时候，能不卑不亢地一边失去，一边寻找。

"比上不足，比下有余"，是我们大多数人的生活状态，我们大都过着平凡人的生活。可有些人总是憧憬着别人的生活，忽视自己所拥有的。而我知道，自己很愿意这般矫情地活着。

4 时间会让你看清这个世界

山西，晋城市笔锋寺

　　站在晋城车站的台阶上，我百无聊赖地看着广场上来往的人群。忽见不远处的山坡上有一座佛塔，四周被松柏围绕着，魏然挺立，却没有任何标志。出于好奇，我爬上山坡，松柏中间出现了一座小寺院，红色砖墙没有一点修饰，显得特别朴素。寺门不大，门头上书"笔锋寺"三个金色大字。

　　我像是发现了世外桃源一般。走进寺院，除了那座佛塔外，还有一间简陋的大殿，一排瓦房，几亩菜园，砖墙也只有

一半，萧条荒凉，看守寺院的只有一些老人妇女。在我的印象里，寺院应该都是气势恢弘，香火旺盛才是，而这座寺院竟如此破败。

　　屋檐下，一位法师被人围成一团，好像在宣讲佛法。我好奇地凑上前去。那法师是中年人，面容慈祥。

　　法师打量我，说："你不是本地人吧？"

　　"嗯。法师，我也能听你讲法吗？"我问道。

　　"可以，你坐吧。"法师说着，给了我一个小凳子。

　　之前，我对佛教有一些了解，听了一会儿，提了几个问题，法师语重心长地耐心讲解。他说："现在有年轻人愿意听佛法，我很欢喜，但是我们需要将欢喜转到法上来，那才是智慧的欢喜，觉悟的欢喜。"

我心存敬意，法师的见解很独特，也很有禅意。

随后，法师带我参观了整个寺院，其实也就两间大房子。他说，笔锋寺建于明代万历年间，由当时的泽州知州所建，较低的那间新修的房子都是捐资兴建的，房子里的东西看着都很新，我虔诚地在每尊佛像前烧了一炷香。

笔锋寺古塔分9级，高37米，8角，以五行、八卦、九宫等布局。塔下有一位老奶奶，旁边有个功德箱，捐5元钱就可以登塔参观，我捐了5元，却没有上去，在塔下端详了许久。

夕阳西下，古塔笼在余晖中，沧桑厚重。时间不早了，起身告别，下了山坡，寺院渐行渐远。

我开始明白，那些真正拥有佛家大智慧的人并不在意寺院有多宏伟，多兴盛，而在意绕开这些烧香烧纸的腾腾烟雾后，有没有真正的佛法存在。

后来，我去过很多寺院，比笔锋寺香火旺盛，也比笔锋寺气派，却怎么也没有那次感悟这么深刻。

5 怎样才能与已错过的人重逢

山西，大同市云冈石窟

　　看见江波时，还是老样子，没怎么变，依旧朝我乐呵呵地笑着。

　　我和江波是高中同学，一起爬过华山，钻过废弃的抗战地道，关系很好。

　　高中毕业后，我们各自去了不同的城市，很少有机会见面。来山西大同，就是他帮着计划的。来到市区，整个大同都在修路，天翻地覆，如火如荼。大同像一片大工地，原来夯土的旧城墙也要重新用青砖包裹起来，再修上城楼，可我却觉得这样复古，着实没有必要。

我俩想找一个经济实惠的住处，在大同的街道上压了整整两个小时的马路。可整个城市一片忙乱，我们竟然连"旅社"两个字也没看见，只好硬着头皮去了一家很贵的宾馆。江波和我的原则一样，花的一定要少之又少，走的一定要深之又深。

云冈石窟，我国目前规模最大的古代石窟群之一，是北魏时期的佛龛造像群。紧凑的洞窟与窟龛，很像是布满蜂洞的超级蜂巢，非常壮观。可江波对此并不怎么感兴趣，一路给我讲着自己在天津的琐事和自己未来去北京的打算。他说他准备毕业后和女友去北漂，可是花费太大，不好租房……

我停下脚步，问他："那你以后有机会还会去旅行吗？"

他踌躇了一会，说："有时间再说吧。"

我开始明白，就像你不可能在世上找到两片相同的树叶一样，并不是每一个人都能够和你有一样的思维和想法。为什么有的人选择在大城市飘荡？有的人却选择在家乡过小日子？为什么有的人花很长时间发呆冥想？有的人却像陀螺般旋转无法停止？为什么有的人拥有一切却从不知晓快乐？有的人一无所有却快乐地生活？

选择怎样的生活从不是问题，因为一开始我们就已作出选择。我们不好妄加判断孰好孰坏。

每个人其实都有自己的生活轨迹和理想，上苍待我不薄，不但有牵挂我的家人、如手足的朋友，还给予我健康的身体、凑合能看的长相和丰富的情感，还特别恩赐了我追寻梦想的机会。而这一切的一切正好被云冈石窟里这些北魏时期的大佛，透过洞窟一览无余。

云冈石窟不大，我和江波在云冈最大的石窟合影留念。因为我知道，随着时间流逝，我们会面对很多问题，会变得更加身不由己。

我渐渐明白，旅行，从一开始就是一件很奢侈的事情。

告别大同，俩人在汽车站等车，临走时江波问我："你对未来有什么打算？"

我说："一会儿说不完的，改天聊吧。"然后朝着他挥手告别，缓缓离去。

之后，我几乎很少和自己的朋友一起去旅行。我一直想知道，怎样才能与已错过的人重逢？

毕业后，互道珍重，各奔东西。大家或忙于工作加班，忙于应酬晋升，忙于谈婚论嫁，忙于按揭买车，忙得不可开交。生活不易，要么有钱没时间，要么有时间没钱。即使有钱有时间，可是闲暇的时间段大家又碰不到一起，相见的机会愈发渺茫。就像我和江波一样，不同的城市，不同的工作，不同的生物钟，此后我再也没有和他一起去旅行，也很少再联系，彼此之间越来越远。

而我，仅此一人，仍然固执地拿出本不富裕的收入供养着自己的旅行计划。我知道，虽然有一些人对你的决定羡慕不已，他们中却很少有人真正愿意为自己的梦想，义无反顾。

6 静水流深

陕西，神木县大柳塔镇

大柳塔，原本一个无名的小镇，地处毛乌素沙地边缘。因为煤炭资源丰富，进而成为全国有名的煤海明珠，这里每天运送煤炭的火车昼夜不息。

通往大柳塔的路况复杂，从高速公路、省级公路、乡级公路到石子路、土路。可到了以后，你就会发现，这里高楼林立，医院、银行、绿地、广场，一样不差，豪车随处可见。你若非亲自来这里，绝不会想到在陕北的大荒漠里竟有这般因煤而兴的摩登小城。

"黄，你小子什么时候来陕北的？哈哈！"贺同学老远朝我招手喊话，爽朗地笑着。

贺同学，我们称他贺书记。贺书记是神木人，大学四年，我们一个宿舍，我一直很喜欢他的真诚和爽快。

我说："我要去内蒙古，顺道来看看你。"

这里是煤炭的天下，除此以外，就是沙地。顺着乌兰木伦河，贺书记带我来到了一片沙漠湖泊——红碱淖。以前，陕北在我眼中仅仅是干旱、大风、沙尘暴、黄土高原的代名词，我根本不知道还有这样看不到尽头的沙漠湖泊。

柔软的沙滩，飞翔的遗欧，奔腾的浪花，腥咸的风，远处驰骋的游艇，近处休闲的沙滩椅，这里湖水清澈见底，湖底的沙子细腻绵软。脱了鞋袜，我一路跑进了这片水天一色。

不远的湖边，一对情侣在拍婚纱照。摄影师告诉这对新人要大胆地放开，不要太过矜持。于是，新郎带着新娘在湖水里无羁地奔跑起来，笑声爽朗。湿了衣服，花了妆容，丢了帽子，惊扰了周围的遗欧四散飞开。夕阳西下，两人的甜蜜在太阳光的照耀下拖出了幸福的影子。

我回头看贺书记，他只是在岸边背着手，远远地看着，一副领导视察的架势。我问他，你看人家多浪漫啊，你和嫂子结婚时的婚纱照也是在这里拍的吧？贺书记说，哪有这工夫，就很平常地到照相馆里拍一下就行了。我有些不解，贺书记轻描淡写的一句，让我觉得他对待爱情太过轻慢，结婚可是一辈子一次的事情。

从红碱淖回来，贺嫂子也正从外边买菜回来，俨然一副贤妻良母的形象。听说我来，顺便买了一个西瓜，切开，很甜。

之后，他俩便如往常一般，在屋里忙碌，一个洗衣服，一个做饭，不亦乐乎。

晚上，窗外暴雨，电闪雷鸣，我趴在窗户上，看着外边模糊的边际，回想起他俩从大学到现在，一路走来，没见过他们自拍的卖萌照，没见过他们相约去星巴克喝下午茶，不由得感动不已。我将自己抓拍的几张照片，传到了网上，写下：死生契阔，与子成说，执子之手，与子偕老。我突然有些喜欢他们这样平淡的爱情，真实而真挚。

我想起了四个字——静水流深，他们的爱情也大致如此吧。我在大柳塔突然发现，有一种在柴米油盐里的幸福，一直在温情流淌。

离开大柳塔，是一个清晨，天蒙蒙亮，贺书记早早到车站送我，车窗外微笑着挥手送别。我的舍友，是你在偏僻的大柳塔，告诉了我到底什么是稳稳的幸福。

大学毕业后，有些人失望，有些人失恋，有些人失踪，有些人发财，有些人发福，还有一些人在发喜帖。这些事，都会陆续发生，默契的生活轨迹将画下休止符，每个人开始截然不同的人生。

大学时的1415宿舍，6个人，学号从2005030066到2005030071，学号依旧相连，可人已经四散天涯。结婚的结婚，打拼的打拼，回家的回家，联系的经常联系，不联系的开始变得模糊不清。

王刚和我去了同一家单位上班，当我离开了那家单位，他依旧还在日夜忙碌；胡维和他的女朋友段晨去了深圳，开始在那里扎根生长，更新的照片，永远是餐桌上的一些不认识的新面孔；贺雄回到了神木，在大柳塔和妻子过着慢节奏的生活；王纪同离校后，我还见过几次，后来听说他回到了山东老家，再后来，手机号变成了空号，失去了联系；樊晨现在一家高新区的单位上班，早已买了房子和车子，只待引"凤"入巢。

我的新家距离学校也就两站地的路程，搬过来有一段时间，可我一直不愿意回那个地方。没有理由，也没有借口。上次忍不住去了一次，可心里开始觉得校园变得陌生而突兀，不再亲切。认识的人，熟悉的话，早已不见了踪影。没有了宿舍里夜谈会的那些永恒的话题，也没有了醉醺醺的相互扶持地回宿舍时的胡言乱语，更不会一起围在电脑边看一部电影或者打升级到深夜熄灯。

深夜回家，突然想起毕业前不久的一场酒席，大家一反常态地沉静。在未深的夜色里，相拥而泣，熟悉摇摆的双足，熟悉昏黄的灯光，熟悉酒店老板的呵斥，走入不更世事，走入来时的方向。

7月，很热。那天，我穿着笔挺的西装，挑了款喜庆的领带，抹了发蜡，擦亮了皮鞋，对着镜子准备了很久，出门很早。我特地请了假，去参加胡维和段晨的婚礼，我要做一名尽职的伴郎。

除夕夜，手机响起，是一个陌生号。

你好，我是小胡。

我想了好久，仍旧猜不出是谁，静了一阵。

电话那边补了一句，就是和你大学时一起睡了四年的小胡啊！

有些尴尬，可一想。胡维！你对了些。（陕西方言：行了，好好的。）

　　想想，和同学们的每一次见面，都变得弥足珍贵。我生怕相互之间会变成一句客气的"多年不见"。我并不奢望他日能够再次齐聚首，但求不忘各自最初的容颜，毕竟，我们都曾闯入彼此的生命。我的朋友，我一直忘了告诉你，你对我很重要。

7 我把巷子丢了

四川，成都市宽窄巷

我总想去一些地方，深入体会哪里不一样，寻找一些能够证明我在用心旅行的东西。去成都的宽窄巷子之前，我将相机内存全部清空。

来成都已经很多次，来宽窄巷子也不是第一次，但我还是喜欢这里，喜欢这里的细节和精致。如果你是对生活品质有追求的人，一定能感受到它的气息。整个成都的悠闲，都微缩在宽窄巷子里那些或在竹椅上晒太阳或在街边喝茶打麻将的年轻人和老年人身上。

弹指之间，两百多年过去，昔日金碧辉煌的少城，如今只剩下这两条巷子，可是无形中它们却潜移默化地影响了这座"水旱从人，不知饥馑"的古城人的生活方式。

我拍了很多照片。走在巷子里，旁边就是高楼大厦，耳边也隐约可闻忽远忽近的车流人流，然而这些都与宽窄巷子无关。只要你一踏进这幽静之地，那些高楼、那些车流，就仿佛已经远去了。墙有些斑驳、门有些老旧，然而阳光很好，适宜闲聊……

小巷的时光是闲适的，任何一种过法，都不会是虚度。在巷子里看风景，被古朴凝练的建筑带到别人的故事中。喝一盏闲茶就过去了一个下午，在缓慢的时光里感受人生的仓促，享受淡定心闲的安宁。

这里聚集着一些老成都人和闲散的路人，彼此相逢不问来处，不问归时。我无端地闯入这样恬淡的老巷，和他们一起享受时光带来的宁静。成都人，仿佛带着一种与生俱来的安逸，过着知足常乐的日子。

天气很好，阳光明媚。身边路过不少挑担子的小贩，嚷嚷着本地口音叫卖。我在一个小摊前驻足，对那本手绘成都地图爱不释手，还发现了一副写着"瓜娃子"的四川话的扑克牌。

我嘴角上扬，挎着背包，迎着阳光。

我看见一个叫"宽巷子"的院落有一对威武的门神被人争相拍摄。

我看见一个叫"花间"的门脸下却没有花朵的影子。

我看见一个叫"金枝龟苓膏"的摊点无人问津。

我看见一个叫"龙堂客栈"的门口有人闲适地掏耳朵。

我看见一个叫"静苑"的门楼果真没有什么声响。

我看见一个叫"白夜"的酒吧，晚上总是那样喧闹。

我看见一个叫"隔壁子"的院子，石狮很小，大门敞开。

我看见一个叫"见山书局"的书店，门外的三角梅开得绚烂。

......

夹杂在这些小巷、茶馆、古街、闹市之中的成都，古朴与现代、幽静与喧闹相互融合。无需更多言语，我用旅行的笔，写下这一段慢而有韵味的感觉。

人生如一帘幽梦，每到一个地方都会产生各种奇异的梦境，也许生生世世前我们曾到过这里，和擦肩而过的人有过一段刻骨铭心的爱恨情仇，可是最终我们在此生两两相忘。所以，珍惜身边每一个人，遇见便是缘分。

少年，我的巷子呢？就在那次，我把巷子给丢了，也把安逸给丢了。我想要再去寻找，寻找那些陪我在巷子中游走的人，寻找那个陪我吃麻辣串串的人，寻找那个沉淀在我记忆里的人，寻找那些时常在我电脑里出现的地方。那里的幸福真的触手可及。

我开始失语，开始变得沉默寡言。我想遇见一个人，一个可以和我无话不说的人，就在宽窄巷街边的凳子上，对面而坐，却沉默不语。

当有一天，你发现你的情绪不能用语言表达出来，而宁愿让自己渐渐消失在深夜亮着华丽街灯的街道上。

"喂，Lulu啊，我是阿武啊，出来喝杯酒吧？"

"睡着了？这么早啊，这么早你能睡得着吗？"

"睡得着啊？那没事了，拜拜。"

"喂，千惠子吗？"

"是我啊，你猜我是谁，我是阿武啊。"

"你教我说日文的那个嘛，不记得我了吗？"

"吃寿司会肚子疼的那个阿武啊，记起来了吧，出来喝杯咖啡嘛？"

"什么？你老公不答应，你什么时候结婚了？"

"五年多，怎么我们五年多没见了吗？"

"女儿都两个了，没事了。"

"喂，请问江秀惠在不在？"

"我是何志武，小学四年级同班同学，坐你隔壁的那一个啊。"

"你记不记得啊？哈哈，不记得啊？"

"那么没事了，拜拜。"

  ——《重庆森林》（Chungking Express, 1994）

  我看了许多遍《重庆森林》，如今它已成了旧电影，旧得散发出古朴而寂寞的气味。我时常会想起那个编号223的男子。有时候，你迫切地想去倾诉，想去了解和被了解，这时候

27

的你是那么的认真，倔强的像孩子那样单纯。

　　当意识到旅行真正开始的时候，我尝试着多认识一些朋友，走出孤独和沉默，可是我很快就发现，孤独和沉默是常态。每一次在路上和别人的告别都会变得很难，而每一次的告别都会强调自己孤身一人的事实。身边的人，随时出现，随时消失。

　　在宽窄巷子，与其说我把巷子丢了，还不如说在只剩下自己的时候，我把所有的表达和解释丢了。

【突然，我们就走远了】

Carpe diem. Seize the day, boys. Make your lives extraordinary. （人生应该是快乐的，要抓住每一天，孩子。）

——《死亡诗社》

当我把一个人旅行的故事讲给周围人听的时候，他们显然有些无法接受，还有一部分人

觉得我有些无聊，甚至可怜。而我笑了笑，没说什么，之后也就不再愿意提起，也不情愿告诉更多的人，即使是他很想听。

没有了朋友的陪伴，一个人研究地图渐渐变成我的爱好。我有一本中国地图册，很旧很小的那种。同时，我还有一张很大的中国地图，贴在床头，经常一看就是半天。从帕米尔高原看到东海，从漠河看到南沙，将每一个经纬度、每一条国境线、每一条河流、每一座山脉、每一处湖泊、每一处岛屿镌刻到我的记忆中。

我的旅行时间不是很多，我也不想浪费每一分每一秒。那些睡觉的时间、坐车的时间、排队等候的时间，甚至是吃饭的时间，我都不想过多地浪费。那些杂乱的地名、路名、路标，我都会将它们一一熟记于心，然后用几天的时间尽量将它们串联起来。

耳机里播放的歌曲，一个记事本，一个背包，一本中国地图册，还有一个差不多的相机，这些就是我的全部家当。从此，一颗旅行的灵魂便独自出现在中国的天南海北，忘记一些忧伤，忘记一些无奈，在繁华与安宁中不停地辗转往来，从动到静，再从静到动。

一个人的独自行走，就这样变成了我的主旋律。

1 诱惑

浙江，杭州市西湖

如果一个人在年轻时来到江南，逢着一个雨天，又恰好在西湖，想起来都风情万种。

汪国真的诗歌《旅行》中说："凡是遥远的地方，对我们都有一种诱惑。不是诱惑于美丽，就是诱惑于传说。"杭州西湖可谓是两者皆有诱惑吧。

生平第一次坐飞机，感觉很新鲜，快到杭州时，从机舱向

外张望，白云簇拥着青黛山峦，亦梦亦幻半掩容颜。这就是西湖给我的第一印象。杭州之所以被称为天堂，是因为有了西湖的点缀，一座城市，一汪碧水，也许是承载了太多的故事，荡漾着太多的古今情愫。

在南山路边清波门附近畅快地走着，看到了"柳浪闻莺"的指示牌，原来地名可以这么诗情画意。转身才发现周围柳丝飘舞，莺声清丽，是专属3月的景色。清脆的柳绿和婉转的莺啼相互辉映，这大概便是中国最有名的湖吧。

放下行李，绕南山路沿湖边走着，过了长桥、雷峰塔，来到苏堤。只见导游旗飘动在人海里。我随即逃离喧闹的人群，沿苏堤漫步。柳线泛绿、桃树嫣红，水汽、泥土与花香的味道迎面而来。

雨下得越来越大了，众游客都散的差不多了，只有我半湿衣服在苏堤的一个小亭驻足。回望历史，公元1071年，西湖迎来了它的"贵人"——苏东坡。在杭期间，苏东坡赈灾安民、治理河道，公元1090年，亲自请命，上书皇帝，在《乞开杭州西湖状》中写道："杭州之有西湖，如人之有眉目，盖不可废也"。

　　之后，轰轰烈烈的西湖治理工程开始了。当时，苏东坡在全城募捐，动用了数以万计的劳工，最终，把西湖治理好了。那些多出来的淤泥，便筑成了苏堤。苏东坡筑堤一条，留诗千余首，从那时开始，西湖便开始展现天堂般的景致。

　　苏堤成全了苏东坡的凄苦，苏东坡也成全了苏堤的名气。"拣尽寒枝不肯栖，寂寞沙洲冷"，苏东坡一生居住在自己的诗文和人格里，难掩一身傲气，却也难掩难言的孤独。没有人能懂得他真正的内心，他却在西湖洞察了那个时代最深的奥妙。

都说夕阳无限好，游湖莫过泛舟行。这样静谧的西湖，脱去了游人如潮的聒噪，没有了导游举旗的快走，顿时你会发现，此时此刻，西湖正在与你默默对话，用心地诉说着岁月流转，唐烟宋霭，倏忽近千年。所有和西湖有关的人终究免不了成为匆匆历史的过客，一去不返，就像痛仰乐队的那首《西湖》：再也没有留恋的斜阳，再也没有倒影的月亮。

我至此也不敢讲自己真正读懂了西湖。虽这样说，自己却依然希望与这一面湖水更近些。在杭州的那段时间，每晚，我都会来西湖边准时报道。离开杭州的前一天，春雨淅沥，我一个人不由得又来到湖边，想再看一眼空濛山色，再听一声雨打花落。

苏堤桥上，落了一地的桃花。烟雨西湖，梦想着偶然能有一天再相见……

第二年的3月，我又特意选择了杭州作为出发地。那次我撑着雨伞，以一种平和的心态，静静地走在上满觉陇和九溪烟树，仿佛进入了少有喧嚣的世外桃源，这里只有茶农在山坡上披着雨衣谈笑着采龙井。

上网听痛仰乐队的《西湖》，回忆起西湖，从歌词里我似乎听到了那份温暖。我一直在想，究竟杭州西湖为什么会有这么大的魅力，让人直把杭州作汴州。

我与杭州的距离总会停留在1 300公里。29年间，我在杭州停留的时间最多不超过5天，但那份西湖的诱惑依旧如影相随，挥之不去。

2 你在江南，我在江北

浙江，嘉善县西塘

　　春秋的水，唐宋的镇，明清的建筑，如今的你我。我在江北，你在江南；我的风霜，你的烟雨；我的寂寞，你的霓裳。我在你记忆里，你在我眼里，似雨滴石，溅落一场温柔。

　　午夜翻看照片，那些西塘的素面印象又一次泛滥欲出，蔓延江南的弄堂苔痕、桨声灯影。这座千年古镇，我虽已距她千里，她却离我一个眼神，仅仅一个眼神的距离，鲜活在我的

思绪里，褪尽沧桑，那些悬浮了几个世纪的味道又一次越屏而出，恍惚而来。

在西塘，有许多这样别具风情的客栈，收留天南地北的远朋佳客。夜色中，携带着寂静悄然地来到西塘，我住在一家临水的明清老房子里。客栈主人出镇子来接我。走在石板路上，我享受着西塘的静。我跟在老人后面，一股温暖袭来，我感受到了家的温度。心向远方，双眼模糊，两脚踟蹰。我来寻找什么？西塘送我一个"归"字。

老人邀我坐下来吃茶。在河边的茶摊上，一壶菊花茶、一碟蚕豆，我们边吃边聊。老人用方言热情地向我细数西塘的千年野史，我在一旁静静地听着。老人领我看他家老房子雕梁上的明清年号的印记，还有他家二楼那些古色古香的家具。老人说，这是他家祖上的宅院。

老人的儿女们早已搬离这里，只有老两口不习惯城里的生活而留了下来，开不了酒吧，卖不了纪念品，就开这家不起眼

的小客栈，平时讨个乐子，顺便照顾着在嘉善县城上中学的孙子。上次有个外地客商说要买下这房子，开价300万，老人坚持没有卖掉……

我想，对于屋主人而言，卖与不卖，已经不是钱多少的问题，而是对老宅的情感，对祖上的尊敬，对古镇的依恋。一座千年古镇，一座百年老宅，一位固守的花甲老者，他们紧紧地交融在一起，不离不弃。谈笑间，不觉内心淡淡的感伤萧然而生，为了这最后一批古镇真正的主人。

雨廊，其实就是带顶的街道，千米不绝。顺着老人的指点，趁着夜色穿梭于临河而建的廊棚中，又闻到了水乡的气息。水乡的雾霭水汽弥散开来，廊棚、路上，到处都湿漉漉的。

早晨，推开窗。薄雾似纱，两岸粉墙高耸，瓦屋倒影。趁着大批游人还没到来，我便来到街上，细细地打量起西塘人那种悠闲的沿袭千年的生活方式：沿街的小贩开始叫卖；撑船的艄公在水中悠然前行；永宁桥边的豆腐花煮熟了，倚门阿婆的臭豆腐也出锅了；江南姑娘依旧用心做着美味的芡实糕；主妇们在河埠浣衣洗米，家长里短；猫狗们在不到一米宽的弄堂中穿行嬉戏抑或在自家门前蜷尾盖头而睡……

西塘人千年来依旧如此默默书写属于古镇的自传史。我被这里浓郁的江南气息所迷醉，走过的不论是客，还是主，一张张淡泊而幸福的笑脸总是吸引着我想要去分享他们生活的快乐。而所有这些已经悄悄地酝酿成一坛醇香醉人的女儿红，让人醉在水乡江南。

行走在古镇老旧的街巷里。墙体斑驳，岁月的故事层叠而上，深浅不一；河堤弯曲，江南绿柳吐露出芬芳，四散飘逸。一条石皮弄堂，窄窄地延伸到时光那端，幽幽地诠释着那份宁谧静好……这些在我的眼光游离之前，并未让人感知到它们的存在。

离开西塘，两位老人站在门口送我。我们，用我们的方式浏览着他们的世界；他们，用他们的方式生活在自己的世界。

不得不承认，那仅仅只是一个眼神的距离，却让我，能不忆江南？

3 你若素颜，我便真实

浙江，杭州市西溪湿地

去西溪，近且不说，纯粹是朋友的鼓动，再加上电影《非诚勿扰》的缘故。

据说，在此之前即便是杭州人，也很少有了解西溪的，而去过西溪的就更少了。西溪湿地位于浙江省杭州市区西部，距西湖不到五公里，是罕见的城中次生湿地。西溪曾与西湖、西泠并称杭州"三西"，是目前国内第一个也是唯一的集城市湿地、农耕湿地、文化湿地于一体的国家湿地公园。

　　据说，一千多年前，南宋皇帝赵构到杭州时，就被这"一曲溪流一曲烟"的西溪美景迷住了，曾想在这里建皇城，后来他找到了凤凰山，于是说了一句"西溪且留下"。西溪就这样"留下"了一千多年，西溪的地名也因此改为"留下"。

　　西溪之胜，独在于水。水是这里的灵魂，园区大部分的面积为河港、池塘、沼泽等水域，河流纵横交汇，众多港汊、鱼鳞状鱼塘星罗棋布。湖泊相间，大片池塘里生长着形形色色的水生植物。长长的亲水栈道在塘边环绕，一路走去，幽幽的花香伴着阵阵水波的清爽。

行走西溪，芦苇丛丛，竹径通幽。我并没有随大部队坐船浏览，只是漫不经心地沿着小路散步。在西溪，最富有韵致的便是"西溪探梅"，而我却来的不是时候。

3月的午后，阳光温暖，春风和煦。想不到在杭州还会有这一处原始幽静的地方。青山净目，流水清心。然而，行到最后，就只剩下我一人漫无目的地走着，这样也好，仿佛整个西溪都为我一个人展姿显容。这条路，我并不知道它通向哪里，我也不想看任何路牌。

一路上看到有许多类似秋雪庵、泊庵、梅竹山庄、西溪草堂的荒野建筑，看介绍说历史上都曾是众多文人雅士开创的别业。而这些古建筑上都有"如旧"的说法，这里想必原来什么也没有，大部分已经没人居住，身后留下了大批诗文辞章。现在想来早已没有人愿意这样归隐西溪。

走着走着不知不觉就迷路了，西溪的小径太多，好不容易碰见了几个人，还都不知晓路。在进园三个小时后，我来到了深潭口。三棵上百年的大樟树分布在河岸两侧，枝繁叶茂。据《南漳子》一书记载："深潭口，非舟不能渡；闻有龙潭，深不可测。"四周河港相连，呈十字交叉，水面宽广，加上独特的地理优势和环境氛围，最适宜龙舟竞划。据说，一年一度的"龙舟盛会"热闹非凡。

来到了河渚，它是西溪湿地的一处古地名，现在西溪特有的民俗文化和西溪物产都在这条街上。数户民居，夹杂着座座石桥，藤架缠绕，江南水乡柔情依旧。

西溪，如此的素颜，和西湖很不一样。这里没有过于厚重的故事，没有精心地造园修阁，有的只是"冷、野、淡、雅"。我想，少有修饰才是西溪的真颜，要以精致玲珑来匡算的话，那她就不是西溪的本来面目了。

坐船，橹歌拂动，船身轻荡，船后划出的圈圈水痕，随同两岸静谧淡雅的景色自然迅即消失。一曲溪流一曲烟，一丝匆匆一丝恋。

西溪，你若素颜，我便真实。你我，也算投缘吧。

五一、十一节假日，经常会有一堆电话打进来，或是自己的朋友，或是根本就不认识的网友，大部分都是十分好奇而客气地向我咨询假期出行的线路，沿途的风景哪里好，饮食住宿情况，等等。虽然有时候也忙，但我总是不厌其烦地一一作答，觉得自己稍微还有那么一点点价值。朋友调侃说我是中国通，"神州行"，有时我也笑着对朋友说自己都可以开个旅行咨询台了。

记得之前曾经有一个很迷茫的网友给我发短信说，他正在走川藏318线，谢谢我的帮助。我替他高兴，或许我帮不了他什么大忙，也不能为他解决实际问题，但是毕竟旅途中他有时间、有心境可以去听，去看，去想，去抉择……

之前，还有朋友说，要不你去开一家旅行社吧，估计能挣不少钱。我笑笑说，算了，我只是不想为生计而破坏了最初的想法。

4 轻描淡写

浙江，桐乡市乌镇

你说，它叫乌镇。你说，它已经存在了1 300年。你说它的时候，它就鲜活在你的言语里，褪尽沧桑，宛如一首温婉的小令。

依窗而坐，汽车在沪杭高速疾驰。水乡的感觉，是小桥流水的恬静，是白墙黑瓦的古朴，是雨巷的红衣女子，是斑驳的青石板路，是摇曳穿梭的船桨，是那些荒芜在江南烟雨里的人

和事。

十字形的内河水系将全镇划分为东南西北四个区域。我一人悠然于东西栅，绕过那些众人膜拜的风景，避开导游程式化的讲解。很多人争相拍照纪念，留恋于乌镇的风景里，我却流连于她给我的千年印象里。

和许多江南水乡小镇一样，乌镇街道、民居皆沿溪、河而造，正所谓"人家尽枕河"。与众不同的是乌镇沿河的民居有一部分延伸至河面，下面用木桩或石柱打基在河床中，上架横梁，搁上木板，人称"水阁"。水阁是真正的"枕河"，三面有窗，凭窗可观市河风光。

茅盾曾在《大地山河》中这样描述故乡的水阁："人家的后门外就是河，站在后门口，可以用吊桶打水，午夜梦回，可以听得橹声唉乃，飘然而过。"

清清的河水，过街骑楼，河埠廊坊，千年古香古色依旧。我跨过石桥，踩在平坦的青石小路上，雕花门窗陈旧沧桑。当我路过这些地方，仿佛就像回到了深藏心底的昨天一样。我在西栅的戏院后排静静地坐着，听台上当地的说书艺人用方言讲着那些稗官野史，看台下看戏的老人悠然地拉扯着油盐酱醋。

喜欢这里的阳光，喜欢它挥洒在每个角落的明媚。恍惚间，世界轻轻一晃，看到了《似水年华》里的情景。

"你好吗？我很好，今天乌镇的天气也很好，我坐在自己的房间，纸上全是乌镇的阳光……"在乌镇，菊花茶冒着悠悠的香气弥漫书院，沁人心脾。想起了齐叔的话：书院的木板门上都留下了两代人无尽的等待。

乌镇的夜如此宁静，灯光从水下打上来，迷幻着雨丝的清奇，与屋檐下清冷的灯辉映着。那一刻，我突然理解了"小桥、流水、人家"的意境。

第二天一大早，雨停了。起床，轩窗前，白墙湿漉斑驳，河道上雾气弥漫。

路过一片晾着蓝印花布的架子，高长朴素的花布随风轻摆，阳光从缝隙间划过。我轻轻穿梭在花布中，任凭布料划过脸颊。码头上，有学绘画的学生在细心地描绘着这里的白墙黑瓦，小桥流水在他们的笔尖慢慢晕染。

匆匆一瞥，眉头一皱，回眸转身，随风飘送，多少似水年

华，轻描淡写，如一场梦。

在某一年的某一天，也许，我还会蓦然出现在那个烟雨的小巷……

之前我在天涯上花了很大力气想写点东西，但没能坚持下来，虎头蛇尾，草草收场，却仍得很多网友的不弃。有人问我：楼主拍的照片好漂亮，配的文字也不错。浙江篇的很多地方都去过，可拍出来的照片就是没一点感觉啊！

我回答她：说实话，我去过的地方，驴友们肯定无不踏遍，例如西湖、乌镇、西塘……每年有不计其数的人去，可是我们需要的是更加纯粹的旅行，不做吃货，不炫小资。旅行需要每个人去诠释不一样的风景，而不是千篇一律地在众人面前炫耀自己冗长的流水游记。

相比较而言，对着电脑查攻略和对着电脑记录旅行，我更喜欢后者。因为，这样才会"逼"着你去用心发现。出发前一切都敲定了，那便不是自己，而是别人的复制品！

5 灵隐

浙江，杭州市灵隐寺

　　因为"灵隐"般的名字和意境，在脑海里多了些肆意的想象，于是很想去看看。灵隐寺又名云林禅寺，创建于东晋咸和元年，距今已有一千六百余年历史，是座千年古刹，江南名寺。开山祖师为西印度僧人慧理和尚，他在东晋咸和初年，由中原云游入浙，至武林（今杭州），见有一峰而叹曰："此乃中天竺国灵鹫山一小岭，不知何代飞来？佛在世日，多为仙灵所隐"，遂于峰前建寺，名曰灵隐。

　　灵隐寺雄踞在飞来峰对面，其建制与中国传统的佛教寺院建筑形式一致：山门、钟鼓楼、天王殿、大雄宝殿、藏经阁一

47

线排开。一出天王殿便看见一座雄伟无比的大殿，这是我所见到的最为雄伟壮丽的大雄宝殿，供奉着如来佛祖。几十米高熠熠生辉的佛像，金光四射，尊贵非凡。佛像前，有一位年轻的和尚，他低头不语，静静地翻看经书，若有所思，若有所悟。想上前和他攀谈，却不忍心打断他，最终悄然离开。灵隐寺人山人海，门坪里，台阶上，到处都是攒动的人群。香客们虔诚参拜，上香祈愿；游客们拍照留念，游玩散心。看到这里，我倒有些不自然了。

在灵隐寺，几乎所有来的善男信女都忙于在佛祖面前跪拜、许愿和祈求，一厢情愿地用自己世俗化的方式拜见佛祖。祈求给自己带来好运和幸福。

我匆匆结束此行，离开灵隐寺之时，感到一丝遗憾。遗憾的是此行并没有让我真正了解灵隐寺，只不过做了一名普通的游客和香客，走马观花。本想来为它"灵隐"般的名字和意境找到一个佛家的诠释，但此行却依旧把"灵隐"般的意境深留内心，潜心禅悟。不过这样也好，飞来峰，灵隐寺依然迷一样地深藏在自己的心灵深处。

还记得很多年前，有一次在香积寺，恰好碰见一位方丈在讲佛法。那位方丈应邀云游讲经，他出家前是福建的商人，富甲一方，后来出家行善。

听了一下午，我觉得很多佛家的清规戒律在他看来都是健康生活的必修课，而他的见解也很独到。讲经完毕，方丈赠与我一句手抄的佛语经文，告诫我要经常诵读，便会佛法在心。

之后，我开始固执地相信，这个世界的每个寺庙、每个僧侣、每寸土地都有一个关于信仰的故事，只是"灵隐"般的不为人所知而已。

6 开到荼蘼

江苏，苏州市平江路

　　我一辈子走过许多地方的路，行过许多地方的桥，看过许多次数的云，喝过许多种类的酒，却只爱过一个正当最好年龄的人。

—— 沈从文《从文家书》

　　深夜，下着蒙蒙细雨，我坐在出租车上，给司机师傅看在网上已经订好的那家青旅的地址。我只知道它在小巷里，但我不知道那地方竟然会那么难找。过了一会儿，车实在开不动了，司机师傅给我指点了一下，说顺着这条巷子一直走到头就是，然后一脚油门，开走了。

我开始一个人顺着巷子前行，四下静无一人，细雨打湿了青石板路。突然，身后多了一个轻盈的脚步声，我下意识地转身回望，看见一个女孩低着头，背着背包，匆匆地走在我身后。

青旅到了，进了屋，不到一分钟，那女孩也跨步进来。

"原来这么晚，你也来青旅啊？"

"嗯。"那女孩收了雨伞，看见我问她，笑着应答。

办理完入住手续，我拖着疲惫的身子，爬上床。屋内其他人都睡着了，我却睡不着。安静的夜里，只有那迷蒙的雨点落地的轻轻声响，我的思绪却还在回忆着那幅画面：那个轻盈的女孩，撑着雨伞在小巷里默默地行走。

早晨醒来，打开木窗，看见那石桌上摆放了一盆玫瑰花，鲜红的花朵在雨中娇艳欲滴。匆匆洗漱完，来到前台，却看见昨夜的女孩正在仔细翻看用A4纸打印的苏州攻略，我不禁觉得有些可笑，她打印的攻略有厚厚一沓。

苏州园林不计其数。我来到拙政园，拙政园应该是中国最美丽的园林，但我却一直望着园里的游廊，盼望着在人群中能看见她的身影。园里典雅错落的亭台楼榭，别致的门洞、游廊，小径如交通要塞般繁忙。

我猜想，她应该和我一样正在用相机记录那积灰的镂花、朱红的窗棂上承载的细节，驻足观赏在穿堂墙上孤零零的字画，因此而放慢了脚步。

我来到寒山寺的枫桥边，听见一个屋子里面吴侬软语的弹唱。屋子虽是新建，但古色古香。进屋，见居中有三三两两的游人在品茶，尽头正中放着两把铺着锦缎的靠背椅子，原来这里是演奏苏州评弹的剧场。

坐下，静静听来。表演苏州评弹的女子穿着修身旗袍，抱着琵琶，还有位男乐师穿着大褂，手中抱一把三弦。他们分坐在一个四方桌子的两侧，安静地看着下面的观众。演出开始，那女子轻启朱唇，声音轻缓柔润，这一刻，江南的气息袭面而来。

演出结束，往出走的时候我竟然看见了她，她一人端坐在剧场的一个角落，丝毫没有要走的意思。我走过去，笑着说，"你也在这里啊。"那女孩依然是笑着说一声，"嗯。"

晚上，和她一起回青旅，平江路上，淅沥烟雨，俩人静静地走着，无话。

回屋，我查了一下苏州比较好的评弹剧场，准备邀请她明天再去听。第二天一早，当我兴冲冲地准备去找她的时候，她却不见了。我急急地问前台，前台说，一早上那女孩就退房了。

"知道去哪里了吗？"

"这个，不清楚。"

"哦，谢谢！"

我客气而失落地回应。

人海之中，擦肩而过。

原来姹紫嫣红开遍
似这般都付与断井颓垣
良辰美景奈何天
便赏心乐事谁家院
朝飞暮倦　云霞翠轩

雨丝风片　烟波画船

锦屏人忒看的这韶光贱

　　那天，我一个人听着评弹，呆呆地听了一下午。晚上回青旅，走在平江路上，我确定这次只有我一人。那深夜小巷中，拖着行李匆匆的脚步声不见了，那吴侬软语的弹唱也不见了，只剩那淅沥细雨。

　　收拾行李准备离开苏州的时候，我又推开那雕花木窗，看见院中石台上的玫瑰花。它依旧在迷蒙烟雨中晶莹剔透，不同的是，花朵开始凋谢，石桌上已经多了几片红色的花瓣。

　　"离开一个地方，风景就不再属于你。错过一个人，那人便再与你无关。"临走的时候我将这纸条贴在了青旅的涂鸦墙上……

　　王菲2000年专辑《寓言》里唱道：彼岸花，佛家语。荼蘼是花季最后盛开的花，开到荼蘼花事了，只剩下开在遗忘前生的彼岸的花。所以有人说：花儿的翅膀要到死亡才懂得飞翔，无爱无恨的土壤才会再萌芽开花。

　　后来，很喜欢听这首歌，而且每次听它都有不同的人和事浮现在眼前。

　　我生命中，那些珍贵的女孩，我真的很在乎。

7 一些神经质的行走

上海，世博会

　　世博会开幕第一周，我便到了上海。整个上海都是世博会的盛景，世博会吉祥物海宝随处可见。

　　换乘地铁到鲁班路，住的地方是八人间，有重庆的小柯、山东的大张、考研的小张、还有一个美国人、一个韩国人、两个日本人。世博会期间，上海一房难求，十分火爆，我也是提前两周才订上的房子。

　　鲁班路不是世博会的正门，进的人不多，而且这地方的地

铁也比较方便，看来我的决策是正确的。小柯也是来逛世博
会的，据他说，昨天他都转晕了，地方太大。他建议我做好
准备，研究好路线，不要太贪多，挑一些重点的场馆去就可
以了。

　　去的时候，"海宝"就提醒我要带上世博会护照，可以敲
章。其实世博会门票我早早地就买好了，可为了世博会护照，
我又一大早来到世博会6号门口的护照专卖店排队，好不容易
第一个买上了，然后又从耀华路到后滩去8号门，此时入口人
山人海，都快赶上春运的场景了。那天，我还臭美地穿了双洞
洞鞋，不曾想，噩运从此便开始了。

　　等了大半天，好不容易挤了进去，便开始了一天的敲章
工作。从非洲联合馆转起，一路没停，卢森堡馆、意大利馆、
英国馆、荷兰馆、法国馆，一上午，我一口气转了这么多。再
去瑞士馆吧，可就为了这瑞士馆的章子，我足足等了有两个小
时，天气炎热，人都快化了。

　　从瑞士馆拖着疲惫的身子出来，看看表，两点了。脚被这洞洞鞋磨得疼得实在不行。我坐下来一看都磨破皮了，好在好心的志愿者给了我一片创可贴。

　　下午，我拿着预约券又开始在人海中等候进入中国馆，进到中国馆展厅已近五点。中国馆的和谐中国、清明上河图、成片的斗拱给我留下了很深刻的印象。从中国馆出来，在各省市馆转了一圈，这时候脚上的创可贴早已脱落，我只能慢慢拖着脚往前挪着步子，不过看着自己世博会护照上花花绿绿的章子，心里还是很高兴的。

　　晚上七点，趁着夜色，我又去了印度馆、尼泊尔馆、菲律宾馆、澳大利亚馆，这时候世博园的人已经很少了，从世博园回来已经十点半了。

　　当我回到住处时，小柯惊讶地说，不至于吧，你是不是打了鸡血，明天你还去？！

　　我笑笑说，还去。

　　说完，我给被磨得惨不忍睹的伤口重新换上了创可贴。

　　第二天，我又挤着地铁来到了世博园，这次比前一天有经验了。

出地铁站，赶紧奔身边的芬兰馆、奥地利馆，和里面的美女合影后匆匆出来。丹麦馆、土耳其馆、爱尔兰馆、希腊馆、比利时馆、西班牙馆、塞尔维亚馆、摩纳哥馆，这一早上趁着人少，我都转了一番。

中午园中人最多，但大部分人都是去那些大的国家场馆，欧洲区的那些小的国家场馆附近人不怎么多，于是我慢悠悠地转，顺便休憩一下，吃点面包，喝些水。

下午，我去了葡萄牙馆、新加坡馆、印尼馆、世博主题馆，从主题馆出来，已将近六点。我又急急地坐世博专线来到了8号门附近的美洲场馆附近。阿根廷馆里的足球、美国馆门口的人群、加拿大馆里大山的宣传片都给我留下了很深的印象。

晚上八点多，我按着志愿者的建议，来到民企馆、城市未来馆、万科馆、远大馆。在远大馆，我体验了汶川地震的强度模拟。最角落的地方是世博会最佳城市体验区。那天，我成为了台北、巴塞罗那、国奥村、利物浦、澳门等场馆的最后一个游客。

记得在澳门馆盖章时，那小妹佩服地说，都盖了这么多了，快没地方了。我硬是贪心地将图章敲在了某一张的中缝。

从世博园出来，已是晚上十点半。回到房间，终于如释重负，头一栽，横卧在床上，一动不动。不知过了多久，我才缓过神来，慢慢地拿起护照，在被窝里翻看着各个场馆的章。

往返2600公里，35个小时的努力，2本世博会护照，都为了这些国家和场馆的图章。我看了看表，凌晨一点，我心满意足地熄了灯。

　　我之前根本不屑于写这些流水账式的文章，但这确确实实是我当时写的，为什么？我承认自己经常会有一些神经质的想法，就像这次去世博会。我并不是觉得世博会怎样好玩，仅仅是想收藏两本一模一样的世博会护照，一本留给自己，一本给未来的妻子。

　　不经意间，听到了上海话版的《老老欢喜侬》，很喜欢那歌词：吾只想帮侬慢慢点变老，为了侬吾可以去买汰烧，每趟看到侬都让吾挡不牢，因为吾老老欢喜侬……

　　听了好久，好久。

8 亲爱的小孩

上海，黄浦区外滩

　　在熙熙攘攘的南京路，我很清楚自己没有购买能力，所以只能压压马路，帮着制造些热闹的气氛。身边有三五个人朝我走来，有老有少，看样子应该是外地的一个大家庭，来上海旅游，他们左右张望，举棋不定地站在那里，我从他们身边走过。

　　"师傅，你好！从这里去世博会，怎么走啊？"其中的一位先生拦住了我客气地问。我猜想，他们肯定把我当本地人

了。我很熟练地说，从南京路坐地铁2号线，然后在人民广场站倒地铁8号线到耀华路站出来就能看到了。

那先生连忙道谢。

"伐客气"，我补上了一句现学现卖的上海话。

凡是我去过一次的地方，几乎都能记住那些地名，我很高兴这点可以帮助身边的很多在外旅行的人。

一个人来到外滩，欣赏不夜的上海。华灯初上，夜晚的江风凉爽宜人，黄浦江上远远近近的汽笛声和着江风飘进耳朵里。望着江面，听着《夜上海》的曲调，又想起20世纪三四十年代，上海滩便如张爱玲笔下的十里洋场，又如王家卫的《花样年华》在慢节奏中所展现的，华丽的旗袍与轻歌曼舞交织出的精致：老式的留声机、英文打字机、酒吧间的蓝调和威士忌……

有些晚了，我准备往回走，忽然看见一个男孩背着大背包，坐在一个台阶上，抱着头，不声不响。那背包上醒目地写着五个字"搭车去拉萨"。

我好奇地走了过去，蹲下来问他，"你是背包客吗，伙计，怎么了？"

他并没有回答。过了一会儿，他告诉我说，他是大四的学生，想去西藏。为此，他早已准备了半年，原计划从上海走318国道，一路搭车，可是工作单位刚来电话，说临时决定，要他明天就去单位实习。上班后，下次有时间出来旅游就不知道是什么时候了。

我开始安慰他。说，没事，不管什么时候你都会有机会和时间的，只要你想。同样，我明天也要回到工作岗位。

我想，旅途中的人，都是孤独的，需要别人的温暖和支持。我理解每一个在外旅行的人，他们都有一颗向往自由、寻找自我的内心，弱不禁风却又坚不可摧，他们需要相互扶持，相互鼓励。

过了一会儿，那男孩说他要走了，手里火车票的时间快到了。我向他挥手送别，那印有"搭车去拉萨"的背包渐渐消失在茫茫人海。我相信，终会有一天，他还会出现在上海的黄浦江畔，从这里起身出发，为了他的心愿和梦想。

外滩的夜晚依旧灯火通明，黄浦江的游船依旧穿梭不息。我突然想起了《亲爱的小孩》，台湾女歌手苏芮演唱，1985年发行：

小小的小孩　今天有没有哭

是否朋友都已经离去　留下了带不走的孤独

漂亮的小孩　今天有没有哭

是否弄脏了美丽的衣服　却找不到别人倾诉

聪明的小孩　今天有没有哭

是否遗失了心爱的礼物　在风中寻找　从清晨到日暮
我亲爱的小孩　为什么你不让我看清楚
是否让风吹熄了蜡烛　在黑暗中独自漫步

亲爱的小孩　快快擦干你的泪珠
我愿意陪伴你　走上回家的路

　　有时感觉自己像个无家可归的人，似粒尘埃，远离家乡，轻浮飘摇，无处扎根。此刻，我的眼睛湿润了，不仅为那背包男孩感到无奈，也为了自己那没有任何余地的不安分。

　　每个小孩都不愿意丢失自己最心爱的玩具。亲爱的小孩，为什么你不让我看清楚？

　　也许，你也会像那男孩一样，即将面对或已经面对奔波劳碌的工作，但内心深处依旧苦苦挣扎。可是，有些人仅仅把它当作一个遥不可及的梦想，有的人却努力尝试着将它一一实现。

【0.01厘米的现实】

在这个躁动的时代，这个急速前行的时代，这个人人热衷表达却极少倾听的时代，让我们冷静下来、清醒地面对这个世界，做自己的主人。

——陈坤 《去远方发现自己》

　　因为工作性质，我每周休假的时间都不确定。有时候都去单位了，主管却说，"今天来的人有些多了，你回吧，今天就算你休假吧。"有时候每周的双休日也保证不了，遇到忙的时候，还要加班加点，晚上八九点回家是很正常的事情，有时候为了赶工作，晚上十二点还依然在单位忙碌。

　　工作的压力越大，走出去的渴望就越强烈。为了保证休假，我用尽了所有的努力。因为，只要你休假，别人就要上班，如果你休假的时间越长，同样，别人上班的时间也就越长。

　　某年9月，国庆假期的排班出来了，我看了看，自己休假是从10月4日到10月10日，共7天。我想去云南，可是时间上确实不够，怎么办？我9月如果不休息一直上班的话，就可以攒出4天的假期来，但是这就需要别人9月份连续休假，而我就需要连续上几乎一个月的班，一天不休。同样，国庆假期后，他和我一样也要上这么长时间的班。

晓娜和我是同一批进入单位的同事，我对她说，我想攒些假，她考虑了一会儿，答应了我的要求。然后，我又把自己连续上班的想法告诉了吕宁姐，她是我的直属主管，也很照顾我，假期是由她负责排的，只要部门可以正常运转，她总会尽量答应我的换班申请。

我向她保证，连续上班，自己体力上是可以的，绝对不会出现任何差错闪失。最后，吕宁姐也答应了。现在回想起来，若没有吕宁姐的照顾，我根本不会有时间走出去，也不会有这么多的故事可以写，我真得很感谢她！

但这还不够，最终得大领导同意才行。于是，我想好了换假的"措辞"，战战兢兢地去向田总说明情况。所幸，田总也同意了。终于，为了这11天的假期，我忙活了1周才敲定。

然后，就是度日如年的连续上班。每天高强度的工作让我身心俱疲，两眼发黑，每天到家倒头就睡，第2天还要精神饱满地工作，可我一直在咬牙坚持。

10月3日，休假的前一天。

17时30分，我换下那身西装，抓起背包，离开了单位。

18时40分，我在西安咸阳机场换登机牌。

20时7分，HU7849次航班起飞。

23时21分，抵达昆明机场。

凌晨1点整，我来到昆明市篆塘路23号。

当我轻轻地推开青旅大门，才意识到自己已经远在1500公里外的昆明。奇妙的是，5个小时之前，我还在单位办公桌上为处理一大堆工作而忙碌。

每次当我把那些旅行中的照片还有经历拿出来与大家分享的时候，有些人会羡慕我有大把的假期用来旅行。也总有人会好奇地问我，我的工作怎么这样清闲？之前，我还会认真地去解释，但之后，我便不解释了，因为太多的冷暖自知。

我开始明白一个道理：这个世界上，很多人都会问你，工作怎样，家庭怎样，收入怎样。其实，也仅仅是好奇地随口一问，同样，没有多少人真正愿意了解你为此所付出的巨大代价。

想起了《舌尖上的中国》第二季《脚步》里，养蜂人老谭的妻子说："订婚的时候，老谭对我说，养蜂是一个甜蜜的事业，出去旅游了，又好耍又浪漫，可结婚后，风餐露宿，辛苦的很。"

其实想想，每个人的梦想何尝不是如此，风餐露宿，辛苦的很。你的梦想和现实或许也仅仅只有0.01厘米的距离。

一瞬间，嘴角上扬

云南，昆明市篆塘路

　　我对位置很敏感。经纬度、气候、温度、景观的不断变换，我都能细细地感觉到。

　　有一位朋友在昆明，之前有联系，可这个时候，正好他在曲靖，无法见面，只能遗憾。

　　凌晨，下了飞机，静谧的夜下着蒙蒙秋雨，我坐着出租车在昆明的街道上静静走过，没有过多打扰。

　　我看见那青旅的标志灯，还有灯下，探出墙头的一朵朵绿藤上的红花。门吱呀一声开了，院子里漆黑一片，只有远处的一个吧台还亮着灯，有一位老大爷，独自一人坐着值班。

　　我走了过去，放下背包。老大爷看了看我，问，怎么这么晚才来，一边说，一边从抽屉里拉出一个住宿登记本。我说，刚下飞机，不知道还有房间没。

我没有订房间，也不知道会不会有空房间，已经做好了睡沙发的心理准备。

老大爷说，身份证拿一下，我赶紧递了过去。他带起眼镜，在灯光底下照着看，然后往住宿登记本上抄着。

不一会儿，大爷递给我床单，被套。"好了，三楼，你去吧。"

推开房门，大家早已熟睡，只有一盏灯亮着，一个金发女孩抱着电脑坐在床头，正熟练地敲击着键盘，神情专注。我小心翼翼地放下背包，开始收拾床铺。

那女孩抬起头来，看着我，我赶紧说，"Hello"。

那女孩笑着说，"你好"。我很惊讶，她竟然会说中文。

我的英语很差，仅仅会几句常用的口语而已，很庆幸她会说中文。交谈中我知道，琳达从美国来，在北京工作了一年，这次是和另一个朋友从西藏一路走滇藏线来到昆明，她说了很长时间，最后她说，中国很美。

夜很深了，她依旧没有关灯，翻看着一路拍回来的照片。

第二天，雨停了。清晨，琳达依旧在熟睡。我早已离开青旅，在路边小摊吃完热气腾腾的早点，坐上公交车，耳机里听着广播，调频FM99香格里拉之声。

这时，我的眼睛是属于昆明的，透过那悠闲的生活节奏，偶尔在大街上，可以看到一些穿着民族服饰的人们。

车上有位陪孩子上学的母亲，给孩子讲，要听老师的话。孩子则大口吃着面包，全然不理会母亲。突然，从车窗外洒进来大把的阳光，整个车厢变得温暖起来。在窗外的楼宇之间，一轮红日染红了天边的云彩。

一瞬间，嘴角上扬，这又是一个温暖的清晨。

晓娜和我是同一批进入单位的同事，记得有一次，因为工作上的事情，我们吵得很凶。她认为我工作不认真，我认为她的那些要求无理取闹，拿鸡毛当令箭。那时，我还是普通员工，她却已经成为代理的管理层。说实话，我心里很不服。

那次，我们说话也很不客气，俩人站着对吵。

晓娜说，"有本事，你以后不要和我说话。"

我也毫不客气地说，"有本事，你以后干什么不要叫我。"

气氛凝重而恐怖，新来的员工吓得都不敢说话。

后来，我做了深刻的反思，为什么会这样？我们不能心平气和地谈话吗？为什么我会这样生气？

第一，主要还是自己和晓娜太熟了，一个学校毕业，一起上班，一起实习，一起工作。我会在领导面前谨言慎行，我会在陌生人面前沉默寡言，但在熟人面前，永远都是无所顾忌地说话，像对待自己的兄弟姐妹，无论对错。

第二，是我的骄傲和自卑在作怪。领导交代的工作，即便自己觉得很无聊、没有必要，但也会立即去做，因为他是领导。晓娜是代理领导，她交代的工作，我却要用质疑的态度想半天，看看是否正确。与其说，我生晓娜的气，还不如说，我是和自己在赌气。

后来，我们又和好了，我也忘了是什么时候，反正很快。工作中依旧吵吵闹闹，但只要我需要帮助，她都会第一时间来帮我。后来我离开了那家单位，有一次身上钱不够，打电话给她，不到5分钟，银行的短信就过来了，账面上汇入了4 000元钱。

她打电话说，"记得本金和利息一起还啊。"我迎合着说，"好啊，呵呵。"

我告诉自己，以后说话和做事，再不要讲那么绝对了。

2 美丽世界的孤儿

云南，大理白族自治州大理古城

8：12开，L9014次，无座。我选择在大理停留。

摇摇晃晃地看着一路的风景。车上的人其实并不多，这是临时列车，座位是由卧铺改成的硬座，一层坐人，二层放行李，三层干脆没用。所以，虽是无座车票，可是座位还是有的，算是幸运，没有拥挤到过道上满是横七竖八的人的情景。

火车上的背包族占了一大半，他们嘻嘻哈哈地聊天、打牌、嗑瓜子，不知疲惫。我一人坐在靠窗的位子上，怀抱着相机，不想错过沿途的一切美景。远处的青山、云朵，近处的稻田、村庄，美不胜收。这个季节，稻子已经成熟，被扎成一捆捆，堆放在田野中，三五农人正在稻田里忙着收获。

我拿出随身携带的笔记本，开始整理心情。那支笔，透过窗户的阳光，在笔记本上不停地写着关于行走的文字。

"你在干什么？"对面的女孩问。

我抬头看着她，女孩一头柔顺的长发，有些好奇，有些矜持。

"没什么，胡乱写写。"我笑着回答。

女孩在云南上学，这次是去大理找同学玩。她对我的经历很感兴趣，她像是个访谈记者，聆听着我的讲述。她讲自己的遭遇和未来的理想，但更多的是摆出了一大堆困难，不知如何前行。我从她的眼睛里，看到了自己之前的迷茫。

我对她讲，只要你敢想，你的目标就会实现。我没有过多地解释，我知道，这样的结论，需要她去实践才能获得并深深体会。

在下关下车，我与女孩告别，来到洱海边。微风轻拂，雾气升腾，视线模糊，远处的苍山在雾气中隐约浮现。一对老夫妇，阿姨摆着新潮的姿势，很是高兴，叔叔则按着阿姨的指点拿着相机不停地拍着。他们像极了热恋中的情侣，一个人负责笑，一个人负责拍照。

阿姨招呼我过去，为他们拍一张合照，我很乐意，"怂恿"着他们摆了很多另类时尚的造型。看到相机里他们甜蜜灿烂的笑容，我很开心。我想定格那最快乐浪漫的一刻，供两位老人去回忆和品味。祝福他们快乐。

他们羡慕我年轻，我羡慕他们幸福。

临走，阿姨笑着向我挥手，祝我一路顺利。我很庆幸自己

在年轻精力充沛时就可以做他们老了才去做的事。

来到大理古城，时间太短，景观太多，我竟有些局促。

大理三月好风光，蝴蝶泉边好梳妆，

明年花开蝴蝶飞，阿哥有心再来会……

《五朵金花》是一部很老的国产电影，讲述白族青年阿鹏与金花在一年一度的大理三月街相遇时一见钟情，次年阿鹏走遍苍山洱海，寻找金花。经过一次次的误会之后，有情人终成眷属。美丽的古城，美丽的爱情，永恒的经典，一直让人念念不忘。

"粑粑"、"烤乳扇"，大理古城的街巷到处是这样的醒目字眼，古城还有许多洱海里的美味，这是每个来大理的人不可错过的。请再留心细看，大理"上关风、下关花、苍山雪、洱海月"四景就藏在路边这些白族姑娘的头饰上，一抹白雪夺目，一束风穗迷人。

可能每个人对大理的印象和感受不尽相同。我倒是很喜欢大理古城的感觉。在大理古城，街边摆摊卖些小东西的，弹着吉他唱歌或是跳舞卖艺的，大部分都是漂泊的年轻人。有一个歌者，抱着吉他自在吟唱。我想说，那首《夜空中最亮的星》原来也这么好听！之前我未曾留意过这首歌，也未曾为此停下脚步，可这一次我似乎可以听到他的内心。

于是，我买了一张他的专辑，他签了名给我，然后对我说："哥们，如果哪一天我成名了，你可以拿着这张CD来找我。"

我有些感动：我为了一个令我无比向往的景致去遥远的地方旅行，但是最令我难忘的，却常常是不经意间瞥见的，从身边一闪即逝的某个场景。

穿越风花雪月的大理，我一脸的严肃和平淡，挤不出一丝微笑。不疯跑，不大声说话，没有跳跃和拍照，仅仅是背着背包，在夜色中漫游这古城的灯火。然后，在路边等最后一班公交车。

我，仅仅只是苍山洱海边的匆匆过客，是这美丽世界的孤儿。

在中国的云南省，有一个大理白族自治州，那里的苍山、洱海、蝴蝶泉享誉天下，还有那默默不语绽放的山茶花。一个柔软的城市，一缕柔软的沁香，一阵轻风吹拂，让人心静如水，无暇世间纷扰，这就是大理留给这个来自几千里之外普通青年的印象。

在大理，我看见山，看见阳光，看见风花，看见雪月，看见安静，看见自己。那次，我没有在大理过多停留，没有骑车环行洱海，也没有去喜洲和双廊。

前几天，我翻出大理的照片，突然觉得还没有看够，想想，应该抽时间再去一次。

3 格桑梅朵

云南，迪庆藏族自治州香格里拉县

几天没刮胡子，满脸颓废的胡茬儿疯狂生长，我知道，我需要一种无所顾忌的力量。

旅馆老板娘是北京人，她只有在旅游旺季的时候才会住在香格里拉，每年的10月后就回到北京，次年5月份再来。

昨天晚上我问她，我想去看最美丽的香格里拉，应该去哪里？她想了一会儿，然后告诉我一些地名：纳帕海、松赞林寺、普达措……

她一口气说了很多。"你去看看，这些地方都很不错。"她笑着说。

天刚蒙蒙亮，我从旅馆出来，走在古城里。说独克宗老，是因为这座昔日的茶马古道重镇，收藏了一千三百多年时光雕刻的沧桑历史；说独克宗真实，是因为独克宗古城的朽败是事实，但它真的很美；说独克宗活着，是因为它属于普通百姓，是一个依然充满生命活力的古城，且生生不息。我朝着背街小巷走去，确实如旅馆老板娘所说，这里的院落基本都是石木结构，雕梁画栋，造价昂贵，气势磅礴。

按理说，这样富丽堂皇的藏族院落的主人应该也是珠光宝气才是。可是奇怪，这里的藏民都很朴素，妇女一般穿着蓝黑色的上衣，围着一条蓝色围裙，男人穿着有些土气的夹克，朴素的有些让你不敢相信。

我先去了拉市草原和纳帕海。草已经微微泛黄，狼毒花红得鲜艳，天空蓝得不可思议。大片的云朵仿佛触手可及，远处的石卡雪山，由于云朵的遮挡，颜色深浅不一。我想，我要是一朵云该有多好，自由飘散。脚下的沼泽湖泊映衬着如画的美景让人沉醉。我躺在这片如画的草原上，用衣服盖住眼睛，闭目养神了很久。在这里，只要有相机就行，不需要你调试拍照模式，讲究构图和光线。随意的一张，咔嚓！就是一幅美景。

之后又去了松赞林寺。噶丹•松赞林寺于1679年兴建，1681年竣工。据说寺址是达赖喇嘛占卜求神所定，寺名为五世达赖喇嘛所赐。"噶丹"表示传承黄教祖师宗喀巴首建立噶丹寺，"松赞"即指天界三神帝释、猛利和娄宿的游戏场所，"林"即"寺"。寺院名称合起来可理解为："一切显密非一次修成，为使无垢之法源尖不断地惠及众生，使之圆满，特建此寺。"

　　进入寺院，佛屏山前，一组庄严肃穆的庞大建筑群依山而立。连片的建筑，金碧的屋顶闯入了我的眼里。玛尼堆、经幡、哈达。转经的老人和孩子，他们的眼睫毛在脸颊上落下淡淡的阴影。红衣僧人是静默的，静得能听到草拔节长高的声音。我脱掉帽子，摘下墨镜，一路拾级而上，轻步进殿。在大殿跪拜后，香案旁边的喇嘛微笑着递给我一串的佛珠。我在松赞林寺的台阶上，端坐了一个下午，送走了来往的每一朵云彩。

　　晚上，日月广场上播放着欢快的锅庄舞曲，我听不懂。有十几个藏族阿妈慢悠悠地跳着，还有些藏族的小孩，他们的舞步娴熟而轻盈。

　　过了几天，旅馆里刚来的旅行者也问我去哪里，我也只能含糊地像旅馆老板娘一样笼统告诉他们，纳帕海、松赞林寺、普达措……，这些地方都很不错，你们可以去看看。

　　我记得，我离开香格里拉时，是一个阳光灿烂的午后，汽车虔诚地绕着城郊的白塔转了三圈。那一刻，我有些激动得说不出话来，我知道这是信仰的力量。

汽车司机旁边的金色小经筒依旧不停旋转，哈达也依旧在。我打开车窗，眼前依旧是那一尘不染的蓝、不断变幻的云，而我手上，则多了一串佛珠。

我想，香格里拉很美，在传说与现实之间，我们没有必要去刨根问底，在这里本身就是人间的童话。

只有聆听、只有感悟、只有凝视，我与香格里拉是一种默默地交流。天边有个心灵的家，在消失的地平线上，最美的格桑梅朵其实并不遥远，她就深藏在每个藏族人的心里。

　　前一段时间，香格里拉县独克宗古城失火，焚毁房屋百余间，部分文物、唐卡等佛教文化艺术品被烧毁。我心里不禁一惊，想起那年在独克宗古城游荡的情景。独克宗愿你安好！

4 扎西旺堆

云南，迪庆藏族自治州香格里拉县

扎西旺堆，我是在旅馆认识他的，他是当地的一个司机兼导游。第一次见他，他递给我一张名片，那排版显得劣质粗糙，正面是他的名字，还有他家车的照片。卡片背面是旅游景点的介绍，还印有一句话：欢迎您来到美丽的香格里拉。

扎西旺堆每年有多半年时间陪着天南海北的游客穿梭于藏区的每一处美景，只有冬天的时候才待在家里准备过新年。

据旅馆的老板娘说，扎西旺堆几乎每天都要去各个旅馆

转一圈，问问这几天游客都是去哪里的，自己的名片发完了没
有，看有没有包车的人等等。前几天，他刚从德钦县的梅里雪
山回来，包车的是瑞典的三个背包客。

　　扎西旺堆对我说，他家住了一个在青岛上大学的女孩，叫
小曼，已经几个月了。前几天一直劝那女孩回家，不是因为自
己嫌麻烦，只是都10月份了，她早该回去上学了，也省得她父
母担心。

　　"她为什么住这么长时间不走？"

　　"可能是喜欢这里吧。"

　　"那你要她付钱吗？"

　　"没有。"

　　今天，扎西旺堆来旅馆说，那女孩终于决定回青岛，他准
备回家接她去车站。我告诉扎西旺堆，我想随行去看看，扎西

旺堆答应了。

扎西旺堆家在县城十几公里以外，面包车在一处有白塔的地方，转弯拐进了一个村子。这是一片草原，散居着十几户农家。一两只狗听到动静开始狂吠，这里家家户户都有一个很高的架子，晾晒着成熟的青稞。门窗上，屋顶上，外墙上，描红画绿。那窗幔，风一吹，五彩的布帘随风摆动。

车停了下来，一位藏族女人闻声开门，她是扎西旺堆的妻子。扎西旺堆和她说着藏语，语速很快，我听不懂。

我进了屋子，坐在他家的火炉旁，环顾四周，沙发上是藏式的毛毯，大厅四处绘满了藏族八瑞祥物，金碧辉煌。神龛有窗户大小，里面贴着布达拉宫的祥云图和班禅法师的画像，神龛上挂着一条洁白的哈达。

一个女孩走了进来，帮我递上了热腾腾的酥油茶。我猜想她就是扎西旺堆说的那个青岛的女大学生小曼。

我问她："听扎西旺堆说，你都来了几个月了，你是怎么来到这里的？"

"我暑假和同学一起来这里旅行，我们去了这里的很多地方，然后同学们开学都回去了，我却留了下来，我喜欢这里。扎西是我们当时拼车的司机，我就住在他家。"

"那你不用回学校上课吗？父母不担心你吗？"

"我大四，现在的课程不是很多，老师也管得不严。父母离婚了，现在我和母亲一起生活，怕母亲担心，我没有告诉她我在旅行。"

"那你怎么想着要回去了？"

"路终究是要走下去的，停下来就结束了。我需要找工作，需要照顾母亲啊，你先歇一会，等等我，我去收拾东西。"

　　小曼的行李其实很简单，几身换洗的衣服和洗漱用品，一个笔记本，一个手机充电器，没过多长时间就收拾完了。

　　正要背上背包的时候，她沉思了一会儿，对我说："我能借你相机拍张照片吗？"

　　我回答她："没问题。"

　　小曼很高兴，转身进屋，问扎西旺堆妻子借了件藏袍，拉着扎西旺堆夫妻俩在家门口照了一张照片。

　　他们笑得从容灿烂，我被这对藏族夫妻的朴实善良感动了，素昧平生，却如亲人般热情和善。照完照片，换下衣服，小曼背起背包，扎西旺堆的妻子站在门口，为我们送行。

　　"扎西德勒。"说完，小曼的声音都有些哽咽了，硬生生地忍住了眼泪，跳上了面包车。面包车缓缓启动，那村子远去了。

　　车上，我们谁也没有说话，小曼的心情稍微平复，呆呆地望着窗外。扎西旺堆还是一路听着藏歌，高兴了也会跟着哼几句。我想，像这样的你来我往，估计扎西旺堆早已经习以为

常，没必要这般忧伤。

　　到车站，我和扎西旺堆陪小曼买了去丽江的车票，再把她送上汽车。

　　小曼透过车窗，朝我们挥手。

　　扎西旺堆笑着说："有机会再来玩啊。"这是他的口头禅。

　　回去的路上，我开始认真地问扎西旺堆："如果我在你家住上十天半个月，你嫌弃不？我可不是开玩笑的。"

扎西旺堆笑着说："可以啊，没问题。"

我心想，可惜我没有那么长的时间，要是有时间的话，我还真想在这里住上一段时间。

汽车站离古城停车场不远，不一会儿就到了，我下了车。

"扎西，我回去给你问问旅馆的老板娘，看有没有明天想包车的人。"我很想帮他做点什么。

"谢谢。"扎西旺堆笑着说。

"嗨！去哪里，要包车不？"扎西旺堆又开始揽活，朝着远处的一群游客喊着。

我转身离去。我记得很清楚，这是扎西旺堆见我第一面的时候说的话。

扎西旺堆，因为你是我的朋友。我们周围有很多的平凡，平凡的人，平凡的故事，你到底知不知道，那些感人的能量，在一瞬间，都会在别人的内心播下温暖的种子。

5 用一江水的单纯

云南，丽江市虎跳峡

去中甸的路上，从一个叫作桥头的地方，瞥过这峡谷一眼之后，这梦想就日夜缠绕，甚至成为我的人生是否依然具有勇气和活力的一个拷问。

用一江水的单纯，面对一辈子的复杂，恰如这滔滔的金沙江水，一路的春花秋月，一路的风风雨雨，简单最好。

下午一点多，汽车在一个叫桥头的地方停了下来。公路正

在维修，要去的话，需要包车才行。等了大半天，凑够了四个人，面包车启动，车上分别是香港的Andy，北京的郑姐，哈尔滨的小丽和我。

车窗摇晃，从来没有这样近距离地接触这样山高谷深的地方。车在玉龙雪山和哈巴雪山之间艰难前行，路边就是浑浊怒吼的金沙江，山路崎岖不平、泥泞不堪，到处是大水坑和泥潭。

金沙江发源于西藏，流经青海、四川再到云南，江流沿途都是相对僻远之地，水土本不应该遭受如此严重破坏。或是早期江中盛产沙金引来掘金者过度采挖。想想，金沙江以其丰富蕴藏招致千年不愈的累累伤痕，实在是太过悲哀。

突然，汽车陷入了一处很深的车辙中，不停打滑。我们下车，推车。断断续续地走了大概有一个多小时，我们才到达了中虎跳。

从"张老师小路"一路下去，雨水打湿了脸颊和衣服，路面异常湿滑，行进艰难无比。抬头仰望，在云雾中看不见雪山有多高，低头俯视，只见在峡谷的巨石上蚂蚁般的人。紧跟前人的脚步一步步地挪动，过了很久，渐渐听见波涛声澎湃而来，随即询问上来的伙伴，得知，马上就到了。四人激动不已，加快了脚步。

远处就能听见水流潺潺，走近一看，原来在深深的峡谷中，竟然有瀑布细流从哈巴雪山一侧狂泻下来。捧上一口雪山水，入口甘冽清爽。脚底湿滑泥泞，我小心翼翼地爬上江心石，波涛汹涌的浑浊江水一路奔腾，雷霆万钧，场面壮观。

眼前的虎跳峡是令人惊心动魄的。江水被玉龙、哈巴两大雪山挟峙，山岭与江面相差三千余米，江面最窄处仅三十余米。我站在距离金沙江不到半米的岩石上，看着这一路奔腾的江水，劲风雾气吹拂飞腾。

我想，江水带着自己冰清玉洁之身，一路奔流，来到狭窄的虎跳峡，是懦夫早已后退，是虚张早已不前。而金沙江水以雷奔云泻的气势和义无反顾的豪情，奔腾怒吼搏击突兀的礁石。在经历粉身碎骨，撕心裂肺的震动之后，又浩浩荡荡，一往无前地日夜兼程。

有时候想想，也对！管它未来是什么，简单地走，坚强地走就对了，你需要走出你的气势。剩下的，不需要你考虑。用一江水的单纯，面对一辈子的复杂，恰如这滔滔江水，一路的春花秋月，一路的风风雨雨，简单最好。

离开的时候，我特地让北京的郑姐帮我在峡谷的巨石上拍了张照片。

从中虎跳峡上来，Andy要去TINA'S旅馆，他明天要徒步一天。我本计划去丽江，但对Andy的峡谷徒步心生向往，但无奈自己在丽江的旅馆早已订下，便与北京的郑姐和哈尔滨的小丽，离开。

　　车走到半路，我突然脑子一热，疯一样地告诉司机，我要下车。下车后，我在泥泞的小路上换了辆反方向的车，回到了TINA'S，我临时改变主意，决定要和Andy一起徒步虎跳峡。

TINA'S是一家大山深处的青旅，有世外桃源般的感觉，来这里居住的大部分都是外国人。Andy看见我也很高兴，他是香港一家公司的设计师，年龄比我稍大几个月，但是仍有清澈的眼睛和简单的想法。

他的工作很累，和老板讲了辞职，未获准，老板和他妥协，给他放了三个月的假，于是他来到了内地。他给我讲工作中的不快和自己一路的行程和计划。而我，也给他讲我的工作，讲我的旅行。两个人，素昧平生，却有着相似的经历，只不过Andy算是比我勇敢。

那天晚上很静，静得只剩下虎跳峡奔腾不息的江水声。

对于多数人而言，扣除在睡眠、准备餐点与进食、交通、工作，以及处理杂务上的时间，每天其实就有那么几个小时的自由时间。请多加保护自己的时间，这是你最珍贵的资产，请务必用生命捍卫它。

——Lee Babauta 《少做一点不会死》

回首往事，多少事想而未做。展望前程，还有多少事在等待你努力。未完成永远是人生的常态，也是一种积极向上的拼搏状态。所以，我想，这需要我在生命的任一阶段与工作达成一种和解，在积极进取的同时也保持着超脱的心境。

闲暇是生命的自由空间。只是劳作，没有闲暇，人便会丧失性灵，忘掉生命的根本。今天的计划没有完成，还有明天。今生的心愿没有实现，却再也没有来世了。

一生中能够有时间做爱做的事情，就应该满足了。

6 我们都来不及疲倦

云南，丽江市虎跳峡

仰望天空时，什么都比你高，你会自卑；俯视大地时，什么都比你低，你会自负；只有放宽视野，把天空和大地尽收眼底，才能在苍穹泛土之间找到你真正的位置。

我绝不会想到，接下来迎接我们的将是湿滑泥泞、云里雾里的一天。

清晨七点，我和Andy相继起床。屋外云雾缭绕，秋雨淅

沥。雨雾中的哈巴雪山无比神秘，让人肃然起敬。

这种天气徒步虎跳峡，极具挑战性。因为这条路上条件艰苦，无论从时间、强度和安全上考虑，这都不是最好选择。

我们离开TINA'S没走多远，就开始一路爬升。一前一后，云里雾里，并不知山有多高。两人都带了雨伞，可谁都没有撑。走了许久，来到了半山腰，终于不用爬坡了。环顾四周，谷底隐约可见怒吼的金沙江水，山上是飞流三千尺的银河，薄雾像一条无限延长的洁白哈达缠绵在远山。

这里的居民住的都很分散，现在距下一个"服务区"还有将近两个小时的路程。因为下雨，路变得异常湿滑，所以我们走得很慢。路边的石缝有成簇的野花生长，挂着晶莹的雨珠，很是好看。

过了很久，终于看到有几户农家，Andy告诉我那是HALFWAY G.H.，这里挂满了世界各国的国旗，写满了各种各样的文字。看看时间，任重道远，继续上路。

接下来，可怕的是，一路下坡，等下到坡底，我俩才发现走错了路，这时我们已经花费了近两个小时。望着刚刚下来的盘山路，想要上去起码需要三个小时或更长时间，这样一来将会白白耗费五个小时的时间，能不能徒步出山都是个问题。

怎么办？上去？还是沿着来时的大路走出去？我和Andy沉默了，气氛凝固。

突然，Andy说话了，"黄，我想上去。"

我笑着说，"我也是这样的意思。"

尽管时间不够，但我们都不想留有遗憾，只是猜不出对方的心思，都不好意思开口。

　　相同的想法，幸运的遇见，互相加油，卖力地向上爬。一个多小时过去，一声鸣笛，一辆面包车。我们赶紧上前拦下，说明原因，好心的司机载着我们一路上山。感激之情不言而喻。

　　为了赶路，我俩边走边吃。雨依然在下，越下越大，俩人都成了落汤鸡。前方的TEA HORSE G.H.，走了好久才到，筋疲力尽。干粮也吃完了。渴了，接路边瀑布水来喝；饿了，捡几颗野核桃剥开来吃。就这样，到达TEA HORSE G.H.已近下午两点。

　　看看那石头上的路标，"NAXI FAMILY G.H. 3 Hours"。我们有些紧张，但只能像长征一样坚持不停步。沿着箭头的方向走去，没有了平路，我们深入松林和灌木丛中，峡谷开始变宽。体力渐渐不支，速度慢下来。

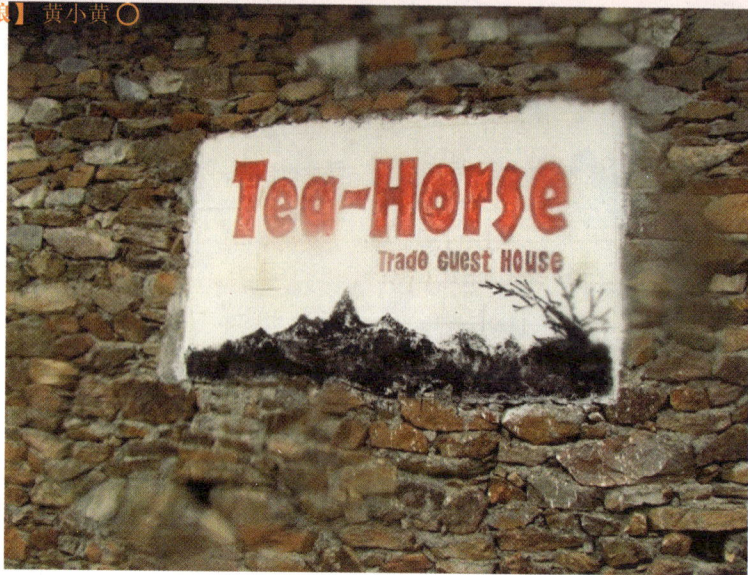

　　过了一会儿云层稍有些舒展，雨势减弱，但是路面很滑，尤其要上山岭。170米高，走了近一个多小时，接下来又是下坡路，这里是最不好走的一段——28道拐。Andy一路上不知摔了几次跤。

　　至此，我们已经远离了金沙江峡谷，地势渐渐平缓，一路疾走下山。不知又行走了多久，看到一处大院，美丽的三角梅盛放。走近一看，是NAXI FAMILY G.H.。进屋小憩了一会儿，喝杯热茶。好心的阿姨赶紧过来催促我们上路，不然，天黑了就出不去了。

　　从NAXI FAMILY G.H.到桥头还有大约三小时路程，接下来的路就属于村级山路。由于下雨，当地人的交通工具都是马匹，导致山路全是深浅不一、十几厘米的泥潭。路面开始变得异常难走，除了泥，还是泥。

　　无处绕行，脚便伸进了泥潭，拔出来，鞋上糊着黄色的泥巴。索性，开始无所顾忌，两人在泥潭中踏行，全然不顾脚下的泥泞山路。

　　不久，路况开始变好，土路，过后石子路。当走出最后一个村子的时候，松了一大口气。再看对方，衣服湿透，两脚黄泥，狼狈不堪。我们扔掉竹棍，在路边靠墙躺下。

想起了王安石的那句"而世之奇伟、瑰怪、非常之观，常在于险远，而人之所罕至焉"。只有经历过逼仄的险境，才会在风景豁然开朗时格外欢欣；只有经历过汗如雨下的攀爬，才会在到达终点时分外自豪。

每个选择追寻的人都会有自己的理由。我渴望追寻，也许我厌倦了某些生活。我意外中的这一次行走，是否将成为我对自由生活永恒的歌唱呢？这个答案在徒步走完虎跳峡的最后那一刻已经豁亮。

只是因为在云南的一个偶然的照面，便无法忘记这里的风景和分分秒秒的脚步。行走，是一次个人体验。在路上，我们都来不及疲倦，我们沉默着保持自己的判断、自己的体悟。

　　这该是怎样一种深刻的记忆，疲惫的我浑身是泥，却被雪山峡谷深深折服，因为我知道，自己留下的是脚印，是汗水，而不是橡胶轮胎的印痕。

　　回到香港不久，Andy发邮件告诉我，他把原来的老板炒了，重新找了一家单位，最近马上去报到，我真替他感到高兴。

　　再后来，我便和Andy失去了联系。

7 时光自有时光的章法

云南，丽江市大研古镇/束河古镇

　　我站起身，推开窗扇，我获得了一个清亮。像这样柔凉、稚嫩、新鲜、清亮的早晨，是阳光从容不迫地带来，它仿佛在诗歌与音乐之外，在遥远的本质和天真的地方带来。阳光来了，我在很久的时间仍这样想。

　　　　　　　　　　　　　　——古清生《阳光八万里》

　　时光自有时光的章法，我就这样一个人在丽江待着。

　　有人说若有一个地方，让你去了便深深依恋，想留下，想老去，那就是丽江。也有人说，不要轻易去丽江，因为她会把你留下，人走了，心还在丽江。时光不早不晚，我来到丽江，把雨伞丢在背包里，把手机丢在客栈里，把工作丢在单位里，把琐碎的事情丢在尘嚣里。

　　我住在一家地势较高的客栈。推开窗，玉龙雪山，白雪皑皑，干净清澈，十三峰连绵不断，宛若"玉龙"腾越飞舞。守着窗看了许久，伴着那温暖的透心的阳光，还有那屋檐蜷卧的懒猫。或许，有些景物是只可远远欣赏的，近了反而落入凡俗，索然无味。

　　记得丽江有一个流传了不知多久的故事。在丽江玉龙雪山顶上，每到秋分的时候，上天就会撒下万丈阳光，在这一天，所有被阳光照耀过的人们都会获得美丽的爱情和美满的生活。可这招来了善妒的风神的嫉妒，因此，每到这天，天空总是乌云密布。人们所有的梦想都被那厚厚的云层所遮盖。风神善良的女儿，因为同情渴望美好生活的人们，就在那天，偷偷地把遮在云层里给人们带来希望和幸福的阳光剪下一米，撒在悬崖峭壁上的一个山洞中，让那些对爱情执着而又不惧怕困难和危险的人们，可以在那天得到那一米阳光的照耀，因此过上幸福美满的生活！

古城很热闹，小吃、纪念品、酒吧、咖啡厅、客栈应有尽有，纳西族人不多，倒是外地游客随处可见，这里更像是一个天南海北、国内国外、不同肤色涌进的万花筒，各种元素相互碰撞、交织，归于平静、淡然。

听很多去过丽江的人说，他们都期望这样简单平淡的生活，可大多数却仅仅做了过客，就像此时身边不远处自拍的两个北京女孩。过不了几天，她们又要回到自己那座办公楼，早出晚归地日夜忙碌。当然，我也一样。

想起了一个网上流传很广的段子：两个人，一个北京，一个丽江。一个年薪十万，买不起房，朝九晚五，每天挤公交，呼吸着汽车尾气，想着出人头地。一个无固定收入，住在湖边一个破旧的四合院，每天睡到自然醒，以摄影为生，到处溜达。没事喝茶晒太阳，看雪山浮云。一个说对方不求上进，一

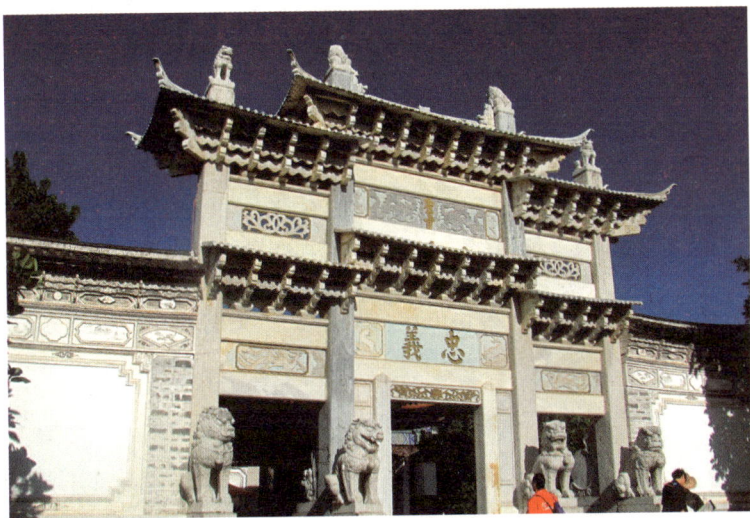

99

个说对方不懂生活。

我觉得，生活方式，没有对错，也没有优劣，有的仅仅是自己的喜好，毕竟好不好，只有自己知道。

我想，真正有勇气迈步的人，都会不声不响地归隐在古城的各个角落里，看新闻，喝咖啡，写微博，弹吉他……他们是生活的忠臣，不属于丽江，仅仅属于另一个崭新的自己。在这座心灵英雄云集的小城，他们透过木板门，微笑坦然，思绪专注。心如止水，沉淀得不发出一点声音。

丽江的水均是玉泉水，从城东北黑龙潭涌出，走巷串户，常年流淌。溪上多建石拱桥，主街傍河，小巷临渠，顺着地势，这些河流起起伏伏，宛如流动的乐谱。

夜晚，顺着潺潺流水，我不知方向地随街绕城，穿桥入巷。霓虹闪烁，映衬着石板短桥，空气中弥漫着醉醺醺的酒味。白色路灯，寂静无声，唯有纳西老人长长的背影。我看见了这座城的喧嚣，也看见了这座城的孤独。

夜色中的丽江古城，很多店已打烊，那些木板门吱吱呀呀地被关上，六扇门板也被一块块地安上。但丽江不夜，那酒吧一条街，古色古香的建筑，周围弥漫花香，脚下是静静的流水。我不能适应，但是，正是这些歌舞升平支撑了丽江那艳遇的名分，照顾一个个忙碌孤独的心灵。其实大家都知道，那最真实的丽江早已休息。

Jarry给我电话，约出来转转。Jarry一路从西藏而来，他没有相机，凑过来给我看他手机里像素很低的一些西藏照片，他说，有些风景留在自己心里就可以了，拍的怎样，没关系。

"黄，要不进去坐坐吧，我请你。"Jarry客气地说。

两人随即进了酒吧。伴着震耳欲聋的音乐，围过来一些不认识的人，大家聊着乱七八糟的天南海北，只为喝酒和开心。

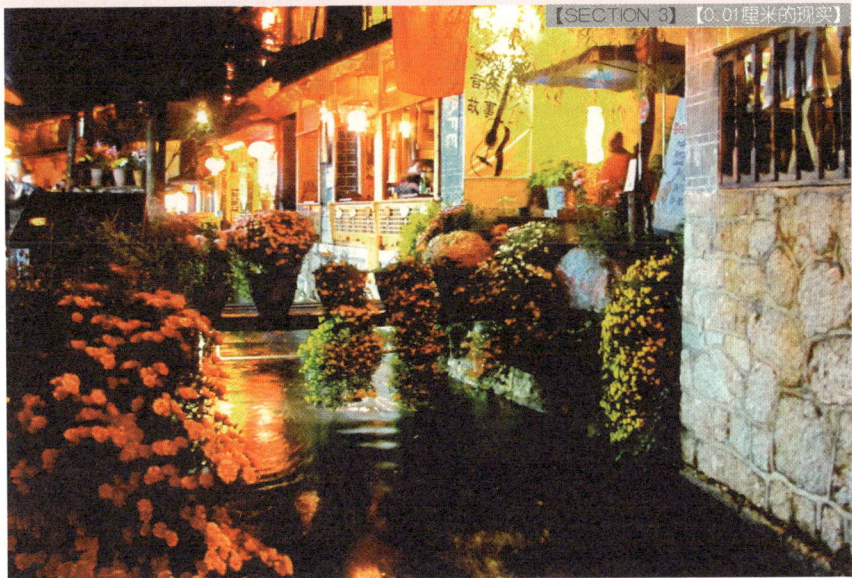

喝完第一杯，第二杯，第三杯。

酒中不分身份，不论缘由，暂时麻痹神经，放下灵魂，仅仅带着躯壳，简单尽欢。Jarry带着醉意，说着自己的飞扬跋扈，为了请假旅行，竟然和老板闹得不可开交，甚至将老板暴打一顿。

我静静地听着，竟有种莫名的感动，那些一个个微不足道，却又不可复制的活生生的人，忘记自己是谁，忘记从哪里来，尽管错得离谱，却毅然将错就错，去了不知道的远方，然后说着平日里不敢说的话。

和Jarry喝完酒已近凌晨，两个人醉醺醺、摇摇晃晃地逃离了喧嚣。

"第二天去哪里？"我问。

"去束河吧，比大研古镇静。"Jarry回答。

第二天，在束河临街的一家咖啡店中，我又一次看见了Jarry。桌前，有杯咖啡，他懒散地搅着，一人随意地翻着杂志。和昨晚酩酊大醉、语无伦次的他，判若两人。我并没有上前和他打招呼，而是用报纸遮住脸，懒懒地躺着，像个简单无

101

虑的少年。

暮色再一次催我醒来，而我此刻早已熟睡。在丽江，可闹可静，可疯可醒，可俗可雅，可以随意塑造那个想要的自己，可以享受那份自由背后的欢愉。

时光自有时光的章法，我就这样一个人在丽江待着。

每当我心烦意乱、疲惫不堪的时候，翻开那些在丽江的照片，心神顿时舒缓。

对物质从来没有进取心的我，终于也有了对金钱的渴望。我开始变得"喜欢"钱，我开始想怎样能够挣到更多的钱。如果有一天，我有了一定的物质条件，我会买车，也会买房子，但够用就好。

我可能会带着我的父母、爱人和孩子多出去走走，我可能会努力传递出更多的正能量，我可能会实实在在地做一些自己喜欢做的事情。

我开始明白了一个道理，有没有进取心，有没有幸福感，取决于自己，和金钱的多少没有关系，和时间多少也没有关系。

因为，时间自有时间的章法。

8 世间不易，请珍重

云南，丽江市大研古镇

　　在丽江客栈住了两天，小雨一直没停，我在前厅的沙发上胡乱地翻看杂志，打发时间。街上人太多，我不愿意去。一大早，前厅来来回回有很多人，办理入住手续的，要床单的，问攻略的，聊天会友的。

　　中午，大家都出去玩了，前厅人少些。突然，门开了，进来一个女孩，一身松散的花棉布长裙，白色的帆布鞋，戴了一副墨镜，背着一个背包，一身文艺女青年的打扮。

　　她缓步来到前厅，打听住宿的情况。值班的小妹说，没有大床房了，只剩下一个床位。那女孩便开始抱怨起来，说现在这些人疯了似的往丽江来，导致丽江现在不是酒吧，就是卖东西的小店，害的自己也没地方住了。

　　她说了大半天，也没说住还是不住，便坐在沙发上，歇脚。不一会儿，她又拿起相机，去院子里拍那墙边的鲜花，还有那只慵懒的猫咪。然后又从包里拿出一本书翻着，我远远地瞅了一眼，是《撒哈拉的故事》。说来惭愧，这本书我也没怎么看过。

　　过了一会儿，那女孩便合上书，看我拿着一本杂志翻看着，便过来找我说话。她说自己在北京的一家杂志社做编辑，去过很多地方。她说的天南海北。我倒也算配合，安静地听着。

　　大约过了一个多小时，那女孩背着背包，走出了客栈，然后微笑地朝我挥手。我客气地回笑，挥手示意。可过了一会儿，她又回来了，朝前厅的小妹说，那个床位，她要了。看的出，她还是有些很不情愿。

　　晚上，她来到前厅，邀请我一起出去转转。我也正想转转，于是一同前往。

　　女孩仍和中午一样，不同的是多了一条花格子的披肩，她拿着相机开始拍着丽江的夜景，河边的菊花、路灯、行人、行走的纳西族老人，都在她的拍摄范围。

　　她让我帮她拍照，不得不承认，她的姿势摆得都很好，有一股莫名的文艺风。我给她看照片，她很满意，冲我笑着。逛完街，拍完照，俩人一起去吃饭。找了一家环境比较好的餐厅，本想ＡＡ，但是想想，还是算了，费用可以接受，就自己买单了。

　　吃完饭，我有些倦了，我们开始往回走。在一个路口，她告诉我，有一个朋友约她，她要去见见。于是，径直朝着相反的方向走了。

　　第二天早上出门，我看见那前台的小妹正目不转睛地盯着一旁的电脑监控。我好奇地询问缘由，前台的小妹说，"昨天和你一起出去的那个女孩不见了，就连前台的明信片也被她偷偷拿走了，她还偷走了同室人的800元钱、1部手机、1个相机。已经报案了，正在看监控，看还能不能找些有用的线索。"

　　我心里一惊，很难将小偷、骗子和她这样的女孩联系起来。人真的是很复杂，并不像小时候动画片里的好人和坏人那样分明。动画片？！我为我那一刻联想到的关键词感到有些可笑。

　　本来我也想提供些线索，可是一想：第一，我不知道她的名字；第二，我没有她电话；第三，我也没有她的联系方式，看来是无能为力了。

　　想想昨天晚上，她还在餐厅和我聊旅行的故事。我想，是不是她遭受了怎样的打击，或是遇到了怎样的难处，我无从得知。

　　幸亏那女孩没有找我下手，否则，估计我也是个受害者，想想自己还算幸运。

　　来来往往在路上的人，他们都有自己的想法，或失恋疗伤，或挑战自我，或充实阅历，或结交朋友。

　　那女孩跑了以后，同客栈的朋友们聊天，大家七嘴八舌地纷纷发言，都表示震惊。上网搜索，旅行中上当受骗的案例还真不少：和你玩了好几天，然后一声不吭地将你洗劫一空的；

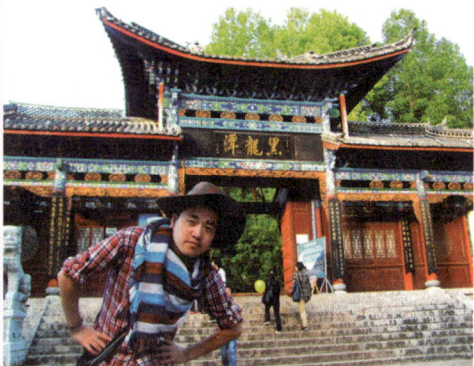

装可怜搭车偷东西的……

　　于是我开始相信，在路上，也客观存在这样的一种人，蹭吃蹭喝，顺手牵羊，天南海北地招摇撞骗。这样的旅行并不潇洒，反倒很可怜。人生不易，真心地希望每个在路上的人，内心都能够清澈干净一些。

【国王般的骄傲】

真正不羁的灵魂不会真的去计较什么，因为他们的内心深处有国王般的骄傲。

——杰克·凯鲁亚克《在路上》

不安分，网上的解释是不守本分，不安于现状。就像我。

　　我并不知道这个词会在我二十多岁时和自己如此亲密。于是，我想拼命地摆脱，直到有一天，真的摆脱不了，开始觉得好累。于是，我终于明白，自己本来就是这样的人，害怕一成不变的状态，害怕一眼看到死的重复。

　　我爸不怎么干涉我的生活，我有充分的"自治权利"。当然他也并不能理解我对待行走的认真和执着。在他的眼里，刚入职场，攒钱结婚，才是正经事，可他也从不干涉我的生活。每逢假期，他会打一两个电话，话很少，问问我在哪里，然后说些注意安全之类的话。我一直对他心存愧疚，其实，我很期盼在路上能接到爸爸的问候电话，提醒我回家的路。

　　25岁，在远方，在无依无靠的都市，依旧有风，有雨，但也有阳光，有温暖。我独自艰苦地承担着渐长的责任，拿着与工作量不匹配的薪水，艰难地权衡事业和感情。我很踏实，之前只知道好好工作，不懂得迎合，不懂得表现，不讲究方式方法，被领导喜欢过，也被领导责骂过。

后来，我才明白了寡言慎行的道理，知道了如履薄冰的含义，开始收起锋芒，日日自省，不断改正。对于我，最重要的，就是坚持下去。

我开始加倍地努力工作，也开始加倍地呵护自己的生活，使其不受伤害。

记得肖复兴在《年轻人应该去远方》一文中有这样的话语：哪怕是飘落在你所不知道的地方，也要去闯一闯这未开垦的处女地。这样，你才会知道，世界不再只是一扇好看的玻璃窗；你才会看见，眼前不再只是一面堵心的墙；你也才能够品味出，日子不再只是白日里没完没了的堵车，夜晚时没完没了的电视剧。

因为在远方，我开始面对很多不理解和质疑的声音，可我依旧没有改变自己的想法，我相信上天会，也只会给我能过得去的坎。也是因为在远方，我开始面对一个如此特别的灵魂。

我终究还是一个人流浪，一个人走走写写停停，一个人吃吃看看聊聊，感觉良好。

1 视而不见，俯首采撷

安徽，歙县深渡镇

从千岛湖到深渡镇的船舶一天仅有一趟，中午12点开船。

4月的千岛湖，湖面开阔，遥无边际。中午，客运码头，人很少，客船也没有准点，相比之下显得有些寂寥。

一旁抽着旱烟的老乡告诉我，客船早上从深渡镇开船，需要五个小时左右，中午到千岛湖，然后从千岛湖再开回深渡镇，船老大每天都会这样往返一趟。和我一同等船的，大部分都是沿河居住的村镇居民，他们提着大包小包，等着回家。

过了一会儿，客船靠岸。船不大，上下两层，船票是分上等、下等舱位售卖，上层的舱位可以看见风景，下层却不行。座位上，用白漆写着座位号，船舱里有些脏，满地瓜子皮。船可以坐四十几人，船票41元，和千岛湖几百元的游船票相比，的确便宜了不少。

在马达的轰鸣中，客船又驶离了千岛湖。

客船在辽阔的水面上穿梭，山回水转，划开平静的湖面。大岛如山，小岛如船，个个青翠欲滴，在你眼中缓慢移动，像一块块半浸在湖中的碧玉。水绿山青风柔人美，翻出手机看导航，我笑了。古有叶公好龙，今有"小黄好湖"，导航显示我在蓝色的水里缓缓移动，我都快变成铁掌水上漂了。

我的对面坐了一位中年男子，他带着一大箱子捕鱼工具，在一丝不苟地修理自己的渔网和鱼钩。周围是他的三个孩子，一旁的母亲正在给他们削平果，他们在街口码头下。另一边坐着三四个车友会的大学生，他们从杭州来，要骑行至

安徽黄山。

我好奇地蹿进了船老大的驾驶室，驾驶室不大，不到3平方米，一把椅子，一掌舵，周围贴着海事部门的《乘客乘船细则》和《安全驾驶规范》，旁边钉着一本日历，最右边还有一个很老式的对讲机。船老大哼着小曲，听着广播，端坐着，他的正前方悬挂着一根白色的细管，船老大告诉我这是他用来瞄准方向的。我拿起一个凳子，和船老大一起坐在驾驶舱，感觉很好。

不一会儿，周围的湖面开始缩小，绕过这些大大小小的湖心岛，船驶入了两山之间的河道中。这标志着船已经正式驶离了千岛湖水库，来到了新安江上游河道。这时身边不时有货船开过来，相互鸣笛，相互招手。远处巨大拱形桥横卧在江面上，上面跑着一辆货车，远看，小得如同玩具。

船开始朝一个码头驶去，路牌写着——威坪。码头早有等着上船的几个人，一样的大包小包，要下船的人也开始整理自己的行李，站在船头准备下船。船靠岸，放下甲板，人们开始上上下下。

离开了威坪，向上游驶去，便进入了浙江和安徽两省的省界。看看那两面的路牌，一边写着"浙江海事祝您一路平

安",一边写着"安徽人民欢迎您"。江面上出现了渔网和白浮,船老大告诉我,这是为了防止两省的鱼相互越界"私通"。

过了街口码头,江面继续变窄,两边的山开始变得高耸,树木苍劲,夹杂着片片黄灿灿的油菜花。沿河的民居开始变多,房屋底座为钢筋框架,有两三层,一排排都很漂亮。

江边路牌也开始变多,码头开始密集,船也开始停靠频繁,新溪口、三港、小川、大川、正口……

沿河洗衣服的妇女们三五一群地边洗边聊,成群鸭子在江边的浅湾转悠,两头水牛静静地在江边卧着睡觉。江面上的小舟,承载着一两人,往来两岸摆渡,一派水乡生活场景。

过了一个多小时,我们来到一处两江交汇的地方,这个码头较大,我抬头一看,深渡镇到了。

"深渡快到了,收拾准备下船啦!"船老大大声喊着。船

开始靠岸，放下甲板。

临走时，驾驶室里的船老大看见我，朝我挥手再见。

坐班车去往歙县，我在山丘中曲折前行。4月初的深渡镇满是灿烂的油菜花，经过晚霞的渲染，呈现透明的金黄，还有山间那一座座徽派建筑，安静祥和。虫鸣蛙唱，远山早已睡意绵绵，新安江开始模糊不见。

从千岛湖到深渡镇，若选择公路，107公里，三个多小时，若选择坐船，69公里，但是需要五六个小时。二选一，我还是愿意坐船。花多钱，走多快，去多远，这些对于我来说都不重要，重要的是你可以遇见什么。其实，很多美丽都散落在旅途中，你可以视而不见，你也可以俯首采撷。

一路而来，那些在码头上等船的人依旧让我记忆深刻。他们在等待回家，而我，一直在等待寻找内心的方向。

2 一笔一画

安徽，歙县棠樾村

那些牌坊上的每一个笔画，每一个汉字，都在提醒着每一个看到它的人：多行善，做好人。在路上，你总会酝酿一种情感，无关风景。

从歙县县城坐公交去棠樾村，很方便，不过20分钟的路程。天气很好，万里无云，空气中弥漫着油菜花香。

在古徽州原有牌坊多达一千余座，而目前尚存的也有百余

座。皖南棠樾村就有一处最为有名，这里七座牌坊逶迤成群，古朴典雅，无论从前还是从后看，都以"忠、孝、节、义"为顺序，每一座牌坊都有一个动人的故事。乾隆皇帝下江南的时候，曾褒奖牌坊的主人鲍氏家族，称其为"慈孝天下无双里，衮绣江南第一乡"。那些牌坊历经几百年，依旧在歙县的棠樾村静然矗立。

时间倒退四百多年，歙县的徽商文化浓烈。那里的人们大多背井离乡，外出经商，足迹遍天涯。出门少则三年五载，多则数十载，为了高堂双亲有人照应，出行前一般都要先完婚。在外经商，若不能发迹，则羞见家乡父老。明清时期，徽商文化达到鼎盛，出现了"无徽不成镇"的盛况。徽商形成了"以商重文，以文入仕，以仕保商"的循环。在外发迹的徽商，为了光宗耀祖，他们奏请皇上恩准，荣归故里，兴建牌坊，旌表功名、义寿、贞节……树碑立传，以求流芳百世。

我对面前这些历经几百年的巨石建筑产生了浓厚的兴趣，那些经历风雨的牌坊上花纹依旧精美，字迹依然可见，但我更好奇的是它们背后的故事。

鲍灿孝行坊，建于明嘉靖初年。牌坊挑檐下的"龙凤板"上书"圣旨"二字，横梁正反各有一对浮雕雄狮，显得颇为英武。额题"旌表孝行赠兵部右侍郎鲍灿"。据《歙县志》记载：鲍灿读书通达，不求仕进。其母两脚病疽，延医多年无效。鲍灿事母，持续吮吸老母双脚血脓，终至痊愈。他的孝行感动了乡里，经请旨建造此坊。又因为他教育子孙有方、被皇帝"荣封三代"。由于鲍灿的曾孙鲍象贤是工部尚书，所以皇帝赐鲍灿"兵部左侍郎衔"。据说棠樾的孝子特别多，甚至可以说鲍氏家族是靠"孝"繁衍壮大起来的。

慈孝里坊，为旌表鲍余岩、鲍寿逊父子而建，是皇帝亲批御制的。据史书记载，元代歙县守将李达率部叛乱，烧杀掳掠。棠樾鲍氏父子被乱军俘获，并要二人杀一，让他们决定谁死谁生，孰料父子争死，以求他生，感天动地，连乱军也不忍下刀。后来朝廷为了表彰他们，赐建此坊。牌坊上还铭刻了明永乐皇帝的《慈孝诗》："父遭盗缚迫凶危，生死存亡在一时。鲍家父母全仁孝，留取声名照古今。"乾隆皇帝下江南时听到这个事后，拨银将"慈孝里"牌坊重新修缮，并御题对联一副。

鲍文龄妻汪氏节孝坊，建成于清乾隆四十九年（公元1784年），额刻"矢贞全孝"、"立节完孤"。据县志记载，汪氏为棠樾人，年25守节，抚孤子成立，45岁殁。族人为她请旌，建起了这座宛如其化身的牌坊。

乐善好施坊，建于清嘉庆二十五年（公元1820年）。据传，棠樾鲍氏家族当时已有"忠"、"孝"、"节"牌坊，独缺"义"字坊。鲍氏至鲍漱芳时，官至两淮盐运使司，掌握江南盐业命脉。他想求皇帝恩准赐建"义"字坊，以光宗耀祖，捐粮10万担、捐银3万两，修筑河堤800里，发放三省军饷，此举获得朝廷恩准。于是，在棠樾村头便又多了一座"好善乐施"的义字牌坊。

鲍文渊继妻吴氏节孝坊，建于清乾隆三十二年（公元1767年）。因旌表鲍文渊继妻吴氏"节劲三冬"、"脉存一线"而建。据县志记载：吴氏，嘉定人，22岁嫁入棠樾，时小姑生病，她昼夜护理。29岁时丈夫去世，她立节守志，对前室的孤子元标视如亲生，尽心抚养，直至其成家立业。鲍元标也不负母恩，终于成为清代著名的书法家。年老之后，吴氏又倾其家产，为亡夫修了祖墓，安葬好丈夫和族中没有钱安葬的人。"厚葬"也是对祖宗的孝顺。吴氏还尽心侍奉患病的婆婆到寿终。吴氏60岁时辞世。吴氏的举动感动了当地的官员，遂打破继妻不准立坊的常规，破例为她建造了一座规模与其他相等的牌坊。尽管得此厚爱，但在牌匾额上"节劲三立"的"节"字，其草字头与下面的"卩"错位雕刻，以示继室与原配在地位上是永远不能平等的。

鲍逢昌孝子坊，建于清嘉庆二年（公元1792年）。为旌表孝子鲍逢昌而建。据记载，鲍逢昌的父亲在明末离乱时外出多年，杳无音信。清顺治三年（公元1646年）。才14岁的鲍逢昌便沿路乞讨，千里寻父，最后终于在甘肃的雁门古寺找到了生病的父亲。他为父亲的背疽吮脓疗疮，并扶持父亲回到家中。一进家门又见母亲病危在床，需要浙江富春山的真乳香医治。母亲服用真乳香后果然痊愈，族人便说这是他"天鉴精诚"、"孝愈其亲"。

鲍象贤尚书坊，明天启二年（公元1622年）建，旌表他镇守云南、山东有功。据县志记载：鲍象贤为嘉靖年间的进士，初任御史，后任兵部右侍郎。他曾经远赴云南边防，使边

境得以安定，当地百姓还为他建了生祠以示感恩。由于秉性亢
直，鄙视权贵，鲍象贤多次遭到奸臣的中伤，政治生涯几起几
落。但他一直抱持"官不择位"的思想，有廉智，自持，不计
个人得失，一如既往地效忠社稷，在死后才被追赠加封为工部
尚书。（如上资料来源：百度百科）

这些由朝廷颁布诏书"敕建"、"御制"或"旌表"的牌
坊群，历经数百年的凄风苦雨，傲岸，坚强，充满了忠、孝、
节、义的沉重和悲怆。那些刻在牌坊上的斑驳名字就像弱小而
坚强的幽灵，他们或许的确都是一群很平凡的人，但他们的无
私却演绎了封建社会中一个中国人应该坚持的美好品德，这品

德被百年屹立的牌坊记功承载。

我想起了孝、悌、忠、信、礼、义、廉、耻，仅仅八个字，有多少人用一辈子也没有弄明白那里面的一个字，又有多少人为了诠释好那里面的一个字却用尽了一生的光阴。曾经，每个牌坊中所表述的主人，都用自己的言行或身躯为宁静的小村棠樾送上了最浓重的厚礼，他们捍卫了崇高的精神信仰，并以此为子孙后代树立了一个能够警示后世的典范。

拨开尘封百年的历史，绕开拍照观瞻的最佳视角，我亲眼看到了那些鲜活而感人的故事，站在那些孤傲挺立的牌坊面前，我能感到的只是凄惶与尊敬。

在中国安徽的棠樾村，依然矗立着的错落有致的牌坊，一笔一画，一根一柱，历经数百年，傲岸坚强。

3 把大地和天空打扫干净

安徽，黄山市黄山

　　流泪的人，大都为内心里丢失的那份珍贵的情感，可奇怪的是，大学之前我很少掉泪，可能是过于独立和坚强，根本就哭不出来，即便是在我最困难的时候，我总觉得眼泪不属于男孩。

　　可是，每当我旅行的脚步往前迈出一步，自己的年龄每增长一岁，内心总会莫名多出很多感动和泪水，为自己，也别人，为爱情，为友情，也为亲情，为天地万物，我不知道自己

究竟为什么会多出来那么多的泪水……

　　这座令无数中国人敬仰的大山，直至17世纪，才被一个叫徐霞客的人第一次记录了下来。

　　到达汤口，已是中午，吃了饭，开始朝黄山进发。穿过山门，顺着盘山路一路上升，大约半个小时，下车，来到云谷寺。

　　爬山不到一个小时，便已经大汗淋漓，我开始觉得包里的东西越来越沉。没有人催促我赶快上山，听了会儿音乐，歇足，起步前行，只要赶在日落前上山即可，不急。

　　两个多小时，到达白鹅岭的分岔路，朝右走去。幸好都是平路，不用上下攀爬，很快我就来到了始信峰。观东海，先前路过的美景已淡定成山中的一块石，一株草，俯拾皆是。我独自一人在黄山深处走着，不愿摄下任何一处景象。

在山顶找住宿，没有便宜的地方，全是五星级宾馆，费了一番工夫，在西海终于找了一处。这有两间像是在建筑工地的简易组装房，每个房间里面有三组架子床，可住六人，一边男生，一边女生。我没有挑三拣四，觉得价格还合适，就住了下来。

晚上，爸爸打来电话，问我在哪里，清明放假回家吗？

我说，我在安徽，在黄山。

爸爸说，"还以为你清明节会回家，那算了，注意安全，一路小心。"

静下心来，突然觉得很温暖，电话那头，永远是看不到的默默牵挂。突然想起他的那一句"我还以为你清明节会回家"。

清明节到了？！是啊，清明节到了，仰望夜空，母亲还好吗？那段亲情在我七岁的时候戛然而止，她会不会此时也想念我，盼着我去看她呢？

在这个清明时节，我在黄山之巅，在月光的映衬下，开始为自己的远离愧疚。母亲离开我近二十个年头。关于母亲的梦和记忆也越来越少，我不会想到，自己会在黄山的这所简易房里想起她。

我闭上眼睛，记忆便将我送回到那广袤的麦田、绿色野草中那个宁静的小村子。那天是周六，此后我开始不得不自己洗衣服，自己热饭，开始考虑很多同龄人不用考虑的事情，我开始意识到母爱的珍贵。想着，突然，我的眼角又开始泛起了泪花。

于是，拿起笔，在笔记本上开始记下那些和母亲有关的，有限的记忆片段：那时，家境不好，母亲学了一手绝好的裁缝手艺，带了很多的学徒，然后在县城开了一家不大的裁缝店。后来随着生活条件好了，母亲转行开始做服装生意，而我的命运也开始从农村走向了县城。

记得自己那个时候很不喜欢学习，小学三年级留级。母亲正在洗衣服，得知后并没有责备我，仅仅委屈地不断念叨我一定要好好学习；记得母亲为我做了身新衣裳，追着我为我换上，我却因为不喜欢那颜色而执意不穿的情景；记得小时候贪玩，躲母亲，不去县城上学，在农村的麦草里，看见她到处焦急寻找我的情景。

"哥，有火吗？"我问上铺的大哥。大哥递下来一个打火机，我将那页写满对母亲回忆和祝福的文字撕了下来，一团火光，化为灰烬。透过那微小的火光，我感觉到了母亲的温暖。轻轻地，我又撕下一张纸，折叠，将那堆灰烬包好，放在床头。

清晨五点多，摸黑踏着松林里的台阶，我来到狮子峰顶。天空由暗蓝开始变亮，阳光开始耀眼，把每个人的脸照得金亮。不到几分钟的时间，阳光开始大肆地漫过来，那些在亭台楼宇，松林峰峦中透出的温暖光影，冷了旁人的喧嚣，暖了我的内心。

不刻，黄山的天空变得蔚蓝，如水般纯净，几缕白云很自然地浮着。我坚信，那是母亲，把黄山的天空和大地打扫得干干净净，用一阵温润潮湿的春风，请来又一个崭新的春天，而那些发黄的年少亲情，便在这春风中渐渐苏醒。

众人散去，我小心翼翼地从怀里拿出用纸包好的那一堆灰烬轻轻地打开，一阵春风过来，灰烬四散飘扬，不见踪影。我相信，母亲把这里的大地和天空打扫干净，犹如远空飘动的

云，寸步不离地注视着我人生的每一步行程。

远望那些缥缈的峰岭，我想，那群山也应该会记得此刻的光辉，它的年轮中也有一截我走过的足迹，或许还有那天迎面看日出瑟瑟发抖的人影，还有那仅存于群山峻岭中万缕灰烬的文字和细语。

后来，家里又来了一位母亲，依旧对我很好，从小到大，供我吃饭，穿衣，上学。现在，她也渐渐地有了银发，每次回老家，我总要叮嘱她注意身体。

每年我生日，她都会打来电话，和我聊上几句。忙的时候，她就会发来短信："祝生日快乐"。

125

　　"哈哈，祝身体健康，小妹越来越懂事，都快乐！"我也会及时回复她。

　　前一段时间，老家换了新房子，老爸一直忙着装修。上次回家，他指着一个大房间对我说，"你妈说了，这间是特地给你预留的，等你回头过年，住的地方就亮敞多了。"

4 封尘的世界

安徽，黟县宏村

　　此次徽州之行是刻意的，一种陌生的吸引力将我带到了这块生疏的土地上。来之前，我仅仅在地图上看见一个绿色的旅游景点标记——皖南古村落，我只是知道它在我的旅行路线上，我不知道它在黟县，也不知道它叫宏村。

　　有人说，踏上徽州你会发现，它的神韵在于黄山，而它的灵魂，便是散落于徽州土地之上的一处处古村落。徽州的空气

127

中有一种与生俱来的沧桑，马头墙上早已刻满了光阴的故事。

去宏村的班车刚刚开走，我想拼车，等了近一个小时，依旧无人。无奈，只能自己一个人奢侈地花了80元包了一辆面包车。"斥巨资"来到了这里，我只是想看看起伏的马头墙。

我的脚步走近宏村古风古韵的古桥。春风吹过，湖岸的绿柳，田野的油菜花，远山的青翠，白墙黛瓦，错落有致，掩映在皖南的青山秀水之间。面对一汪清澈的南湖，我惊叹，皖南竟会有这样宁静的小村子。走在一线天的街巷里，那清一色的青石板路，老式的木门板店面，高耸的马头墙屋檐到处都是。

来到汪氏宗祠。它作为一个家族祭祀祖先、集会议事的地方，先祖族人们都是不惜巨资来建造。几十根粗壮的木桩支撑着宗祠的大厅，就像支撑着家族万世繁衍的血脉。大厅四周的楹联、字幅、牌匾更是治家传世的格言宝典，支撑着家族的信念，树立起子孙万代成家创业的信心，鼓励着一代又一代走出这封闭的山村，创造出徽商的百年辉煌。而徽商们又荣归故里，大兴土木，修葺祠堂。这种生活，周而复始。

突然，我仿佛看见了一位血气方刚的徽州男人正打点行囊，拜别祖先，去远方谋生。在这里，究竟有多少徽州男人步履匆匆，拜别故乡？

宏村的民宅，整幢房屋很少向外开窗，即便开窗也多是一尺见方的小窗。由于窗户小、光线暗，天井就成了采光的主要设施。当然，天井还有"四水归堂"的说法，让四方之财如天上之水，源源不断地通过天井聚集到家中，这是心愿，也是祈祷。早期，徽州土地贫乏，但却人口众多，为了节俭用地，在建筑上，都是在有限的空间发挥无限的想象，用石雕、镂窗、花草、围墙，营造出这种"一庭一世界"的效果。

此时，我脑海中浮现出了一位徽州女人，手扶门墙，两眼向远方张望，期待在外经商的男人早日回家。在这里，究竟有多少徽州女人送别丈夫，痴痴守候？

从村头到村尾，在南湖，在月沼，在村口，在油菜花旁，到处都能看到三三两两写生的学生，静静地坐在一旁，聚精会神，画得很认真。我凑近来看，画板上青瓦粉墙倒影的湖面，青石板上走着撑伞的路人。嗯，画得不错。

那学生告诉我，自己随着老师从河北来，到这里已经15天了，他们还有5天的时间就要回去。在宏村，他们每天的生活都是这样，找一处作画的视角，在台阶旁一个人安心地画着。

天色渐暗，我进了一家饭馆，老板明哥是本村人，开这家饭馆，同时做一些纪念品小生意。饭馆人不多，明哥开始和我聊了起来，他说，自己最大的心愿就是将孩子培养成人。小孩现在上小学，学习成绩一直上不去，他很是着急，却无计可施。

回想自己，小学时经常不写作业，成绩没及过格。三年级，老师怕我影响全班整体分数，不让参加全县统考。全班倒数的几个孩子被留在教室里，老师自己在黑板上出了些比较简单的考题，依旧不会，老师无奈，只好让我留级。再后来，不知道什么时候开窍了，从小学的倒数到初中的全年级200名，再到高中文科全年级的前三名。我不是最聪明的，但我一定是最踏实的那一个，现在仍是。

我将我的故事讲给明哥，希望可以帮到他。

明哥的眉头舒展了，从柜台里拿出一瓶啤酒，请我喝，又给我加了一道热菜。

"小黄，我带你去我们这里的民宅里参观一下。"

"这么晚了，不太好吧，会不会打扰到人家啊？"

"没事，走，走！"

明哥带我去参观了一家很有特点的宅院，那是月沼旁边一处三角形构造的宅院，据说那宅院在摄影作品中的出镜率很高。宅院主人也很乐意给人讲解，而明哥则一路陪同，直到彻彻底底地转了一遍，才结束。

宏村并不十分热闹，喧闹的街道就那一两条，我住的地方安静平常，几分钟的路程，走过正街，从旁边的一条顺水的窄巷进去，直走，就能看见。

主人一家三代全在这里生活，小女孩正在母亲的辅导下写作业，墙上满满地贴着三好学生的奖状。爷爷奶奶则在一旁嗑着瓜子，看着电视。晚上九点多，一屋人陆续熄灯，睡觉。这是宏村的作息时间，入乡随俗，我虽无事可做，但却也睡得很香。

清晨，天气有些潮湿，是阴雨天，我早早起来。前一天晚上，明哥告诉我，清晨的宏村是最漂亮的，一定要去看。三五分钟，便来到村头。水面上升腾着云雾，远山也若隐若现，那桥边的柳树愈发油绿，我仿佛来到了一个尘封的世界。

两三个女孩打着一把花花绿绿的伞，在桥上拍照，扭头突然看见相机朝她们按着快门，匆匆地跑开。突然想起了卞之琳的那首《断章》：你站在桥上看风景，看风景人在楼上看你……

美丽风景，你我，可都别错过！

5 彼此温暖是那么重要

江西，婺源县江岭

来到这三省交会的古徽州地带，如进入世外桃源的黑白山水画一般，一路的油菜花和白色的徽派民宅在翠绿低矮的山丘之间肆意地铺展。我在想，其实我不用刻意去那些导览图中标记的地理位置，随便下车，景色一路都是。

大巴车突然停车，司机朝后喊，"谁刚说要去江岭，快下车。"

我赶紧拿起背包，走了出来。顺着司机手指的方向，看见高速公路下面，一辆破旧的班车刚刚从乡村公路上颠簸地开过来。大巴司机说，赶紧去，就那辆车。我快步下车，翻过高速公路围栏，朝那班车奔去。那班车的售票员，从车窗探出头来，朝我喊着催我上车。

班车颠簸了半个多小时，终于到达一处徽派村落。湿漉漉的白墙，黄色的油菜花，绿色的山林，加上白色的雾气，这就是四月婺源的农村。顺着乡村公路前行，右边有一条泥泞的小路，朝右拐去，我便走进了一片油菜花海。

我端着相机走走停停。对面过来三五个孩子，打着雨伞，想必是放学了，前面的那小孩突然朝我腼腆又大胆地喊了一句，"哥哥好。"我惊愕于他们竟然这样礼貌和懂事，急忙笑着回了一句，"你们好。"有些羞涩的小孩连忙活蹦乱跳地从我身边跑过。泥点飞溅，眨眼间，一窝蜂地跑远了。

这个世界总是很奇怪，农村人向往城市生活，而城里人却拿着相机，开着私家车一窝蜂地往农村跑。在农村，伴随着青壮劳动力不断涌进城市，留守儿童的数量也在急剧攀升，这群孩子被迫适应没有父母陪伴的日子，大部分和爷爷奶奶一起生活。他们没有娇生惯养，有的只是过早地懂事。

我告诉自己，下次若在旅行途中碰见这些可爱的孩子们，一定记得给他们带些铅笔和本子，或者为他们拍几张可爱的留念照片，为他们送去一些欢乐。

顺着田埂一路向上，油菜花已经开始衰败，颜色，已不如原来那样金黄，但气势规模依旧。走了很久，那群山环抱中的小村落逐渐在眼前清晰起来，旁边的一个女孩正兴奋地打电话，对那端说："我在婺源呢，骗你干吗，还不信，美不美，你自己来看！"

下山后，来到一处民宅。老人很热情地接待了我，他的儿女们都外出打工了，家里就只剩下他和一个上小学的孙子。老人听我从外地来，比较远，便执意要领我参观村里的古建筑。老人将我带到村里的古宅，很多院子已经破旧不堪，可依旧能感受到其当年宏大的气势。老人在前，我在后，在这些宅院里穿来穿去。古宅多，故事也多，老人讲得很认真，言语间充满了深厚的情感。

闲聊间，老人请我喝茶。老人的房子在村里算不上老，但也有着一百多年的历史，屋里并没有什么值钱的东西，但农耕用具随处可见。厅堂正中有个大相架，上面都是一些家庭的合影，照片中老人笑容可掬，显得年轻，英姿勃发。老人很健谈，我们的话题围绕着江岭的前世今生，从午后到傍晚。最后，他一直把我送到了村口，挥手告别。

如果成长非痛不可，在成长的道路上，总能遇见那样的温暖，这温暖可以是对那群奔跑少年报以最真诚的笑容，可以是一下午聆听独居老人讲故事时的认真。

第二天，我要去三清山。之后，我要去景德镇。

　　在中国，有几千万孩子的成长没有父母的陪伴，他们被称为留守儿童。那些孩子奔跑的画面，和那老人送我的情景依旧深刻，我时常会想起他们。有时候，去过的有些地方，我还是想去看看的，并不是因为那里的风景如画，而是想再去看看那里的人。

　　阿邱，我的网友。他办了一个公益旅行的网站，一直在倡导大家在旅途中多去帮助别人。网页比较简单，我却看得仔细，我敬佩他的做法。在网站上，我看见那些和我同龄的人，他们在很认真地做公益、支教、捡拾垃圾。

　　那一刻，我突然觉得旅途中，彼此的温暖是那么重要。

6 不懂不丢人

江西，九江市庐山

　　曾经，在枕流桥畔的枕流石，一个小伙子坐在上面潜心攻读，一下子闯入了一位姑娘的心。在含鄱口的清晨，他们两人兴奋地一起看日出和云海，那是一段美好的故事。

　　五年后，她再次来庐山旧地重游，对他倍加怀念。已是清华大学研究生的他，来庐山听学术报告，与她重逢，两人欣喜若狂，约定结婚。他征求父亲的意见，父亲认出这位姑娘的父亲是昔日黄埔军校同学，经过一番波折，怀着对祖国统一的渴望，两位老相识在庐山相会，变冤家为亲家，有情人终成眷属。

这便是电影《庐山恋》的故事。电影除了宣传庐山风景，最主要的目的是召唤海外游子归来为四化做贡献。据说，从20世纪80年代，《庐山恋》已在庐山的电影院里放映了一万多场，其票价也从最初的3角钱变成了今天的35元。

我在南昌市八一广场看夜景，忽然，很想去庐山。

凌晨三点，从火车站边的肯德基爬起来。五点多，到庐山站候车大厅。安检的阿姨在火炉旁烤着火、织着毛衣，大厅空无一人，十分冷清。我跺着脚，靠着墙，取暖，熬到早晨七点。

来到牯岭镇，这里更像一个小的城市，别墅、民宅、银行应有尽有。沿路边走着，有很多妇人围过来问我要不要导游之类，我远远地闪开了。向远处看，那白色的云雾突然从山那边奔腾过来，薄薄的雾自湖中缓缓升起，越来越浓，转而变成白絮，变成云烟向山冈上涌来，霎时间，半山腰的红绿屋顶若隐若现。心中一阵激动。

来到了芦林，沿石阶下山，这里浓荫蔽日，绿浪接天，三棵参天古树笔直耸立。其中两棵是柳杉，树龄六百余年，一棵

为银杏，树龄一千六百多年，主干数人合抱不拢。三宝树树龄这么长了，并没有丝毫老态龙钟之貌，仍然郁郁葱葱，生长旺盛。

电影里，周筠和耿桦在含鄱口的云海看日出，电影的最后一幕全家福取景也是这里。含鄱口南端建有一座石坊，四柱三门，坊中央镌有"含鄱口"字样，其左右分别刻有"湖光"、"山色"四字。坊后山脊上有一座伞顶圆亭，红柱绿瓦分外醒目，名含鄱亭。很可惜我去的时候，天气阴沉，没有看见云海，也没能看见波光粼粼的鄱阳湖。

美庐别墅，第一个想到的便是优雅、端庄、气质高贵的宋美龄。我并不是极端崇拜她，只是感到作为女性，她很完美。这位宋家的小女儿，在美国生活了十年，完成了中学和大学学业，于1917年回到中国。她从那时候起，便习惯公众演说，她流利的英语和汉语，在演说中博得阵阵掌声。她九十多岁的时候，依然穿着高跟鞋，苗条的身材裹在柔软的锦缎旗袍里，飘飘然如少女般轻盈地登上美国国会的讲坛，做一生中最后的演讲。

从青旅到如琴湖，一路上有很多别墅宾馆，大都四五星级，和里面的人相比，我觉的自己有些穷酸。那片湖很安静，人也很少，有些累了，我在湖心的亭子里坐着歇脚，竟然在亭子里靠着睡着了。醒来，已近四点。在湖边看到，路边有一处最佳取景地点，铺设绿毯，置一藤椅，旁边写着"毛泽东照相处"，想是要收费的。

来时就听人说，庐山地势高，经常云雾笼罩，少见阳光，比较潮湿。果不其然，晚上住的地方，被子都是潮乎乎的。睡觉的时候，真有点不适应，总觉着不舒服，难以入眠。突然，又想起电影《庐山恋》中周筠离开庐山时对赵科长说，"难识庐山真面目"，意思是说以后自己和耿桦见面可能会愈加困难。

有些山，来过一次，却依旧难以看清它的本来面目。

好吧，不懂不丢人。

我们每次归来，修理照片，整理日记，挑选背景音乐。人人都想把最美丽的一面展示给大家，却很少有人愿意提及那些不好的方面，一来觉得累赘，二来觉得有伤大雅，这也恰恰是远行的弊端。于是，我在想，我要不要把一些不好的遭遇也写出来，比如这次的庐山之行。思考再三后，我还是决定将一些事情补写出来。

我随旅行社的车上庐山。汽车一路盘旋，旅行社的司机

态度十分不好，他要带车上的游客去三叠泉。我都能猜想出接下来的收费：可能会有换乘景区的摆渡工具，例如巴士或电瓶车，三叠泉有可能在山谷中，有可能也会产生缆车的费用，还有一些新开发的旅游景点，这些有可能还要重新买票……

于是，我便不愿一起前往，可那司机竟然在半路就让我下车，骗我说到了。下车后，我才知道，还有相当远的路程。办法总是有的，无非浪费些时间罢了。走了约一个小时，在路边搭了一辆好心人的私家车，才终于到达牯岭镇。

在南昌，和小彭吃饭，她从吉安坐火车赶来，我很感激。小彭，我的大学同学，湖南湘西人。记得，毕业时她和我住在一个房东家，没事串门聊聊，说些单位的烦心事。后来，她跟着男朋友去了江西。前几天，我给她短信。她很高兴，从吉安市坐火车过来。在滕王阁公交站我们见面，一年多，她还是老样子，没变。在路边，我们找了家饭馆，边吃边聊，说着近期各自的新情况，她开始考虑生活，贤惠勤奋。而我，依旧没有计划，迷茫而混乱。

时间过得很快，晚上六点，我们来到南昌火车站，去往机场的班车快开了，我背着背包，一路小跑过去，我们挥手告别。虽然相隔远了，联系也少了，可朋友依旧没变。今年年初，她又回到了西安，前几天，她打电话咨询我房屋贷款的办理流程，我向她道喜，漂泊了那么久终于算是安家落户了。

我想，朋友也许就是那一个个小小的站台，我的旅行，我的人生都会和这些站台永远相关，并在一个个小站中连成一条直线。

7 别把自己看得有多清高

山东，鲁西地区

　　去山东，仅仅是因为单位的旅游奖励多余一个指标，吕宁姐给我电话，说领导决定把这个指标给你。当时有四个地方可供选择，我研究了一下，选择了山东一线。

　　这次出行，单位的领导也是去的，一行三十多人，第一次和领导出行可不是一件轻松的事情。飞机刚到济南萧蒈机场，济南方面的同事热情相迎。那主任很胖，很健谈，一路上对大家说，自己姓从，大家有什么事情这几天都可以找他，不管什么，他都会"从"的。为此，我记忆深刻。

我们住的宾馆在大明湖畔，房间距大明湖仅仅几步路，等放下行李，看见时间还早，田总说，"小黄，陪我出去走走。"在大明湖畔，田总给我讲了自己大学时在济南做家教的情景，现在又旧地重游，不禁感慨。

晚上，一行人被安排到湖畔就餐。从主任的记性很好，相互敬了一圈酒，他便能记住每一个人的名字。之后，本想着就此结束，可又被安排去听了相声，嗑着瓜子，喝着茶，很晚才离开。

第二天，出济南，去曲阜。曲阜并不大，仿古的街道，大致卖些服装、古书、古玩之类的东西，倒是很安静。从主任给我们讲鲁西文化，儒家文化，评价孔子，侃侃而谈。

晚上吃完饭，我们去看有关孔子的大型文艺演出。从主任说，"今天晚上先看演出，相当于给明天的参观预习功课了。"演出很是壮观宏大。

晚上我们有一位同事肚子有些不舒服，从主任竟然也匆匆地拿来了药品。这让我想起了，自己之前当导游的时候，每次包里都带着的棒棒糖。

此后，在泰山游玩时，听大家无意中说起在队前陪领导的从主任，他因为应酬多，落下了胃病。

自此山东归来，我便再也没有和这么多的人一起出行，以远行的名义。

年岁渐长，我却经常自嘲说还像个孩子，纯洁、善良，像剪刀手爱德华，简单地活着，有着安徒生童话般的伤感。我害怕长大，害怕黑暗，害怕社会中那些复杂的事情。我承认，自己有时候不够成熟，不够讨人喜欢，但至少我够踏

实，也够真实。

　　我发现，自己的心灵还活着，在一个僻静的角落，在一个幽静的夜晚，艰难勉强地活着。直至今日，我一直还在这个用旅行构筑的小角落里，大声的说话，爽朗而放松，和天涯海角的朋友一起用文字和照片相互取暖。春华秋实，一年又一年。

　　后来，我觉得应酬也是一门学问，敞开心扉，别把自己看得有多清高，这都是生活的必修课，因为，我们都是社会人。

【孤单的脚步会让你变得更强大】

我哪里都可以去，同时又哪里都不能去。
因为我是自由的，但我已永远被禁锢在"我"
这一存在中了。

—— 村上春树《远方的鼓声》

中国东南30%多的国土上，分布着绝大多

数的国家级风景名胜区，而西北60%多的国土面积，国家级
风景名胜区却少得可怜。只因东南部经济发达，就"风景独
好"，西北部因经济落后，自然"穷山恶水"。

记得《中国国家地理》曾经出过一期选美中国特刊，里
面就颠覆性地把"最美中国"称号评给了很多西北地区风光圣
地。可能因为交通不便或配套设施不完善的原因，很多地方很
难涉足，而那些地方成为了深度旅行者的天堂。

由于风景过多地受到了人为地操纵和摆布，诸如"不到
长城非好汉"、"黄山归来不看岳"等深入人心。于是，中国
"最美"的地方就只能留在民间默默传送了，这些美景，只能
留在懂它的人的心中，留在非著名、非经典、非官方、非营利
组织、非旅游文化节、非国家5A级别的角落里，鲜有人知。

从某种程度上讲，这些风景，千百年来也是一种巨大的孤

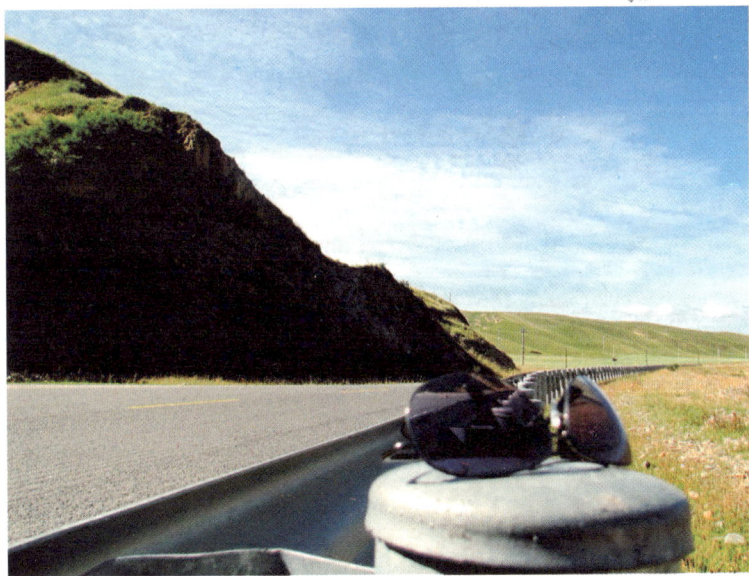

单。一直以来，我奢望用自己的旅行改变以往中国景色给人留
下的固有形象。我开始拍摄的一组名为"放肆流浪"的图片，
它就像一本孤僻的地理散文，或许这是千万年来第一次有人虔
诚地阅读这些奇景。我想给大家看不一样的风景。

　　每一个人都会有孤单失落的时候，而每一次我孤单失落时，我都很想去远行，因为远行可以让一切复杂变得只剩下简单的行走。孤单的风景，还有孤单的行人。有人问我，你不觉得旅途的路太过孤独？我反问，不旅行的时候，难道你不曾孤独？人生，本来就是孤独的，所以需要交往，需要倾诉，需要相互理解。

但是相互理解真的可以消灭孤独吗？我认为不可能的！

一时半刻的理解，一世无终的孤独。每一次的上路，我都希望出现一个理解我的人陪我走一段。然而，多半的时间依然只有我一个人。既然，我们无法消除孤独，既然我们的争取多半都是枉费心机，还不如简单就好，与其勉强通过交往来消灭孤独，还不如坦诚相待。

想来，我的"放肆流浪"会继续走向孤独凝重，就像我身处的阿坝川北草原唐克小镇一样，你可以给她中国最美湿地草原的称号，但你不能阻止她为大多数人所不知，就像她千百年来不为世人所知一样。

流浪，流浪，流浪！

我有一颗勇敢的心，一边寻找，一边迷失，在等待与寻觅的地平线上独自徘徊，孤独地走向未来，如布鲁斯般的忧郁彷徨。

孤单，孤单，孤单！

对了，我怎么可以孤单呢？我可是一个很阳光的男人。

记得年少的时候，我觉得孤单是很酷的一件事。长大以后，我觉得孤单是很凄凉的一件事。现在，我觉得孤单本就不是一件事。

1 离家的路

陕西，西安市白鹿原

我很想去看麦田。

我来到白鹿原，是6月份的芒种时节。不是因为那本陈忠实的同名小说，而仅仅是因为那里还生长着连片的小麦。

从农村到城市，六年时间。确切地说，麦子的印象从十岁就已经慢慢消失。那时候，老家开始慢慢地种上经济作物，祖祖辈辈种了几世的麦田，开始被一排排的果树慢慢替代。再后来，那些夏天晚上成群纳凉的麦客也都消失不见了，那碾场的

拖拉机手也不再那样抢手，那些碾场的石辘也变成了门前安静的石墩，孩子们的农忙假期也不复存在……

举目，我看见那久违的麦浪，手抚摸过去，沙沙作响。时间流淌，想来，小时候自己绝不会想到，十几年后，再想要看看麦田竟也变得这样的奢侈。据说，不久这里将建成樱桃基地，那将意味着眼前的这片麦子也有可能永久地消失。

回想自己，离家，却很少想回家，只因老家变得已经辨认不出。

我的老家，在北方的一个很普通的小村落，朴实而贫瘠。小学三年级开始，我便离开了那个村子，去县城求学，可骨子里还是极端地不适应。那个时候，我只是本能地觉得自己在老家待着要快乐很多，并没有故乡的概念，就像豢养了很久的鸟儿，总是本能地向往自由。

我会时常惦记村口等我的慈祥的奶奶，惦记那些可爱的和我玩耍的小伙伴，惦记邻家哥哥什么时候办结婚酒席，惦记洋槐花开没开，惦记着池塘的蝌蚪是否已经长出腿来……我会惦记着那个小村子里的一切。

那时，每到周五下午，我便匆匆回到村子，每到周天下午，我又极不情愿地离开。现在想来，老家，那个小村子，是我八岁以前的所有记忆。

眼前的这片麦田早已成熟。农田尽头的槐树下，两三个农民，戴着草帽。他们用脖子上挂着的毛巾不停地擦汗，背心早已湿透。树杈上挂着一个收音机，声音开得很大。不一会儿，他们席地而坐，就地铺了一个口袋，切开一个西瓜，大口地吃着。短暂的休息过后，迎接他们的，将又是一个忙碌的下午。

这让我想起了小时候，那时的我们还是有农忙假的。夏收时节，麦子熟透，我们这些小孩，三五成群地在麦田里捡拾被遗落的麦穗，很认真地比赛。然后光着脚丫在麦茬地里捉蚂蚱。大人们则是挥舞着镰刀，白天的麦浪里有他们收割的身影，黄昏的麦场上有他们扬场的起落，一片农忙的热火场面。

在这个巨变的中国，是漂在大城市拼搏劳碌，还是回到三四线小城市安稳过日？我们在长大，我们的梦想和欲望也在不断膨胀，或许，贫瘠的故乡都无法给予更多。于是，多年之后，我们用脚做出了选择：我们大多离开了老家，离开了那片

熟悉的土地。

　　我问自己，这算不算是一种"背叛"？长大了，翅膀硬了，年轻气盛，便义无反顾地离开，毫不留恋。我们披星戴月，支撑了一座座城市的繁华，回头却发现，自己的故乡早已衰败。

　　想来，麦田已离我很远，或者说，我已经离家越来越远。不管怎样，我必须接受这样的现实：麦田之于我，已经变成了永远的故乡的符号。从时间上，它已经远离我十几年；从空间上，老家的麦田也早已不复存在。那些关于麦田的记忆也开始变得弥足珍贵。

　　世界在变，我们也在变。亲爱的，不论离家的路有多远，记得常回家，再看看你那日渐荒芜的故乡吧。

小时候，特别喜欢在老家过年。在北方农村，从腊月初就开始算计着日子，口袋里永远揣着一兜小鞭炮，随时准备和小伙伴们一起去放。每一个人手里都会拿着一根香，点着，然后用力往远处扔去，一窝蜂地赶紧跑开。胆子大一些的大孩子，便拿个打火机，放一种很大的，我们叫作"闪光雷"的炮。声音巨大，而且还有一种很明显的光波冲击力。

然后，准备年货、春联、新衣服，蒸新馍。每逢过年，奶奶都要蒸上几大锅的新馍之类。柜子里是平时不多见的瓜子、花生、橘子。记得有一次过年，我踮着脚，偷偷地翻开柜子，将花生、瓜子往自己兜里塞，最后塞得鼓鼓的，一个人躲在后院偷吃，被奶奶发现了，结结实实地挨了一顿骂。

那时候过年，在我为数不多的童年印象里，就意味着有新衣服，有平时不多见的好吃的，每天都在走亲戚，还能领到不少的压岁钱。然后在噼里啪啦的鞭炮声中，又长大了一岁。

如今，物质上早已不缺什么，超市里过年的货物琳琅满目，没有了美食的诱惑，没有了鞭炮的火药味，走亲戚也变成了一年一度的任务。于是，越来越不喜欢过年，惧怕过年。

年近了，我却还在单位处理邮件，关心客户，关心工作上的事情，偶尔也会为春运的车票而发愁。我有些恐慌，中国农村在变，中国年在变，我也在变。过年，目前仅仅意味着短暂的休息几日，意味着自己又年老了一岁。

老哥给我打电话说，"今天除夕，车站的车快要停发了，赶紧回来！"

我说，嗯，东西都收拾好了，下午就买车票往回赶！

回到县城，我想回老家看看。记得几年前，老哥还在老家的养猪场里推着车，喂着几百头生猪，嫂子对着满屋的饲料认真匡算着生猪出栏的时间，小侄子还在新买的学步车里努力地滑着步子。一家人，都在努力地好好生活。可如今，老家已经无人居住，偌大的门厅，只有一条叫作虎子的狗看着。记得十年前，那条狗还是条小狗。

两个小时前，爸爸回到了老家，扫了落叶，收拾了庭院，贴上了春联。老家依旧无人居住，但这更像是一种神圣的仪式，每年的除夕夜，只有他一人还在独自坚守，这是他过年的"默认程式"。

除夕夜的小村庄出现了以往少有的热闹。村庄里不再只有年迈的老人和留守的孩子们，老人们开始忙活着年夜饭，那些十几岁的孩子们，三五成群，满街地疯跑着，大叫着，兜里揣的鞭炮不停地放着。

35分钟后，我回到了县城。

除夕夜里，我要看春晚，包饺子，给我远在天南海北的朋友们发短信、发微信拜年。

我在乎人生中随处可见的真诚和感动，我珍惜生命里陪我一起走过的亲人和朋友，我感恩以往岁月里给予我支持和帮助的朋友，我祝福我认识的人和认识我的人。黄力武在中国陕西祝大家新年快乐，马到成功！给全国各地的小伙伴们拜年啦。愿大家共同进步。

编辑完成，421条联系人，选中，发送！

过去，已经回不去了。现在的人，你我都要珍惜。

嫂子的饺子已经出锅了，开始吃年夜饭吧。

2 我在长安，从未远离

陕西，西安市大明宫国家遗址公园

　　我一个人走过千万里，从没觉得孤独。开始觉得孤独，那是到长安之后的事了。每个人的心里都有一座长安城。我花了一辈子，才弄清楚自己其实从没到过那里。

——Finale《不见长安》

　　和许多城市一样，火车站是西安市最繁忙喧闹的地方，来来往往的人群中，不乏慕名而来的中外游客，他们对这座城市

的印象，大都是兵马俑、大雁塔、羊肉泡馍。

　　可是，很少有人知道就在他们匆忙的脚下，将时间倒退回一千多年前的唐朝，这里曾经耸立过一座世界上规模最大的砖木结构的宫殿群。它不仅蕴藏着一个帝国湮没已久的秘密，也铭刻着整整一个时代的记忆，这就是大唐帝国的皇宫——大明宫。

　　西安这座城，很多的建筑文物早已消失，被深埋地下，只留下了众多带有遗址字样的符号。三千多年间，这座城毁了建，建了毁，公元907年后，这座历经辉煌和战火的都城再也没有成为京都的可能。大明宫，这座唐代最为奢华的宫殿群，也跟随这个朝代的远去，这座城池的荒废一起湮没。

　　在大明宫毁灭的一千多年后，我独自闯进了大明宫遗址的残砖碎瓦间。大明宫所在的区域大部分为火车站以北，从卫星上俯瞰西安城，在这个13朝古都的北部，有一大片和周围的现代化建筑极不相称的城中村群落，宛如这个城市的一块伤疤，西安人称之为"道北"。"雨天一摊水，晴天一身灰"正是这里的真实写照。很难让人联想到这个民房林立，混乱不堪的地方会是昔日的唐帝国的皇宫，大明宫所在地。

眼前遗址公园正在紧张地施工作业，一千三百多年前，同样在这片土地上，进行着一个浩大的建筑工程。当时的建造者有着详细的宫殿格局和样式构思，他们所做的就是完成唐代画家兼工程学家阎立本的构想。"九天阊阖开宫殿"的景象正在如火如荼的一步步成为现实。

当时的那些建造者可能并不知道，他们所建造的这座皇宫，承载了大唐帝国三个世纪的历史。而现在的遗址公园建造者却清晰地懂得，他们所施工的这座世界上最宏伟的宫殿遗址公园，将会更加坚定整个中国对于民族复兴和民族尊严的强烈渴望。

大明宫存世两百余年，期间，唐太宗、唐高宗、武则天、唐玄宗、太平公主、李白、杜甫、贺知章、王维、魏征、长孙无忌、秦琼，狄仁杰、房玄龄、杜如晦……数不尽的王公贵族、文人墨客一一在这座宫殿上演精彩。两百余年，这对于一个拥有五千年灿烂文明的国度，实在是弹指一瞬。

岁月变迁，这里大部分属于大明宫的文物已经深埋在地下

或不复存在，可以看见的就剩下高台土堆。突然想起了《大明宫》的歌词："前世风雨，后事尘烟，亭台宫阙，都成残垣。岁月流淌，历尽沧桑，昨日辉煌，今在何方……"

"千官望长安，万国拜含元"。如今的含元殿，只剩下夯土，杂草丛生，夕阳孤影，只有我一人驻足。生活在这片黄天厚土的城市，那些唐朝的影子散落在这里的市井巷陌。我突然很想找寻唐朝的感觉。

面对残砖碎瓦，面对这座新建的国家遗址公园，我一次次地向自己确认，我是西岐秦人的后裔，我是五陵塬边的少年，我有唐朝皇族的血脉，我在这座历史的废都里自顾生长。

云鬓明珠映罗裙，长安回望绣成堆。那首《不见长安》的歌里写道：我渐渐开始每晚梦到故事里的长安，长安城有人歌诗三百，歌尽了悲欢。抵达的时候阳光正好，听风吹得暖软，可我为什么忽然失措在长安？我再想，恍惚间，自己是否也回到那个早已远去的朝代。

如果可以，我多想梦回大唐，去看羽衣霓裳。

　　"我该怎样来叙说西安这座城市呢?是的,没必要夸耀曾经是13个王朝国都的历史,也不再有八水环绕的地理风水,对于显赫的汉唐,它只能称为'废都'"。这是贾平凹在《西安这座城》中的一段描述。

　　远在北京的瀚哲告诉我,他喜欢西安。我问他为什么。他说,西安有一种更为厚重的历史,秦岭有一种很大气的气势和神秘,总觉得山里面会住着神仙。想来,自己已经在这座城市生活了8年又3个月,我一直不敢这样计算和说话,我害怕触碰那根神经,从陌生到习惯,我已经看淡这座城一切的好与不好。

　　你的京师,我的长安。我是关中儿女,在三秦大地,在这座历史的废都上土生土长,一直从未远离。

3 奢侈只属于少数人

陕西，秦岭鳌山

　　想起鳌山的高度和强度，我便没了勇气，只能在原地仰望。可是，我总有一种欲望，我对自己说，一定要去一趟鳌山。

　　鳌山海拔3 475米，是中国大陆青藏高原以东第二高峰，与第一高峰太白山遥遥相望。记得2009年《中国国家地理》组织的全国十大"非著名"山峰评选活动中，十座适合旅友们观光游玩，但知名度欠佳的秀山峻峰，在众专家与网友、读者的评选中脱颖而出，鳌山就名列其中。

登鳌山绝对是个极度受累的活。凌晨三点，在太洋路旁23公里处的磨房沟附近，漆黑一片。我冻得哆哆嗦嗦地等待着领队的登山命令，这里是徒步登鳌山最近的一条道路。

凌晨四点，我们陆续跟随着领队开始爬山，天很黑，什么也看不见，只能顺着前面人的足迹前行。山体陡峭，等我爬到第一处休息点，已清晨六点。领队说，这是登鳌山的第一次拔升，这条路也被大家戏称为"练驴坡"，能爬到这里的，才证明你有登鳌山的诚意。

我来到一处松林，阳光照射进来，林间的杜鹃稀落生长。看见一个帐篷，温暖的阳光将其照得透亮，上前询问，得知他们是生物学家，来此考察。

手机没有信号，杜鹃花却开得正盛，我脚步加快。穿过一片原始松林，踩过湿滑的青苔，爬过巨大的石海，树木开始变得矮小而稀少，枯枝断木，老态龙钟。脚下开遍了野花，很漂亮。到了一处开阔的草甸，我终于赶上了大部队。

不到十分钟，我们又向另一处山脊前进。山坡上，大量裸露的巨大岩石块，成片重叠着、促拥着，如河流一般浩浩荡荡向山下淌去。这种第四世纪时期的冰川遗迹，在陕西秦岭山脉

一般要到海拔3 000米以上才能看到。

我们来到一处叫跑马梁的开阔梁上，没有了树木，脚下全是野草花丛，高低不平的石块和深浅不一的积水。走了不久，先前兴奋的感觉全无，只想走到尽头，但这山梁却没有尽头，道路无比漫长。

下午两点，终于到达航标塔，这是鳌山的标志建筑。其实，航标塔无非是几根树木搭成的一个空架子。我站在海拔3 400多米的塔架边，目视四十里跑马梁这片纯天然的原始生态区。鳌山，旷荡无人，我看到了亿万年来造就的最远古最真挚的景色。

下山的路变得艰难，而且开始变天，打雷刮风，小冰雹噼噼啪啪地落下，之前的明媚阳光顿时不见踪影。雾气升腾，遮挡了视线，冰雹一会儿又变成了雨滴，开始肆虐。路面湿滑，衣服鞋子全部湿透，又遇见了茫茫的石海。

8月的鳌山，山顶的气温骤然变得宛如寒冬。无处避雨，我们一行人只有默默地瑟瑟前行。没有了欢声笑语，也没有拍照的兴致，一行人走得都很慢，紧跟队伍。

　　前面是浓雾，看不到路，其实，也没有路。鳌山，在我眼里，突然变得这样阴森恐怖。那一刻，我突然有一种死亡的恐惧，求生的本能驱使我绷紧神经，不停地行走。登山是一种奢侈的死亡。我想，如果此刻在鳌山，我落了崖，掉了队，迷了路，坠毁在这样一座大山里，与自然合一，亦是一种怡然吧。

　　不久，雨停了，衣服被风慢慢吹干。下山的路坡度很陡，一点也不好走，好在山路中并没有下雨，不算很滑。

　　途中和同行的磊相遇。他是一名退伍的武警战士，乐观开朗，放荡不羁。他下山的速度很快，我紧紧地跟着。他给我讲怎样擒拿，讲自己在部队的训练，讲自己在汶川抢险的事情，讲那些生与死的经历，我为他的故事而感动。

　　鳌山，那里的蓝天、白云、草甸、森林、石海、冰雹、风雨、大雾，这些生死一念间的事情总会让人难以忘怀，想起了唐代诗人李白的《登太白峰》：

　　西上太白峰，夕阳穷登攀。
　　太白与我语，为我开天关。
　　愿乘冷风去，直出浮云间。

举手可近月，前行若无山。

一别武功去，何时复更还？（注：武功山指今日的鳌山）

六点多下山，在农家，要了瓶啤酒，我和磊一起大碗喝着。

记得之前看过一部纪录片叫《大秦岭》，看完后，我对这座横亘在陕西南部的巨大山脉产生了无比的敬畏。试登秦岭望秦川，我喜欢秦岭，喜欢它的雄浑磅礴，喜欢它的勃勃生机。

前一段时间，听说山顶突降暴风雪，由于体力不支，有三个旅友直接在鳌山上被冻死。看新闻时，我一惊，那领队恰恰就是带我爬鳌山的领队。鳌太是一条成熟得不能再成熟的徒步线路，尽管如此，还是有诸多山友永远地留在了山上。对于绝大多数的徒步者来说，山就在那里，平安回家就变成了全部跌撞脚步的终极意义。

登山是一种奢侈的死亡，朋友看到大骂："你都死了，还奢侈？"在鳌山，我第一次思考生命的真相，我开始想，既然那样危险，为什么还会有人前仆后继，不断攀登？或许登山只为和天堂更近，和美好更近，但死亡的威胁也会慢慢逼近。自己若不幸因此死去，我想，也将是为了追求一种最奢侈的美，是一种奢侈的死亡。

或许，这种奢侈真的只属于少数人。

4 开往奎屯的1043

甘肃，陇西市火车站

1043次列车，开往新疆奎屯，乌局乌段，老式的绿皮车。

对于奎屯，仅仅知道它在遥远的新疆。车上人很多，都在挤来挤去地找座位，上上下下地放行李。天气很热，头顶的绿色小风扇摇头晃脑地不停转着，从大开的窗户探出头去，看见站台上的人脚步匆匆。

车上大部分是去新疆的长途旅客，看起来坐在一起的人都很熟悉，相互照应着。我费了好大劲，挤了进来。还好，是一

165

个靠窗的位置，我的行李不多，就一个背包，放在脚下。

那个女列车员很胖，五十来岁的样子。在过道，瞅着行李架上横七竖八的行李，喊着让他们一一放好。她嗓门很大："谁的行李？快挪！"下面的一堆乘客赶紧将那些行李乖乖放好。

"快，让一让！别挤在过道。"她又说。

这时，不知是谁不耐烦地嘟囔了一声，那列车员顿时来气，指着满车人说："要想不挤的，都回自个家去啊，再不行自己买空调快车卧铺啊，又没人让你在这挤。"

出了过道，那列车员进了自己的休息室，啪的一声，关了门。周围的人面面相觑，气氛凝结了一会儿，又恢复了喧闹。

车上一片嘈杂，一大桌人东长西短聊得很热闹，谈话间，听出来他们都是去新疆摘棉花的。不久天黑了，一车人渐渐平静。无聊，我开始戴着耳机，听音乐。

三个小时后，当我在这老旧的列车上摇晃时，手机没有电了。我无事可做了，漫长的旅程，怎样打发时间是一个问题。我拿出背包，摘下耳机，拿起笔，列车摇晃不已，写的字歪歪扭扭，胡乱地标着箭头，涂着黑点。

对面的两个年轻人，斌哥和旭哥，老家都在兰州，此行是回家探亲。他俩看着好奇，瞅了瞅那本子，便开始问我。我有些不好意思，说自己随便胡乱写写画画，打发时间的。

旁边的老人是第一次跟着邻座的同村人到新疆去打工，说给人家看大门，管吃管住。操着东北口音的同村人不停地给那老人算计着收入和劳动强度，那老人在一旁不住地点头表示同意。

倚在我们座位边，有位中年男人坐在自己的行李上。我问去哪，那男子憨厚地笑着说，老家达州，去奎屯。我拿出地图，指了指四川的地图，他笑着指给我看。

不一会儿，我撤了笔记本，和他们聊了起来。我其实并不属于那种喜欢主动交际的人，我更喜欢去看去听。但是，我想自己还是需要融入其中的。"融入"，这个词这让我想起了那句"到群众中去"。可我不是领导，也不是明星，我更不是走基层的记者，但我依然觉得有种"走基层"的感觉，虽然这是不太可能的事情。

我的这些想法，那位很胖的女列车员不会在意，对面回家的哥俩也不会在意，去新疆打工的东北老人不会在意，那朝我憨厚笑着的达州男人也不会在意。这些也许只有我，会将此一一记下。

突然，我问自己，为什么想要努力地记下这么多的旅行细节，这些细枝末节，这些在旁人看来不值一提的琐碎细节。我想，这来自我对于生命的尊敬和对生活的认真，我可以将每一天、每一分、每一秒的生活都记录在案，我有记录的好习惯。

于是，我觉得自己的生活变得充实幸福，鲜活亮丽。很晚了，看看窗外，车到陇西，车厢又变得安静。

我趴着，开始睡去。

后来，我从甘南回来，路过兰州，特意打电话给斌哥。他陪我转了城隍庙，又带我去了熙攘的夜市。我很感激。有几次，斌哥和我联系，但由于各种原因，一直仍未再聚，但那份情谊一直珍藏心底。

旅途上，不管在哪里，我都愿意和一些路上的朋友聊聊，聊得好互留联系方式，聊不来，随缘，也没关系。于是，全国各地的朋友慢慢的也就多了起来，我将他们一一记下，我相信，他们终会让我的记忆丰盈美满。

5 信仰在空中飘扬

甘肃，夏河县拉卜楞寺

虽然我们的身体好像只是小小一个，但我们的心量却可以跟虚空一样广大。虚空有多大，我们无尽的善愿和善心就有多广。所以虚空在哪，我们的善心就在哪，因此福德也会是无尽广大的。

——《菩提道灯论》

我确信，那个叫夏河的地方可以为我的灵魂指引方向，从热闹喧嚣的城市走来，我突然感到这里的静。从车站出来，随即就住下来。

我住在河边，那个叫拉卜楞镇的地方。在这里，所有的建筑全是藏式风格。大街上，喇嘛随处可见，满脸的淡然和丰富。一两条街道，十字路口的地方，卖着一些松柏枝、松子还有酥油。旁边的街道上，还有一些摆地摊的藏族人，卖一些袜子、内衣之类的小百货。还有人用抹布仔细地擦着那些二手的旧运动鞋。

拉卜楞寺院外墙围了一圈转经筒，共两千余个。从拉卜楞寺东入口开始转经，整个转经走廊大概六公里长。清晨，我也和那些虔诚的朝圣者一样，早早起床。在藏区，转经，早已变成了我的习惯，只要看见，条件反射一般。之前藏族朋友告诉我，你要多转经，并且什么都不要想，转经只能用右手，而且要顺时针转，我谨记在心。

我突然意识到自己不经意间走入了一片不被打扰的宁静中。偶尔有朝圣者对我微笑，真诚而明净。我的前面有一位转经的老阿妈，她带着孙子，手中摇转转经筒，口中念着六字真言，心念，意念，六字真言就被翻译成了天风天籁。那种境界

不能言说，或者是，在佛的话语里，只有默念和顿悟。小孙子一边听，一边咿呀学着。我跟随着老阿妈转完了拉卜楞寺最后一个经筒。我想，自己也是一个朝拜者，正在朝拜我心中的佛。

　　漫长的转经路上，时常可以看到这些用自己的身体去丈量，步步叩拜的藏民。他们起身，合掌高举过头顶，跪下，匍匐于地面。起身，合掌高举过头顶，再跪下，再匍匐于地面。我见到一群藏族妇女一路磕长头而来，套在身前的编织袋已经脏泥不堪，她们已经筋疲力尽，一个个非常艰难地起身。有一个藏民，旁边有个小水洼，她绕过去后，在原地磕了两次，补了未磕的距离。

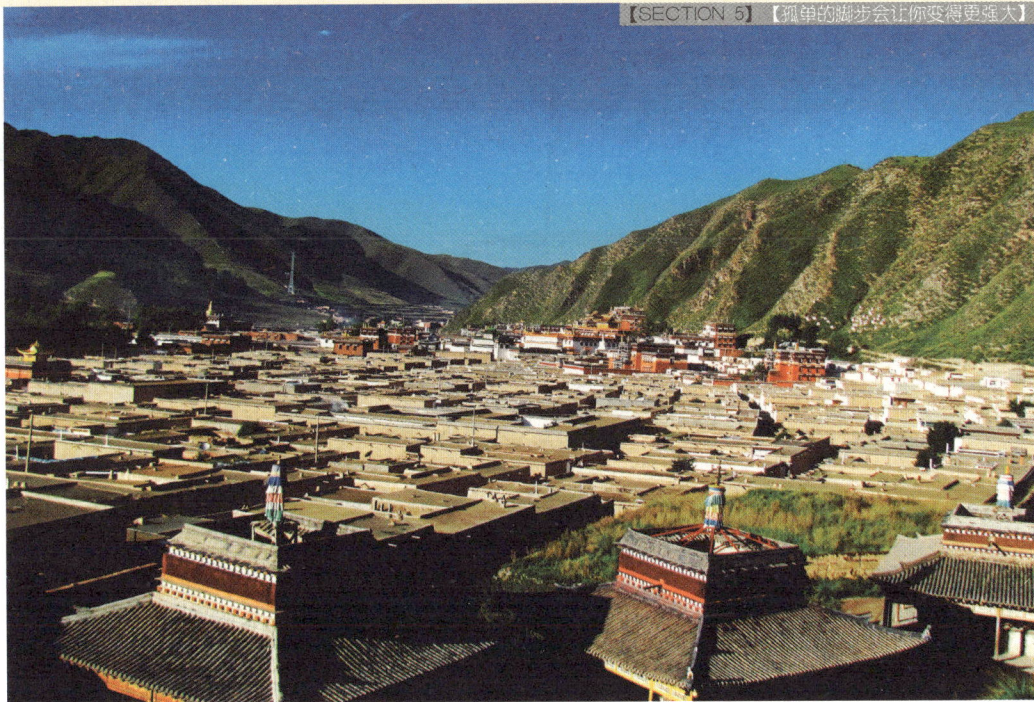

　　转经、跪拜是修行的一种方式，藏族人相信，他们的功德会一点一滴地积累，来世的幸福都在今生的修德积累之中。他们全凭信仰在做事。

　　站在凹凸不平、野花烂漫的山坡，我看见了拉卜楞寺全貌，我闭上眼睛，觉得自己随风而去，只留下心灵的念想。有几个红衣喇嘛，或站或坐，面容清爽平和，犹如土生土长的格桑梅朵。

　　下午，恰好碰见喇嘛们下课，他们从大殿里陆陆续续出来，来到殿后的大广场参加辩经。广场的喇嘛聚集得越来越多。辩经开始，广场上传来密集不绝、清脆有力的击掌声。他们两两成对，一位盘腿打坐，双手合十置于胸前，另一位则左腿直立，右腿曲弓，左手平掌伸向对方，右手握拳空中高举，站立者大声提问，端坐者也大声回答。两三个小时过后，辩经结束，拉卜楞寺又回归平静，静得只剩下我一个人。

　　天色渐暗，雾气弥漫，月亮静悄悄地挂在拉卜楞寺的上

空，抬眼望过去，不远处的经堂、佛殿都被月光笼罩。在拉卜楞寺的深夜，我背着包兀自行走。抬头，我看见明亮的星空，偶尔会有一两个喇嘛从我身边匆匆走过，然后消失在街巷。

夏河吹来的风似乎都带着寒冷的孤独。或许这孤独，此时也饱含着信仰的意味。

路遇经幡，信仰时而模糊，时而在空中飘扬，黄、蓝、红、白，也不知道是为什么，但凡是关于藏区的事物，我都有种想流泪的感觉，总觉得美好。

那天，天降大雨，只有我一个人来到拉卜楞寺对面的山坡，我将五彩的龙达撒向天空，我知道，信仰有时候很倔强，倔强的只剩下漫天飞扬的数万张龙达。

高阔明镜的湖海天空，或是遥远又触目的岁月。离别至今，在这个怀疑的时代，你我，是否都还在坚持？时常入梦，又时常清醒的时候，凝神思量，抛开其他，我的藏区情结或许早已命中注定。

6 人有时需要的东西很少

四川，若尔盖县唐克镇

去唐克的人，异常的少，下午两点，我才离开了郎木寺。

车窗外，阳光很好。这几天用San借我的防晒霜涂了厚厚的一层，依旧徒劳，脸晒得生疼，开始掉皮。

车子通过一处隧道，由于内部维修，全是泥坑、石子，行进很困难。走了近四十分钟，才驶出隧道。经历了长时间的黑暗和潮湿，光线突然变得明亮而温暖，眼睛开始有些不太适应。等眼睛慢慢睁开，一望无际的湿地草原便在我眼前肆意蔓

延开来。

后排的两个女孩欣喜万分，赶紧喊司机阿波停车。

一下车，那两个女孩抬头就问："我的天！天干嘛这么的蓝呀？"

为什么这里的天蓝？望着蓝得发呆的天，我长叹了一口气，一时感觉满眼全是正确答案。面对无限的蓝，瞬间，想好的答案又全部消失了，根本无法确定唯一的对或错。

上车，眼前的蓝天白云依旧一路变换，极不真实，让人眩晕。

晴朗温暖的下午，车沿着不断微微起伏的草原一路狂驰。阿波知道我喜欢拍各个地方的地名，所以每路过路牌，他就会放慢车速，让我尽可能拍一下。

草原上不时孤零零地散落着一两顶帐篷，阿波告诉我，这是游牧的藏民的住所。我仔细观察，帐篷边摆放着太阳能光板，应该是用来发电的。我好奇，游牧的藏民怎样生活？草原晚上会不会有狼？天冷的时候应该往哪里迁徙？

过了很久，终于看到了大片的民宅，我们来到一处小镇，看路牌——唐克。阿波说，过了唐克，黄河第一湾就不远了。

不久，我们在一处缓坡停了下来，那儿有一处木质栈梯，通向山顶。阿波指了指路，说，"从这里上去，可以看见九曲黄河。"

一路向上爬，山并不太陡峭。天边乌云密布，遮住了太阳，似乎并没有放晴的意思。我有些懊恼，若这样，根本看不见日落。乌云越来越重，猝不及防间，下起了冰雹，越下越大，闪电划过天边。我们无处可逃，只能索性边走，边淋雨。不过，二十多分钟后，雨停了，太阳竟露出了万丈光芒。一道彩虹，映在身后，大家欣喜不已。

九曲黄河的最后一湾有一座佛塔，塔身洁白，塔尖杏黄，佛塔矗立在九曲黄河的中央，让你只须看一眼，便可以铭记。只有在草原，才会看见河流像个顽皮的小孩，胡乱地弯曲地跑着。在此之前，你绝不会想到，黄河会是如此的清澈和安静，河水静静地在宽阔的河道里流淌，慵懒地从远方而来，绕过几

个优雅的弯后，流向下游。

山顶上的风马旗猎猎作响，被霞光映得光彩夺目。山坡下、夕阳里，索克藏寺呈现着一片温暖的祥和。金色的霞光越来越重，颜色变得丰富立体起来。霞光倒影在曲折蜿蜒的河水中，波光粼粼，一切都那么平静而舒服。

看惯了日出日落，我反倒有些淡然，静静的一人欣赏这草原日落。看完落日，下山坡，我本想在唐克小镇住上一晚，但因为还要赶路，只好打消了这个美好的想法。同伴们早已在车上等候多时，我有些不好意思，连连致歉。

汽车发动，打开夜灯，迎着冷风，我离开了唐克。

人有时需要的东西很少，或许很奢侈，但或许也可以仅仅是那些绝世无尘的纯净即可。富裕的生活，贫穷的生活，都可以过得很美。这是我斜倚在离开唐克镇的车上，望着窗外漆黑

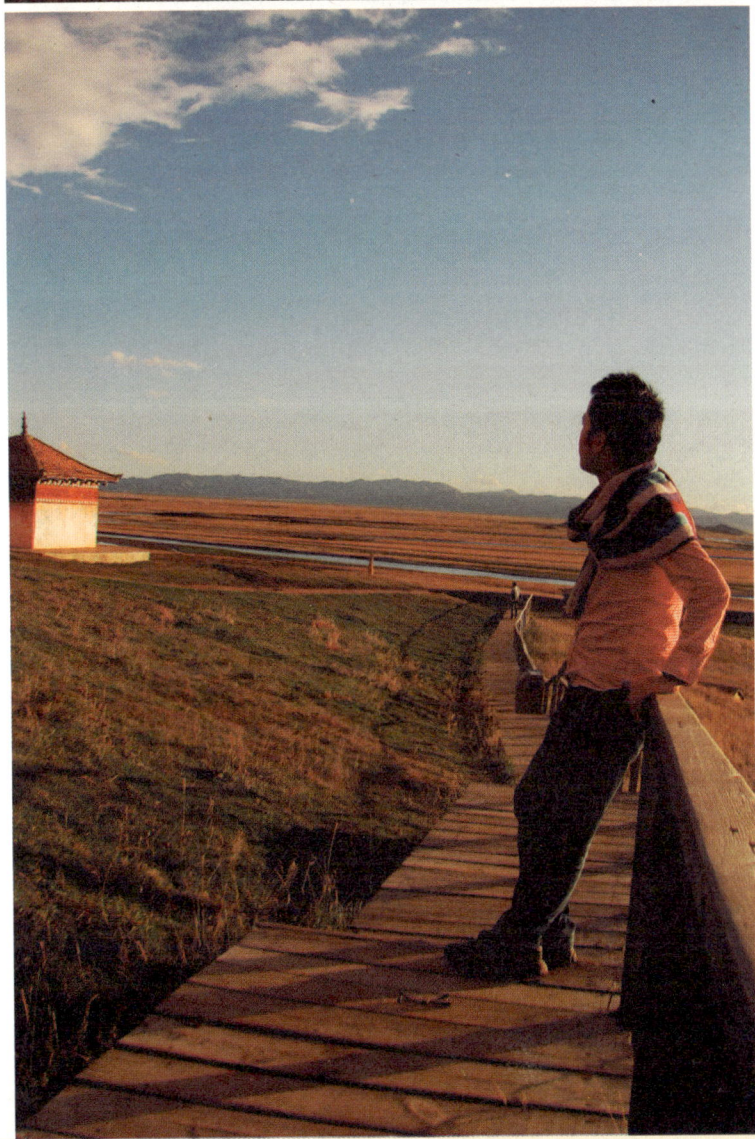

一片的若尔盖草原突然想到的。

曾记得一句话：一个人需要隐藏多少秘密，才能巧妙地度过一生，在这佛光闪闪的高原，三步两步便是天堂，却仍有那么多人，因心事过重而走不动。

说的是我吗？或许是吧。此时，后排的朋友早已昏睡。

我变得很虔诚，我变得畏惧因果，不敢去触碰很多事情；我觉得自己身边的逆境会减少，善缘不断增加；我对每一个人微笑，认识的和不认识的，在路上的和城市里的；我开始关心家人和朋友……

最终，我将把自己变得豁亮。

7 四分之一个世纪的秘密

甘肃，兰州市区黄河

　　有时候，我多么希望能有一双睿智的眼睛能够看穿我，能够明白了解我的一切，包括所有的斑斓和荒芜。那双眼眸能够穿透我的最为本质的灵魂，直抵我心灵深处那个真实的自己，她的话语能解决我所有的迷惑，或是对我的所作所为能有一针见血的评价。

——三毛《雨季不再来》

179

和王姐离开郎木寺，返回兰州。王姐有一个很大的旅行箱，里面装满了各种各样的东西。箱子很重，下楼梯的时候，她很吃力，我过去帮她。

屋外，漆黑一片。汽车需要在州府合作倒车才能去兰州。离开是在早晨的七点，车上零散地坐了七八个人，剩下的座位都空空荡荡的。

车上无聊，我问王姐："你箱子里塞的都是什么啊？"

王姐说："没什么啊，就是平时用的一些东西。"

王姐箱子很大，大得都可以称之为"百宝箱"。我总是认为，行李越多的人，对于未知，总是比旁人带着更多的恐惧和不安。我们每一个人离开故土的时候，有的人带了很多东西，有的人却什么也不带。有的人认为前途未卜，一片黑暗，有的人却认为是康庄大道，一片光明。在路上，你深感不安，还是随遇而安？我很好奇，我想探寻这些想法。

窗外天空低沉，乌云密布，下着小雨，班车行驶缓慢。雨中的草原，空无一人，甚至也没了牛羊，安静之极。一路上偶尔会有进城的藏民在路边孤零零地等着。我翻看着手机，可还是没有信号。

　　走过草原，走过山川，走过乡镇，过了很长时间，到了兰州，和王姐告别，帮她把箱子从车里拖了出来，长舒了一口气，王姐不住地说谢谢。我们在车站告别，她一会儿还要去单位，我则想去黄河边看看。

　　兰州本是有城墙的。新中国成立后，兰州的城墙被拆了。当时，有几十万人参与了拆墙，现在人们已经看不到兰州城池昔日的风光了。

　　坐了一趟公交车，我便来到铁桥，我想看看黄河的珍贵。在甘肃玛曲，在甘肃景泰，在宁夏中卫，在内蒙古包头，在陕西壶口，在河南风陵渡，我都曾看见过黄河，只是每一段的样子却都不太一样。

　　晚上给朋友打电话，两人找了一家很有名的夜市烧烤馆子，几瓶啤酒，两包香烟，聊着。俩人聊得很高兴。我听他讲，话题也仅限于我们之间的交集，它只停留在2007年。除此以外的事情，对于彼此都算新闻。

　　我渐渐明白，没有人能够真正百分之百地明白你。现在明白了，以后又不明白了，现在不明白，以后更不想明白。你也不要指望任何一个人愿意了解你。只有你，才能看见那个最鲜活的自己，或猥琐或高大，或正直或阴暗。

　　相互理解，是一件奢侈的几乎不可能做到的事情。在内心深处，任何人的言语，任何人的到来，都起不到任何作用。所以在某种意义上，人终归是要寂寞的。

　　王力宏演唱《Can you feel my world》的时候，是2003年，那时他已经在音乐旅程上闯荡了8年；贾平凹曾在《孤独地走向未来》一书中提到"真正的孤独者不言孤独，却孤独地走向未来"；史铁生经常去地坛里待着，那是一座他认为历经沧桑等了他400年的荒园子；还有那首被疯狂转载的诗歌《你若懂我，该有多好》……

夜已深沉，烤肉摊的人也去了大半。我俩依旧在烟熏火燎里喝着，大口地吃着烤肉，嚼着凉菜，桌上的空瓶已经堆满。

当我想找个人说话的时候，才发现有些事情是不能告诉别人的。有些事情是根本没有必要告诉别人，有些事情是根本没办法告诉别人，有些事情即便是告诉了别人，你也会立即后悔，即便是你最好的朋友。所以，最好的办法只有让自己安静下来，这是最好的办法。

算下来，我今年25岁，在这个世界上已经安静地隐藏了四分之一个世纪的秘密。

【一级倔强】

　　想去东北，巴雅尔琪琪格的《小路》，都不知听了有多少遍。

　　我在火车站，身份证一刷，出来了5张火车票。D25，K158，T272，T75，G2020，二等座、卧铺、座票、站票种种情况都有。车次衔接平均1.5小时，中转3次，往返4 742公里。

拿到票我都觉得不可思议，真不知是我搅和了春运，还是春运搅和了我。

有一个重要的问题让我很不安，中途转车的时间，我只有一个半小时。若列车不晚点，那相安无事，但只要有一趟车晚点，以后的车票就会变成一堆废纸，就算临时去买票，估计也很难买上。这将导致旅行提前终止，无法继续。

我满怀祈祷地上了G2020，座椅很舒服，前座后背上是些杂志，供乘客阅读。坐下来，拿起手机听着音乐。车速很快，不到一个小时，我的手机显示我来到了河南三门峡。两个小时后，我很顺利地来到了河南郑州。

郑州站的人依旧很多，拥挤狭小的车站，在过道的每一处空地坐满了大包小包的乘客。在熙攘的人群中，我拿着车票，远远地望，等待检票。可悲的是，火车开始晚点，我心急如焚，却无计可施。最后火车在23时30分抵达，虽无奈，但也只能先上车，走一步算一步了。

K158，四川攀枝花方向驶来。车上早已人山人海，空间狭小。这还能上去吗？我拿着无座的票，怀疑地问着列车员。那女列车员平静地说，火车其实就像海绵，坐多少人都行，快上吧。

上车后，里面拥挤不堪，也只能站着。我问列车长，几点才能到北京西站，列车长说看样子可能要晚点。我有些急了，连忙问，我有趟列车是明早七点的，不知道能不能来得及？列车长说，估计来不及，于是帮我写了一份情况说明，大意是可以改签列车，而不用退票，然后盖了章，让我明天下车的时候找他。在嘈杂的过道，我眯了一晚上。

第二天清早，列车晚点到达北京，去哈尔滨的D25次动车，早在7时30分已经开动，我连忙找到列车长，拿了说明

表，等了很久，那北京西站的列车员才不紧不慢地签了字。然后，我又急忙来到售票厅，已经是早上八点多，看到那长长的买票队伍，好不容易快熬到了，售票员阿姨说，改签在隔壁窗口，需要重新排队。

按照我的行程规划，时间变得很紧张。我只好来到正常的售票窗口，只因为排队的人少。我向售票员说要重新买一张去哈尔滨的车票，那售票员看见我手里的改签证明，疑惑不解。

8时30分，下一趟去哈尔滨的列车D603是9时25分开车。拿了车票，飞奔出北京西站，赶紧坐上公交。车上好心的阿姨提醒我在长椿街下车换乘地铁。我满头大汗地跑进北京站，9时20分，火车马上要开的时候，我赶紧跳了上去。

D603是一等座，看看周围，整节车厢只坐了两三个人。座位十分舒服，窗外的温暖阳光，让人十分惬意。中午在动车偌大的餐车吧台吃饭，顺便来取在服务员处充电的手机。服务员冲我微笑，感觉美好，我也礼貌地说声谢谢。

Hold住全站票，坐得了软卧厢，受得了绿皮车，经得住车晚点，吃得了吧台餐，睡得了小过道，体验过一等座。其实，每次旅行中最艰难的部分就是决定。回头，想想路上那些困难，真心不算什么。

囧途，开始。我的倔强等级是一级，但我知道自己一定会因此而走得更远。

1 不骗你，我真的很忙

黑龙江，牡丹江市雪乡

　　我很忙，真的很忙。请尽量不要给我打电话，不要找我聊天，不要给我发消息。

　　我嘎吱嘎吱地走在雪地里，树干的影子一楞一楞地从脸上掠过。如果你在路上刚好碰见我，请你也不要找我打招呼。我正在从雪谷去雪乡，我要认真地走，认真地呼吸每一方空气，认真地看天空每一朵飘过的云彩，认真地对焦每一处能看见的雪景，我不想说一句话。

森林里很安静，除了踏雪的声音，就只剩下呼吸声。

东北的冬天很长，屋外，温度都很低，窗户上结满了冰花，我住在东北的一户人家。这里的雪真的很厚，厚得难以想象。

我所在的位置，属于山河屯林业局东升林场的作业区，再走248公里就是哈尔滨，这里的五常大米很有名。对！你越过西边海拔约1 200米的张广才岭，正是当年杨子荣穿林海跨雪原，上山打虎的那片雪原，向西一路大约步行四小时，就可以到达雪乡。

甲岱妈很热情，透着一种充满东北生活气息的幽默。她做的东北菜：小鸡炖蘑菇、猪肉炖粉条、炒木耳，盘大，量多，很好吃。和甲岱家一起住在这里的，还有十几户林场人家。

早晨醒来，我横躺在东北大炕上，东北的热炕头，很热。简单地收拾，准备出去，甲岱妈急忙劝我："太冷了，不要出门，会冻坏的。"但我还是执意要出去，我要去看雪，迫不及待！

空气里的寒冷，即便是你穿了所有能穿的衣服，依旧很

爱

我没有很多很多的钱，
但我有很多很多的爱。
在旅途上，
我坚持把爱分成一寸又一寸，
赠给那些陌生人，
那些相处一室的人，
那些擦肩而过的人。
这些人，终究都会感激我的爱。
HUANG LIWU 黑龙江/双峰林场/雪乡

冷。零下27度，没走两步，就能感觉到随着呼吸带出来的水汽，鼻子里都会有冰碴的感觉，手脚也开始有些冷得麻木。对于喜欢拍照的人来说，日出日落的时段，是拍照的黄金时段。我虽算不上专业，但每次也都想去试试。

昨天落了些小雪，踩上去嘎吱作响，我拖着三脚架，缓步前行，努力适应零下27度的气温。一缕阳光从山的那边探出来，颜色变得明亮起来。走过一座木桥，旁边的河谷中有一块很小的游乐场。所谓的游乐场，其实就是一条结冰的河，场地很小，一个巨大的雪人静静地立着，微笑地迎着太阳。

拍完日出，回到屋里，甲岱妈急忙递给我一碗热腾腾的小米粥，没有知觉的手再次感到了温暖。通红的鼻子，缓了好长时间，才呼气到了温暖的空气。

喝完粥，六个小时后，我来到了一山之隔的雪乡。很多人家闭门闭户，低矮的房屋冒着热气，空旷的院子里积雪平整如湖面，大路两边的店铺都大门紧闭。

雪乡的雪很厚，厚得我都担心是否会将房屋压垮。家家户户门口挂着红灯笼，挂着金灿灿的玉米，上面都覆盖着洁白的

雪花。狗拉雪橇在马路上跑着，来来回回，没有活的时候，它
们就眯着眼睛，也不乱跑，静静地站在雪橇旁。雪乡剧场里每
天都在上演二人转的演出，从老远都能听见那喜庆的唱词。

　　这里天黑得特别早。下午四点半左右，天色便渐暗下来，
温度下降得飞快。我在邮局里买了一堆明信片，将免费送明信
片的信息发布到网上，瞬间被网友一订而空。晚上无事，我
开始在房子里一张张地写明信片，写好的明信片铺满了整个

炕头。

农家乐的厨师，二十多岁，静静地在一旁看着我写明信片。他有些不好意思，过了半天，突然对我说，能不能给他女朋友也写一张，我欣然同意。晚上十一点多，我将那些写好的明信片收了起来，准备明天一早就寄出。

在路上，我一直很忙很忙，忙着各种各样的事情。我没有很多很多的钱，但我有很多很多的爱。在旅途上，我坚持把爱分成一寸又一寸，赠给那些陌生人，那些相处一室的人，那些擦肩而过的人。这些人，终究都会感激我的爱。

在夏天，在零上几近四十度的时候，我总会想起零下27度的风雪，想起雪乡和雪谷，这两个东北的小村子。脑海中满满的都是童话般的冰雪世界，我怀念那零下27度的风雪，那关于东北，关于那里的人。

听一首叫《春生》的专辑，一首叫《冬》的歌曲，一个叫浪客的歌手，一种都市清新的旋律：再寒冷一点，雪花飞舞的冬天……

2 白日做梦

吉林，吉林市镜泊湖
吉林，延边朝鲜族自治州长白山魔界

汽车平静行驶，过大海林林场。

张哥的车上有六个乘客，广东佛山的一家三口，不怎么说话，小孩应该还在上小学，胸前有个一个醒目的学生证，戴了一副度数很深的眼镜，趴在窗户上好奇地向外张望；后排座位还有两个女孩，一路谈论着闺蜜之间的琐碎小事，说东道西；还有一个人，那就是我，坐在副驾驶。

一路上，我一直留意着每一块路牌，我越来越靠近一个湖泊。那个关于镜泊湖的路牌时不时地出现，突然我又看见了一块镜泊湖的路牌，只是显示了箭头，却没有了里程数字。镜泊湖在哪里？我赶紧用力擦擦窗边的冰花，向外看。

　　我思量着怎样说服张哥带我们去镜泊湖看看。这时，他却扭过头来说，你们来一次东北也不容易，旁边就是镜泊湖，我带你们去转转。说着，一个转弯，我们的面包车就开上了镜泊湖的湖面。湖面上茫茫一片雪白，不远处仍然可以看见河水不断流淌，升腾着热气。我不禁还是有些担心，可张哥却一脸平静。

　　我问张哥："这冰不知道冻得结实不，不会……"

　　张哥说："放心，镜泊湖的冰层这个时候应该有两米厚，足够了。"

　　说着一脚油门，故意似的冲了出去。我惯性倾倒，赶紧扶着把手。

　　就这样，一辆面包车，在雪白的湖面疯狂行驶。

　　"怎么样？"张哥回头冲我们笑着，看样子，他很享受这

样飙车的感觉。

　　打开车门，一股刺骨的寒风吹来，四周一片白雪茫茫。远处不断下沉的一片红光，但那夕阳的颜色并不温暖。我用力想看清这里的模样，可是狂风夹杂着小雪粒吹来，根本看不清。脚下冻得结实的冰，坚固如石，用脚踢了几下，只留下几道划痕。

　　我脱下手套，拿着相机厚颜地让那北京的女孩帮我拍了几张照片。三分钟，仅仅三分钟，我便受不了这样极限的天气，赶紧上了车，坐在后排蜷缩着。突然，我感觉到冬天的镜泊湖冰窖般无情。这里很冷，冷到心底。

　　张哥说："明早可以去松花江边的魔界看看。"

　　"魔界都有什么？"

　　"二道白河镇外松花江两边，有几株死去的老树，一般早起都可以看到雾凇。"

　　第二天，一路的白桦，还有那高大的雪松。大约半个小时，我来到了魔界。冬日里，江水腾起来的雾气，遇到寒冷的空气，在树上凝结成了霜花。我站在那云雾缭绕的江边，想到了在哈尔滨看到的那条宽广的河流，那正是松花江，但却早已冻结。

李健的《松花江》，一首温婉的歌曲。

这是我的家乡　美丽的地方
松花江水　我童年的海洋
哺育我们成长　替我们受伤
松花江水　静静地流淌
什么时候再让她　欢乐地歌唱
什么时候不辜负　母亲的善良
我怎么能遗忘你年轻的模样

这条径流量和黄河一般的河流，在它的上游，却携带着雾气，夹杂着霜花，欢快地流淌。我沿松花江走着，在桥边的张哥朝我喊着，让我不要走太远，可我全然没有理会，朝着那松林深处走去。

突然，我忘记了寒冷，忘记了只身一人，神经质地一人

越走越远。好久，我才缓了过来。张哥下到江边，扯着嗓子喊我："你不冷啊，快上车！"我冷吗？面对这晶莹沁骨的风景，我好想也没了知觉。

离开，回望，松花江水，依旧在雾气中静静地流淌。

我是一个爱做白日梦的人，有时候独自走着，都会胡乱地想。

我想建造一座大房子，类似于欧洲城堡的那种，然后在庭院前种满鲜花；我想象着自己有很多钱，然后一笔一笔地怎样花销出去；我想在一场电影中，担任一个角色，中午不吃饭，还在和导演为怎样演好这个角色而争执起来；我想象着自己在一所偏僻山村的学校里，给孩子们讲山外面的故事和人；我想象着自己变成老板，还在苦思冥想该怎样管理员工。

我想，在我的心中或许也有一条松花江，它把我的一颗心分作两边，左岸柔软，右岸冷硬，左岸感性，右岸理性，左岸是梦境，右岸是生活。

3 他在春天来临之前，终于到达寒冷的山顶

吉林，延边朝鲜族自治州长白山

　　张哥家住在二道白河镇，他人很好，于是，便临时决定住在他的家庭旅馆里。

　　第二天一早，告别张哥，我成为了第一个进入长白山的人。汽车在密布的森林里小心行驶，沿途都是美丽的松桦，树梢上挂着华丽的白，在阳光的照耀下，晶莹闪耀。到中转站，换上越野车，那师傅雪地的车技很好，把车开的像过山车一样，崇山峻岭，轮胎煞得喳喳响，不一会儿就抵达了长

197

白山顶。

长白山是中朝国界山，上山的大平台上有个边防哨所，墙上的标语很醒目：放眼看世界，祖国在心中。

记得《边疆行——远方的家》里面有一集，当记者到达新疆的红旗拉甫口岸前哨班时，看到这里差不多每个战士的手指甲都是凹陷下去的，而就是在这样艰苦的环境中，边防战士们保家卫国，守卫庄严的国门却没有丝毫的含糊。

当记者在采访中握住战士的手时，忍不住泪流满面，因为她看到一位常驻口岸的连长，才三十多岁，但脸上、手上全是皱纹，看起来就像五十多岁一样。这一群最可爱的人，把青春、岁月，甚至生命都献给了祖国边防，向他们致敬。

零下26度，4~5级风，9时29分，我终于登上了长白山天池。我清晰地记得，那天，我是第一个来到天池的人。在一片冰天雪地里，脚下是一片风化的碎山石，身体早已不听使唤，连呼吸都有些困难。此刻，我和天池之间的距离只有50厘米，依稀看见那冰封的天池，心里开始发晕。

　　雪粒狂舞，夹带着暴雪和冰碴，感觉自己更像是在北极或珠峰。有那么几次，我差点就被大风吹到，只好靠在一块石头后面。我把自己包裹得很严，只露鼻子和一点脸。脚冷，从疼到麻木再到疼，这种疼，反复发作，没有丝毫的温暖，我感觉自己都快要冻伤了，却没有一处避风的地方。相机开始报警，反复报警。手机按键开始反应变慢，摁下去好半天，才会有屏幕显示。

　　那一刻，我流泪了，但泪水也被冻成了冰碴。我体会了太多的孤独，但孤独是我自找的，因为我太过珍惜自由。如果你想绝望，此刻就是真正的漫无边际的绝望，会让你绝望得很彻底。

　　想要说些什么，可是什么都想不出来。我拿起三脚架，麻木地按着相机快门，天池在哪，焦距在哪，取景在哪，不顾不管。

　　突然，三脚架被风雪吹倒，相机滚落，幸好不是天池的方向，赶紧捡回。我的相机虽然不是很昂贵，但是它帮我留住了那些难以描述的情景。此刻，在山顶，它是我唯一的伙伴。

　　15分钟后，我最终选择逃离了天池。

下山，路边依然白雪皑皑。我其实害怕冬天，害怕刺骨的寒冷。但我却喜欢雪，喜欢那纯白而浓情的白色世界。路边的铲雪机仍然忙碌，满眼的玉树琼枝，寂静幽深，我可以听见雪花簌簌坠落的声音，还有脚下鞋底与白雪触碰的咯吱声。

抓起一把雪，攥成一团，我想感知冰雪的温度，一阵冰冷入骨。不久，那雪团开始融化，雪水在指缝流淌，滴落。摊开手掌，之前还坚硬如石的雪团，消失不见了。

不断地行走是苦行僧一般的修炼，我开始自嘲：世间有一个孩子，他花很长的时间旅行，他经常一个人默默无语，他在春天来临前，终于到达寒冷的山顶……

记得之前有一个朋友对我说，有时我在网上发布的内容，不时会表达出一些忧伤和迷茫，他认为不妥，这会让我周围的

人变得消极和低沉。我应该尽量地传递更多的正能量，必须永远的将积极的态度随时传递给其他人。可是，真实的自己，五味杂陈，是要你承认自己的缺点，努力提升改变，而有时种种原因，人们却需要你不要说自己想说的话，这是一个巨大的难题。

　　我的相机终究没有好，极寒的低温使它无法开机，更何况在天池边也滚落了好远。从东北回来，我的第一部相机正式宣布退役。

4 生活其实并没有多少牵绊

北京，昌平区天通苑

无论怎样走，总有这一刻，你觉得自己不一样了，总有下一刻，你觉得自己成长了。

在北京，冬日的阳光很温暖。

上高中的时候，我的理想就是来北京上大学，可终究未能如愿。后来，大学时期，有一年国庆节来北京，看到一切都很兴奋。之后，来北京的次数不少，每次都有原因，最开始是因为没有来过，后来大部分来京都是因为有事，来考证、找实习机会、培训、开会。

这个拥有三千多年历史的古都，就如同它不同时期的不同称呼一样，不是三言两语说得清道得明的。一曲《北京土著》，字正腔圆的北京味，歌里，老北京的味道很正。

不断地外来人口涌入，与老城根的安逸并行着。走在长安街上，我想，自己眼里的北京到底应该是什么样？我想给它找一个合适的符号。

红墙黄瓦、流光溢彩的紫禁城也许和地铁1号线上西装革履的人们的生活并没有多少的牵绊。走进故宫，琉璃瓦反射下来的阳光，异常强烈，晃得人睁不开眼睛。在一片迷离中，时光交错，朝代更迭。是的，这一切也都与匆匆的熙攘的游客没有多大关系。

如果有一天，当你也拖着行李，来到这座城市谋生的时候，脚刚落地，生存的必需与生活的压力便会排山倒海般地向你袭来。你不能做一个过客，除非你选择离开！于是，你开始

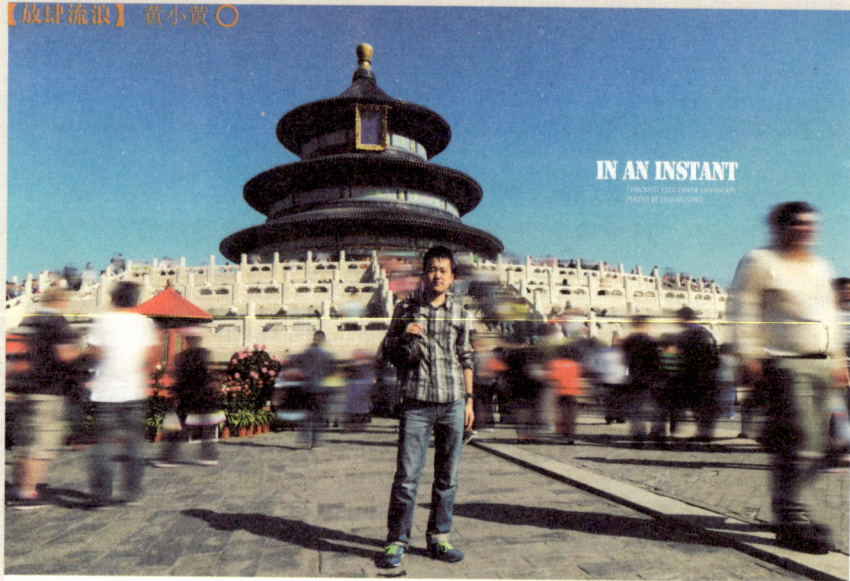

IN AN INSTANT

迷茫，你开始奋斗，你开始蜗居生活。

也许，偌大的北京根本就不是漂泊者的温馨港湾，但所有的人还是提着行李，怀揣理想，前仆后继，奔涌而来。所有的付出，都为了摆脱家乡的印记，同样，也为了摆脱北漂的标签。

地铁5号线，人潮涌动，车厢里拥挤不堪。小姨开车来地铁站接我，来北京次数多了，我渐渐地不愿意出门，宅在小姨家里，和她聊着最新的话题。

姨妈家的表哥来北京打拼十多年了，生活虽不富裕，但也温馨。表妹赴美留学，也马上开始新的生活。表弟一直在北京上学、上班、生活，谈了女朋友，最近考虑结婚。

母亲姊妹四个，她们的孩子都不一样，可大部分都在北京。随着时间流逝，我们每个人的人生轨迹大相径庭，开始变得越来越疏离。

中午，我和表弟见面。我们曾经生活在一个小县城，县城不太大，也不发达。我们曾经在一起读书、考大学，而后，我们去了不同的地方。还记得几年前，第一次见他，他一脸笑容，健步如飞地朝我走来，带我去圆明园、恭王府、北海、天安门，一路有说有笑。

年龄相仿，我们之间，本就无所不谈，可生活的压力慢慢地逼近，买房、买车、上班、下班，这些都是我们这个年龄无法逃避的事情。近年来，表弟沉默了许多。我也开始有些不自然起来，地方没有变，可大家心里渐渐都装了太多复杂的事情，自顾不暇。

《庄子》里面有一句话"夏虫不可语于冰"，意思是说夏天的虫子，无论你怎样与它谈论冬天的冰雪，它也不会明白。是啊，当我们总是疑惑很多人再也不愿向你诉说的时候，请你静下心，倒不是说你们有多么的生分疏远，而是说，每个人都有自己的思维限制，很难向他人描述清楚。这样看来，我们不过都是彼此眼里的夏虫罢了。

生活总会好起来的，表哥、表弟终究会在北京扎根生长，尽管可能会很漫长。但我一直相信生活其实并没有多少的牵绊，祝福他们。

北京！北京！

每次来京，从北京西站出来，总是感觉来到了一个很大的舞台，但舞台背后，我也更加清晰地看到了两手空空的自己。之前听过汪峰的歌曲《北京北京》，北漂的生活或许永远会撕扯着我们的记忆，那记忆刻满了惆怅和迷茫，刻满了年少和青春。

去年，江波给我打电话，说他要考虑离开北京，在西安买房子。我心里一惊，过后表示理解。在北京，生活压力、交通压力、工作压力，让我这个局外人竟也感同身受。

前一段时间，和表弟聊，他已经在北京买了房子，给我看房子照片，房屋总价三百多万，虽说是二手的，但还算新，小区离地铁口也就几百米。上次约我去他家吃饭，特地买了一条鱼，亲自下厨，感觉很棒。

每一天，每一个城市都还年轻，可我们，无法阻挡，终将老去。离开还是留下？选择还是放弃？继续还是愤怒？现实还是理想？没有人可以说得明白。

5 一个人的浮世清欢

重庆，渝中区上清寺

　　重庆，一座山城，一座相貌奇特的城市，坐公交，你在这座山城高高低低地穿梭起落，被索道和高架举到半空，而后又随着隧道穿过居民楼，你会喜欢这样的感觉。

　　一趟重庆，你的思绪无比荒芜杂乱，你将内心中琐碎又很难统一的杂事聚拢在一起，零零星星地留下来，再通过文字将它们传递出去。

207

你住在重庆郊外的瓷器口古镇，屋内人并不多。有只慵懒的猫，蜷缩在门口。你将行李放下，那前台是个年龄稍小的男孩，那风一样的眼神充满了激情，应该是游历了很多地方，他正在上网聊天。

将行李放下，你在古镇里转了一两圈。看见那熟悉的转龙糖画。小时候，在学校门口经常会有这种小摊，两毛钱转一次。糖在艺人的手里飞舞，不到一分钟，糖画就做好了。记得那时候，你会舍不得吃，拿着糖画向大家乐滋滋地炫耀好久。

向更深处走去，你看见了不远处苍翠的歌乐山。你知道，那山里，有关押小萝卜头的白公馆和关押江姐的渣滓洞，这座被日军轰炸过的城市，留下了太多的故事。周边的农庄，地段远不如古镇，冷清了许多。门口有几位妇人在择着蔬菜，几只花猫从门缝里向外好奇地张望。街巷很静，你从她们身边走过，连脚步声都没有。

客栈临江，你坐在江边的院子里，阳台上养着很多小花，你看见有一些停靠的江轮已经改成船舶饭店，灯火通明。你开始无聊地翻看手机。高中时，很喜欢唱歌。后来，唱得少了，就开始专心地听，一遍又一遍。

你一直在听一首叫作《太阳出来喜洋洋》的歌曲。不同的是，你找的是一首纯音乐的曲子，悠然哼唱，那旋律在耳边肆意弥漫，很舒服。你是一个对生活挑剔的人，总会将自己放在最舒适的一角，怡然自得。

一个地方有水，就会很有灵气，你一个人来到两江交汇的朝天门。流火的7月，你在江边，看见很多两江游的牌子，然后你便坐在台阶上，等了很久。你希望有一个棒棒，他爬坡上坎，肩上扛着一米长的竹棒，棒子上系着两根青色的尼龙绳，挂着行李重物，从你身边挥汗如雨地走过。可是这个时代似乎早没有了他们的身影，你知道那仅仅是奢望。

从白天等到晚上。夜晚的朝天门，景色很美，灯光开始闪烁，游船在江中不断穿梭，江风凉爽，无数的灯光交相辉映。

你从朝天门顺着嘉陵江边，走到解放碑，在众多的摩天高楼里，仰望这座城市的密度和高度，你显得有些渺小。五光十色的都市霓虹，熙攘的人群来来往往，你在路边的小摊买了几个橘子，是那种紫红色的果肉，味道很甜。在解放碑，呆坐了很久，你看到最多的就是生活，除此就只剩下无奈。

你想去长江索道看看，来到新华路，对面就是南岸区的龙门浩。由于高温，长江索道大门紧锁，贴了通知。大热天，汗流浃背，悻悻返回。

你来到长江三峡博物馆，你看见了一张三峡移民的照片，那位老乡在离开老家时一只手紧紧地抱着一棵小树苗，一只手抹着眼泪。你猜想，那棵小树如今在他乡估计也长成大树，枝繁叶茂了。你记得很清楚，那天，你是最后一个离开博物馆的

人，你认真地看完了所有的陈列品。

过了几天，你依旧回到了上清寺。上清寺在哪里？记得之前看到一本书叫《失踪的上清寺》，它是一部悬疑小说。你开始好奇地问路人上清寺的现状。路人说，上清寺早在20世纪很久前就消失了。你有些失望，不再多问。机场大巴开动，你离开了重庆。

向谁告别？！你应该无处告别！多数时候，你就是这样独自行走。

一个人，浮世清欢。一个人，细水长流。

一个人的旅行确实可以检验一个人的灵魂深度，测出一个人对自己的真正感觉。我一直在思考一个问题，人类千万年的历史，而人就活那么几十年，来世界一趟，到底为了什么？

有的人是为了一番事业；有的人是为了异常轰轰烈烈的爱情；有的人是为了争个对与错；有的人是向往自由，却一直故步自封在三点一线；有的人为了看更多的风景，最终放弃了很多；有的人选择远离，然后变得无处告别。

6 每个人都有一个好习惯

重庆，綦江区黑山谷

我在綦江，我走进了黑山谷。

这里很幽静，慢慢地飘落起了小雨。十里峡谷，呈典型的"V"字形深切峡谷形态，河床最宽处二三十米，最窄处不足两米。峡谷两岸皆为植被茂密的悬崖，坡度在七八十度左右，部分岸壁由于洪水冲蚀底部，逆倾一百余度。

我走在鲤鱼峡中，一只手可摸到重庆的山，另一只手则可摸到贵州的山。一路上的确没有见到多少人，也不知什么时候，工作人员开始跟随在我的身后。听到他身上别着的对讲机响，我才知道整个山谷里，就剩下我一个游客。他们今天最后的任务就是护送我安全地离开这里。我有些不好意思，脚步变快。

雨越来越大，我只能走一程，再找一个避雨的亭子停一会，等雨势小一些再走。静静地，俩人，一前一后地走在幽暗湿漉漉的山谷中。不知过了多久，走完了山谷，告别了流淌的溪水，地势慢慢高起来，约莫过了两个小时后，我出了黑山谷。

山里雾气弥漫，我本想离开这里，可是最后的班车早已错过。天色渐暗，山间的雾气变得越来越重，身边变得很静。一人走着，有些害怕，睁大了眼睛依旧看不清前面的道路。两边虽有农舍，但大门紧锁，外边空无一人。这使我想到了武侠小说中，那阴森古怪的荒村野店，顿时害怕。

隐约中，我看见一位妇人，赶紧上前问路求助。她接待了我，为我炒了一盘青菜，盛了一碗萝卜汤。她说，"也不知道你们外地人能吃习惯不？"我很奇怪，屋里只有她一人。

后来我才知道，妇人的儿子在坐汽车要五六个小时才能到达的一个城市里打工，在城里为人装修房子。女儿在山那边的学校读高中，明年高考，儿子挣钱是为供女儿上大学。五年前的一场车祸，她老公再也没回家。她说得很平静，但我隐约感到她不愿再去回忆那段痛苦的往事。

我好奇地在黑暗的屋里转转，看到房门一侧的小方桌上有一台电话，电话用一块干净的方布遮着，精心地在保护。电话旁放着一个小本子，已经破烂不堪。儿子和女儿都很懂事，每周准会打电话回来，为了节省话费，这电话她只接，从不往外拨。

　　每次来电话，她都会把孩子的话记在小本子上，闲暇时便翻开看看，就像孩子们在身边一样很亲切。妇人说，自己本来就识字不多，又粗手粗脚地种庄稼，识得的那几个字也忘得差不多了。从她本子上的记录看得出来她很吃力，写的字也歪歪扭扭，有时还不得不画个符号来代替，语句也不通顺，但是记录的很详细。

　　我提议，想给那妇人和她的小本子拍一张照片，但是她笑了笑说，"不拍，都老了，没啥看的。"只好作罢，终究还是有些遗憾。

　　脑海里，一个普普通通的川地妇人形象就这样挥之不去地留在了我的印象里。那本有些旧的卷边的小本子，和那低着头在昏暗灯下做农活的妇人一直让我印象深刻。

　　我经常想到那本卷边的小本子，这些生活中的不一样的习惯，真的可以帮我们来踏踏实实地记录一些事情。

213

7 梦里不知身是客

四川，阆中市阆中古城

到达阆中已是晚上九点，早已没有了公交车。来阆中之前，我不知道这个地方，甚至也不认识这个"阆"字，阆中的地理位置毕竟比较偏。

车上和一个小伙子聊得很好，小伙子是个医生，他用浓重好听的四川口音对我说："来嘛，阆中不看是要后悔的。"他是去成都的某个医院应聘。是在大城市打拼，还是在小城市安稳工作？仿佛，从来都没有对错。毕竟我们每个人都有追求美好生活的权利。

出了车站，我们一起进入古城区。到了古城，那小伙让我下车，我坚持要请他吃饭，可是时间太晚，小伙子回家心切，为我指了路，互留了联系方式，便匆匆作别。之后好像再也没有联系过，但我，对此仍旧记忆深刻。

过了一座牌坊便进入到老城区，街边商户大部分已经关门，只剩下零零散散的几户。朝前走，又过了木质的门楼，我找了一处木阁楼的客栈住下。客栈楼道很窄，但是木质的声音感觉很好。

老板快要关门了，我告诉老板等我一会儿，我想去嘉陵江边看看。老板将钥匙给我，叮嘱我回来放到他的柜子里。这条路走到头，我便看见了嘉陵江。我最喜欢江河边的灯火，算起来，我这是第三次亲临嘉陵江。

之前，去过嘉陵江源头保护区，那是一条欢快的小溪。之后便是在重庆的朝天门，那里水面宽阔，烟波浩渺。这次，我是在嘉陵江的中游顺河而上。这样安静的江水，感觉只属于你一个人。

那晚，我在江边坐了很久。

早晨起床刷牙，窗外是一片瓦的世界，一眼望去，就好像一层层灰色的翅膀叠压着。远处不知哪家的柳树随风摆动，有着显眼的亮绿色，那是春天的新绿。

街道上，很干净，沿街有很多修脚店，还有一些卖着"张飞牛肉"的店铺开始吆喝。 古城广场的自乐班，怡然自得地吹打着古老的乐曲。不知是哪个学校的孩子们在老师的指引下，排着队，穿着校服，拿着小旗朝着江边走去，快乐的眼睛闪烁着，多么明亮亲密。

据说，阆中有四绝，即保宁醋、张飞牛肉、白糖蒸馍、保宁压酒。街上有十几家生产干牛肉的企业和家庭作坊，大大的牌子很醒目。张飞庙门口，正在进行电视剧拍摄，演的是张飞出师的戏份。那导演对于张飞的表情抠得很细，来来回回拍了好几遍才过。

本计划再从阆中出发坐船去苍溪，可是据说河运不通，只好作罢。出古城去汽车站，路途较远，公交车很不好等，身边有一对夫妇，背的大包小包看站牌，两人在讨论着应该坐哪一路公交车。我客气地向他们问路，正好他们也要去汽车站，便打了辆出租车一同前往。

下车的时候，夫妇俩先我一步给了钱，等我将车费递给他们的时候，他们背着包裹，急忙躲开，连声道："没得多少，娃儿，不用了……"然后，夫妇俩就急忙进了候车大厅。我一阵感动。

离开了阆中市，身后，那座嘉陵江边的小城便留在了记忆中。

经苍溪，过广元，过阳平关，我进入了的汉中平原。

"梦里不知身是客"，是李煜《浪淘沙》中的一句词。我从中挑了出来，作为这篇文章的标题。没有别的意思，仅仅是喜欢这几个字的情真意切。

8 欢迎再来

陕西，洋县朱鹮梨园

　　我喜欢春天，每年春天一来，我心情都很好，总觉得要有什么好事发生似的。每年三四月，我都会从汉中平原走过，我没有忘记开花的季节，你也没有忘记我来看你的时间。不同的是，这次，还是停下来好好看看吧。我是阿武，我在G5高速。

217

给小代打电话，说我快到汉中了。

小代回复：稍等一会儿，正在加班。

过了十几分钟，我看见小代从马路对面焦急地跑来。阔别三年，我俩又见面了，不同的是，我是背着大背包，一身汗臭，而小代是西装笔挺，两手插兜地在马路那边远远地笑着朝我走来。

小代请我去当地最有特色的饭馆吃饭。饭桌上，他问我，"汉中你都来过多少回了，咋又来了？"我笑着说，"这次我是来看油菜花的。"小代说，"那你不用管了，我给你安排。"第二天，按照他的安排，我来到洋县。小代的姐姐热情地来车站接我，被人当嘉宾接待还真不习惯。

想起几年前去小代老家，他就很热情地招待了我。那次，阿姨在院子里洗熏好的腊肉，又挖来了竹笋，做了一桌丰盛大餐。第二天，代叔叔又带我们去石门吃了褒河鱼，临走时还不忘给我带了一大包当地的木耳。

出车站不到五分钟，我便来到了一片黄色的海洋。陕南的油菜花不像其他地方那么名扬四海，但只要你来到这里，便会被随处可见的花海包围。从山坡望去，远处山峦青黛，平原地带的油菜花和麦苗相互交织，油菜花的金黄随风摇摆，冬小麦阵阵绿浪，白墙红瓦的村庄点缀其中，一幅绝美的田园山水画。

顺着盘山路一路上升，沿途看见很多野炊的小学生，鲜艳的红领巾，三五一群，在田垄边生火做饭，笑声一片。田野里有老人仍扛着锄头，辛勤劳作。一阵春风迎面吹来，各种花香、麦香夹杂着青草和泥土的味道扑面而来，这熟悉而久违的气息又一次触动了我敏感的神经。

本想着小代的姐姐工作忙，不便打扰，可她下午又带着我在山野里骑着摩托车转悠。一路上我教她怎样拍微距，怎样利用光线，怎样构图，怎样抓拍瞬间，怎样摆姿势作表情。她则领着我去寻找附近最好玩的地方。

我给她翻看相机里拍摄的那些满目金黄与灿烂微笑。随后，将照片全部拷贝到她的电脑。告别的时候，我说，"谢谢

你热情的照顾。"小代的姐姐则笑着说，"你可别这么说，我也该谢谢你，在这里工作这么长时间，还从来没有像今天感觉这么快乐。"

后来，她将最美的一张照片换作了自己的QQ头像。

在你的生命里，总有一些微笑，让人记忆犹新，那不是职业的露几颗牙齿的表演，而是发自内心的快乐。经常上网，小代姐姐的QQ头像依旧是那次在油菜花海里的笑脸，金灿灿的油菜花映衬着她那微笑的脸庞，很美丽。

阳春3月，小代发微信说，周末来玩，再不来春色就没有了。我告诉他，本周末无事的话便来。

前几天，小代的姐姐也说，欢迎来看油菜花。

嗯，有时间，我一定回来故地重游。

9 那座小城与奶奶有关

陕西，商洛市黑龙口镇

从湖北十堰，经G70，看到一个熟悉又陌生的交通指示牌，左转改向。

那个地名，奶奶总是习惯地叫它商县，那是在群山凹里的小城，丹江顺城流过。那个地方，小时候也频繁地出现在奶奶给我讲的故事里。现在关于奶奶的记忆越来越少，但是，这地名还是又一次提醒了我。

小时候，奶奶告诉我，她就出生在这里，在县城不远的东龙山边。那里有座古老的砖塔，门口有颗年老的核桃树，很好辨认。那个年代，交通闭塞，来到关中，要走上好几天的路程才能到达，一路全是弯曲的山路，很险，尤其在黑龙口镇。

然后，我便好奇地问奶奶，为什么你会大老远地、费尽周折地嫁到这么远的地方?对此，奶奶总是默然不语。我猜想，奶奶的身后总是有很多未知的故事，是痛苦还是幸福，是无奈还是执着，直到她去世，我仍旧不知。

奶奶信佛，每天两次烧香拜佛，一生从未间断。即便是年老了，跪不下去了，也要艰难地扶着桌子，用力地鞠躬三次。奶奶是一个热心肠的人，帮东家，帮西家。记得那些年，闹饥荒，总有些外地逃荒来的难民讨饭吃，奶奶总是派我悄悄地从门缝里递出去几个馒头，她是怕被妈妈发现，说她。奶奶平时穿着一身粗布的衣服，小时候，就经常领着我去赶集逛庙会，等着给我吃祭祀用的供品。

后来，奶奶身体渐渐不好了，身子骨也大不如前。她经常在门口的躺椅上一坐就是一下午，路过的村民，都会客气地向她问好。附近的老人也会同她一起坐在门口，安静地聊着。早晨，她会在村里长满杂草的小路上的走走。她会靠在村西口的水渠边上，手扶着拐杖，用安宁的神情、和蔼的目光注视着村口的路，盼着我早日放学回来。

后来，村里的老人相继去世，奶奶的身体也越来越差。那年夏天，她看起来已经很老了，躺在床上，白发凌乱，儿女们问她，还有什么放心不下的，她带着哭腔说出了我的名字，我知道她想要说很多，却说不出来。

那个秋天，果园的苹果成熟了，家家户户都忙着收获。她去世了，那天正是重阳节九月初九。我记得很清楚，我是从学校被急匆匆地叫回去的，可还是没能看她最后一眼。

　　记得之前我问奶奶，"你还想再回商县看看吗？"奶奶轻声地说了三个字，"不去了。"就这样，自从我记事开始，奶奶一直在关中平原为了儿孙们默默地朝夕劳作，直到我高中那年她离世。这期间，商洛的舅奶奶来过一次，可奶奶，竟再也没能踏入秦岭深山的商县半步⋯⋯

　　多年以后，我带着对奶奶的回忆来到了这片土地。我向爸爸求助，他一会儿就发来短信，告诉我可以去找在城关做小生意的姨家。顺着指点，我来到了一条老街，街道很窄，土坯的房子看上去很旧，但两边的生意却很红火。来到姨家，姨拉我进屋，热情地聊着，姨说她之前见过我，那时候我还很小，而我也只有片段的记忆。

　　下午，我告诉姨，我要去东龙山看看。姨店里的生意撂不下，便告诉我详细路线。

　　半个多小时后，我来到了东龙山，穿过那绿油油的玉米地，我看见了奶奶经常描述的那座砖塔，塔缝生长着荒草，看来年代已经很久了。往前走不远，便看见了那株巨大的核桃树。不同的是旁边的院墙早已坍圮，透过墙往里张望，杂草丛生，看来早已没人居住。舅爷爷早已去世，舅奶奶也在前年离世，于是这里就变成了一个故乡的符号，慢慢远去。

　　这是一座再普通不过的村庄了，不同的是村里大部分人早已搬离了这里，去公路沿线的新宅基地盖了新房，或者去商洛城里居住，或者外出打工，这里多半就只剩下老人孩子了。我在村里转了转，村里的老人看见我背着包，拿着相机在拍照，还以为我是外地的游客，好奇地远远看着。

　　我很想去奶奶经常说的黑龙口镇看看。从商洛出发，班车沿着山路前行，可我并不觉得这里的山路有多凶险。于是，连忙问身旁的中年妇人，那妇人也是一脸茫然，说黑龙口的路一

直就是这样的啊。我疑惑了，难道是奶奶骗了我？还是我旅行去过太多凶险的地方，早已没了知觉，抑或是当今经济的飞速发展，道路早已修缮一新？

但是，我可以确信的是，奶奶正是沿着这条山路，来到了关中平原，从此异乡变故乡，黄土厚土，劳作一生。

奶奶离开我已经十几年了，从商洛回来，我将自己在商洛的故事讲给爸爸，他很平静地看着那些我一路记录的照片，没说一句话。

之后，我又偷偷地去了一趟商洛，带着奶奶的照片，没有去找亲戚，只是在那废弃的院落静静地坐了许久。上周回老家祭祖，清理了奶奶坟前疯长的杂草，看到了当年手植的松柏已经郁郁葱葱。故乡与异乡，原本并没有明确的界定。

你说异乡和故乡在哪里开始交叉开始分歧，谁又有选择的权利？

【酣畅淋漓的时代】

想来，四年前，我沿着一条带有编号的国道，来到了布满高楼的城市，却走进了狭小的街巷和板棚。

城中村，对外地人或是农村人而言，来城市谋生，都会选择来这里落脚。没有物业费、垃圾费、电梯费等格外的开支，租金便宜，

购物也方便。城中村是村，只是城市的发展把它包围进摩天高楼里。

　　连片的私搭滥建，使得每户人家显得十分凌乱，大部分城中村一楼会开些饭馆或卖衣服、生活用品的小店面，二楼是小宾馆，再往上就是常住的房客。从宽阔的正街上不经意间朝里看，人头攒动，熙熙攘攘，热闹非凡。与周围林立的高楼相比，这里让城市显得很没有任何都市感。

　　在西安市的南郊有一个叫杨家村的地方，在我没有因为住宿而发愁的时候，我根本不知道它的存在，也不会想到四年大学之后会搬到这里来住。毕业那天，在同学的帮助下，我拖着大大小小的行李，来到这个热闹而有些混乱的城中村，开始了我的城中村生活。岁月像一盘布局精细的棋子，注定会安排这些刚毕业的学生锻炼磨砺。

　　虽然房子不大，也比较简陋，但是起码有个落脚的地方。对于我而言，很满足了。房东人还算和蔼，一般很少来村里，只是在月底收房租的时候开车来一次。

　　一晃就是四年，开始习惯了这里的熙攘嘈杂，习惯了屋顶冲凉，也习惯了这里房客的你来我往。没事的时候，我会顺着狭窄的楼道来到顶楼的阳台空地。

楼下卖牛肉拉面的阿姨，为人很好。我下班有时候很晚，经常去光顾她家的面馆，吃饭时阿姨经常给我的碗里多放几片肉。她家孩子在一所民办学校上学，孩子经常趴在小饭馆一角的饭桌上写作业。有时候她会和我念叨些孩子的学习，或者认真地告诉我最近小偷很猖獗，多多注意。

刚刚毕业努力找工作的三本院校的大学生，住在我隔壁。平时我们话语不多，他总是显得心事重重，说挣钱不容易，说房租又涨了，说工作不好找等一类的话。后来，据说他找到一份稳定的工作，虽说要跑市场可能辛苦些，但他脸上的微笑也逐渐多了。

在附近工地打工的16岁小伙，在楼上住。他一点不喊累，叼着烟，拎着啤酒，眼神里有同龄孩子眼中没有的成熟和老练。经常快活地跑上楼来，一路哼着小曲。有时候兴致好的话，他会约上工地的三五个好友，在家大声地打牌。本应该上学的他，干着比同龄孩子累得多的活，我总是对他抱有一丝的怜悯和同情。但是，他的小曲和口哨却让我觉得他比任何人都活得简单而快乐。

晚上下班晚些，经常看见在村口摆摊卖馄饨的夫妇。他们推着车卖馄饨和米线，打着矿灯，一个收钱，一个忙活。遇见城管便连忙推了车走远，等城管走后重新回来，摆开摊做生意。烟熏火燎里，生活平淡。

……

我喜欢这里的故事和人，他们很朴实。

在我写这本书的时候，杨家村突然拆迁，满街的清仓甩卖，搬家公司不断地进进出出，房东也开始催收最后一个月的房费。白天甩卖的嘈杂，晚上空城一般的寂静，整栋楼里就剩下零星的几户人家。那天黄昏，我记得很清楚，我拿起相机，特地穿了件牛仔衣，很认真地在楼顶的阳台拍了一张照片。我想给自己留些念想。

深夜，整个村子异常的安静，独自整理行李到深夜，四年来的东西已经多得不堪重负。我打开音乐，是一首张震岳的《再见》：

我怕我没有机会

跟你说一声再见

因为也许就再也见不到你

明天我要离开

熟悉的地方和你

要分离我眼泪就掉下去

想来，在城中村，可能没有人知道，每天会有一个男孩依然早出晚归，和所有上班族一样奔波于两点一线，但内心明亮。他好像永远处于一种城乡结合的复杂地带，不知所措，却仍然努力坚持。

想来，当您看到这本书的时候，杨家村已空留地名。

想来，不复存在！如何存在？

西安市雁塔区杨家村拆迁安置指挥部

与生命中的真相相遇

内蒙古，达拉特旗恩格贝绿洲

有人说，一个人行走的距离就是他整个的世界。整整三天，我将自己全部掏空，扔在了漫无边际的沙漠里，扔给了寸草不生的孤单。一个人独自疯狂地走着，我开始迷恋和沉醉于这种探索和艰难带来的未知。

在27岁的时候，我独自进入了库布齐的恩格贝，我分不清方向，不知道哪里是我要走的路。眼前被黄沙覆盖，我迫不急待地捧起一掬沙子，那是我无根的灵魂，我只是一个人。

对于这片沙漠，我并没有太多的经验。这次我选择了一条自己一无所知的沙漠路线。从恩格贝到响沙湾，我知道，这个选择将意味着至少两三天我都会在这沙漠中。

面对着一望无际的沙海，我开始担心自己背包里的现状：几件换洗衣服，一大瓶水，还有昨天买的一大块面包，这些准备都显得过于单薄，但我不喜欢回头，至少我脑袋里还装有那些关于疯狂的梦。

出发的时候，身边有三个人背着旅行包，从越野车上搬东西，装备齐全。一个小时后，我开始跟在这三个人身后，默默地走着。晒干的沙子很松软，细沙在脚下，是一种阻挡，又是一种缠绵。

沙丘望不到头，环顾四周，仅仅只有我们这一小队的旅行者。时间长了，除了影子，没有参照物，没有方向感，汗如雨下，眼睛很酸，不住地流泪。中午，我们四人在一个叫黑赖沟的地方修整，这里算是沙漠里的一片小绿洲，虽然植被稀疏，但总算有了生机，这里有水源补给，正好我又灌满了自己的瓶子。

前面的张哥告诉我，水不能像平日那样猛喝，只能抿一小口。于是，在接下去的徒步中，除了吃干粮外，只能强忍干渴，每次喝少量的水。我不敢慢走，更不敢掉队，唯一的办法是不说话，跟着队伍走。

晚上，我们到达了鹿场附近，决定在此扎营。帮张哥搭帐篷的时候，他好奇地问我，"如果你没有碰见我们，你会一个人进沙漠吗？"我笑着说，"我不会进，但我相信，在库布齐，我总会邂逅一队人进沙漠。"

第二天，早早动身，攀爬了无数的沙丘后，到了"包头人家"，停下来整顿休息。下午继续行走，大约四点，没有一点征兆，沙漠地区开始下雨，干燥的沙漠里突然打下了豆大的雨滴，啪啪地落下来。不一会儿大雨便倾盆而下，在无边的库布齐，没有地方避雨，我赶紧和张哥一起搭起帐篷。

不到几分钟，浑身湿透。突然听到不远处的雷声，响彻云霄，声音很大，闪电也很亮。沙漠里，气氛陡然变得凝重起来，我赶紧关了手机，和大家躲到帐篷里，一言不发。此刻，走出沙漠成了我们的唯一愿望。

晚上，我们把营地定在龙头拐附近。入夜，我独自走到山包上仰头看星空，沙漠的夜如此宁谧，头顶上这一片浩瀚的星空让我震撼，遥望着朗朗夜空下营地的浮光掠影。

耳机里是一首Escape Plan的《夜空中最亮的星》，这首歌，似乎也在描述着我的过往。

我们向往高度，向往巅峰，结果努力爬到巅峰时，发现它只是一处刚能立足的狭地。上已无路，走下去又艰难。我开始明白，人生真是艰难，不上顶峰发现不了它，上了顶峰却又不能永久驻扎。也许人生就是注定要不断地上坡下坡。但无论怎么样，我始终站在已走过的路的顶端，不断浮动的顶端，心中的顶端，未曾后退的顶端。

第三天天不亮，我们就上路了，我不愿说话，心里只想走出沙漠，走出去！突然，我放慢了脚步。等张哥他们走远，我悄悄地拉开拉链，从包里拿出来一个心愿瓶，我将它安放在沙丘最优美的弧线上。或许不久，漫天黄沙会将它封存长埋，但我想，那些杂乱的文字却永久留在了这片浩瀚的沙漠。

下午四点，我终于出了沙漠。我和张哥告别，接他们的吉普车早已在响沙湾口等着，透过车镜，我第一次看到自己走出沙漠的样子，很瘦弱，头发枯黄凌乱，眼神迷茫，干裂的嘴唇发不出任何幸福的音符。

最后一次回头望向那些起起伏伏的沙丘，心理突然有一些失落，难道就这样结束了么？

我记得，生命中有三天，我在库布齐沙漠艰难前行，走得疯狂，不知疲惫地踩出了一个又一个沙坑，翻越一座又一座沙丘，路过一个又一个微小的生命，并没有过分欣喜，隐约中带着执着与倔强。

最近几天一直在看陈坤的《突然就走到了西藏》。他说：只要你行走，就能与你生命中的真相相遇。

2 陌生而遥远

内蒙古，包头市五当召

　　过达拉特旗，搭车，我来到了包头。

　　包头，源于蒙古族语"包克图"，蒙古族语意为"有鹿的地方"，所以又叫鹿城，是一座工业城市，工厂很多。建国初期，东北为包头这个新兴的城市贡献了上万名重工业技术人员，经过五十多年的融会贯通，将内蒙古、山西、东北等地的语言有机结合，形成了现在的包头本地方言。

　　但现在，包头已经很少能见到蒙古族人了。据说，蒙古族

233

占总人口的比例已经不到3%。只有路边的蒙汉双语的路牌、门头提醒我，自己仍然身在内蒙古。

好心的师傅将我放到了东河火车站附近，我随便找了家小旅社。前台的阿姨，一手拿着苍蝇拍，一手拿着报纸，正津津有味地看着，听我要住宿，慢慢地拿起一大串钥匙，领我来到一个小屋。不到五平方米的样子，就一个小床，一个老式的电扇，也没有冲澡的地方，不过还好有一台电视机。

第二天一早，我直奔赛罕塔拉城中草原。或许是包头这个城市的包容性实在太强，以至于出租车司机对待外地人都如此热心。一路上司机向我介绍着包头这个不大不小的城市，介绍着周边的景致，临下车的时候还善意地提醒我：一进去有个马场，小，贵，不要骑，里面有大的，一小时50元钱，去那个。

说实话，赛罕塔拉草原算不上真正意义的草原，因为它在城市中，虽说面积很大，但我总觉得没有灵性。它有太多的喧闹和人工痕迹，像是被关在笼子里的鸟。我没有久待，更没有骑马，因为这不是我想看到的草原。

来到车站，坐7路公交车。说是公交车，其实就是一辆依维柯面包车，招手即停的那种。人不满车不走，车上早已没了座位，司机从脚底下拿出了小马扎，让我坐在过道的小马扎上。然后，朝着窗外依旧大喊着"石拐，石拐"。

石拐，一个地名，在大青山深处，是去往五当召庙的必经之路。汽车走走停停，半个小时后，进入大青山，山体植被很少，仅仅是些石头荒草之类，工矿厂房很多，大部分都是煤矿。

车上的乘客，大部分是回煤矿的工人。山里条件比较艰苦，去市里转转便是平时难得的选择。路开始变差，坑坑洼洼，大坑连着小坑，一片连着一片，尘土飞扬，来往的都是装煤的大卡车。过了一座桥，像是到了一个小镇，车停了下来，司机喊着石拐到了。

然后，车继续前行，过了近乎一个小时后，我看到了五当召。那是一片以白色为基调的建筑，在湛蓝湛蓝的天空下，无比圣洁。除了远处有些低矮的僧民住房外，四周就是茫茫的大青山，五当召像是一座孤城独院。五当召是一处藏传佛教的寺庙，这让我想起了在藏区的感觉，但还是微微有些变化，毕竟它是集合了汉、藏、蒙建筑风格于一体的一座寺院。

司机小伙在外边等着我，得以让我仔仔细细地走遍了每一座经楼殿堂。坐在大殿的石阶上，耳朵里是代青塔娜的《寂静的天空》，很好听。我静静地看着这里的人们，除了远处天边那一排大青山，我记忆中的一切，都开始变得脆弱而轻飘。

来之前，我总觉得五当召应该在广袤的草原深处，供迁徙来往的蒙古族牧民朝拜。可现实与我的想象完全不一样，我待的时间很短。司机小伙一直在寺外低头玩弄着手机，见我出来，上车，一脚油门，带我离开了五当召。

路上，我想请教他这个当地人关于五当召的来历，可是他竟一句也说不上来。我开始怀疑五当召存在的地理位置。

外来人口的涌入，北方工业城市的建设，煤矿的大量开采，生活方式的变化，不断的民族融合使得这里慢慢变成了一个旅游景点。

离开大青山，身后的一切开始变得陌生而遥远，远的只能在历史中去探寻。或许，五当召早已活在了遥远的历史里。

从包头回来，我有些忧伤。

我为内蒙古草原的处境担忧。这里的一个个城市慢慢变得跟内地任何一个城镇风格相近，只留下了一个个蒙古族部落的名称。希拉穆仁草原上，骑马的大多不是牧民而是游客；牧民放牧不再骑马，而是骑摩托或开汽车；当地牧民已经不再放羊，放羊的是外地的承包人和打工仔；越来越多的牧民允许探矿者在自己承包的草场上架起探架、打出一个又一个废窟窿；越来越多的牧民出租了草场拿着大把的钞票进城，他们的孩子也不会回到草原。

不再游牧的蒙古族人，会不会想念那辽阔无边的大草原呢？

3 一半幸福，一半孤单

内蒙古，察哈尔右翼中旗辉腾锡勒草原

进入草原，我突然变得没有思想，只有情绪。在这里，我也很难思考一件事，眼前景物流转，我不知道自己那天看日出为什么会流泪，可能是行走太久，集聚了大量的情感和故事。

我只是想把这些情感和故事告诉每一缕阳光，告诉每一架风车。

列车出山西到丰镇后，植被变得稀少，只剩下泛黄的草原，座位对面的阿姨说离乌兰察布不远了。太阳从地平线升起，照亮了身后的那片山坡，整个山坡的草地顿时由黄色变为鲜艳的朱红色，几株柳树依旧氤氲着白色的雾气。

坐我对面的阿姨和我闲聊，问我到哪里去。我说去乌兰察布。阿姨很诧异，带着质疑的语气重复了我刚说的话，10月份那里又冷又荒，没有什么看头。我尴尬地笑了笑，对阿姨说，"没事，出来转转。"阿姨没说话，我猜她一定是觉得我疯了。

火车缓缓地停了下来，"集宁到了，有下车的赶快下车！"列车员喊着。

我赶紧背起背包，准备下车。阿姨不住地嘱咐我说，"你这衣服太单薄了，这里温差大，小心感冒。"一阵感激，向她挥手再见。

辉腾锡勒是蒙古族语，意为"寒冷的山梁"。它位于乌兰察布中部，阴山北脉，平均海拔两千一百多米。辉腾锡勒草原上天然湖泊星罗棋布，素有"九十九泉"之称，是世界少有且保存完好的天然高山草甸型草场。

正如阿姨所料，满车的人，除了我，都是回家的牧人。一路颠簸，到察哈尔右翼中旗已经中午。我找了一户牧民家住下，两间低矮民房。旁边是用砖砌成的蒙古包，水泥台面，标着房号，看来是旅游旺季的时候供游客住的。在山包里同样散落着不少的低矮民房，却没有勒勒车和马头琴。这里的牧民早已经不再游牧，我不知道定居对于蒙古人到底算不算是"背叛"草原，因为毕竟已经这开始慢慢影响一个民族沿袭多年的生活方式。

　　我来到了辉腾锡勒草原，向远处看，山势蜿蜒伸展，层峦起伏。偌大的草原上，除了稀落的牛羊，空无一人，这里显得格外安静。10月的草场，草早已经枯黄，有些草被割下来压实，成砖块状，堆在一起。

　　这里也有全亚洲最大的风车群，风车远远看着很小，可当你站在它脚下的时候，你会感慨自己的渺小。在这样平均海拔两千多米的地方，又是山口，风速惊人。

　　一处名叫"九十九泉"的地方，又称海子，可是并不见泉水，海子已经干涸，取而代之的是一大片深红色的野草。放眼望去，这里的风车、草原、蓝天、白云，还有这一片火红的野草却构成一幅绝美的风景。

　　草原没有路，或者说这里到处是路，因为只要有越野车或者骏马，你可以在这草原上任意方向行走。走上公路，依旧空旷无比，在这里搭车旅行应该最简单不过了，在一望无垠的草原上，人似乎都变成了稀缺资源，看到有人，都会觉得很亲切。

　　准确地说，凌晨五点，我是被冻醒的，即使盖了两床被子。屋外寒风呼啸而过的声音，搅得我心神不宁，我突然很想去看草原日出，有些迫不及待。我的眼睛一直盯着手表，五点半，我便急匆匆地披上一床被子，出了蒙古包，瑟瑟发抖地朝山坡走去。

　　等待了很久，天边微微泛起了红色，黑暗终于被打破。不一会儿，霞光越来越浓，无限蔓延，万丈光束从云间犀利地散射出来，天边瞬间交织成绚丽的金黄。不久，一轮红日从天边冉冉升起，映衬着金黄的霞光。

在那个寒冷的清晨，我站在呼啸的山梁上，大胆地张开双臂，想把这金色的朝霞沉淀进自己的每一根血管和每一块肌肉，让它顺着血液尽情流淌。这似乎是一种巨大的幸福，又似乎是一种巨大的孤独。

当那温暖的光芒挥洒全身，拖出长长孤影的时候，我眼角流下了晶莹的泪光。

4 所有的痛苦和幸福都在寻梦的过程中绽放

内蒙古，克什克腾旗阿斯哈图

在内蒙古，从西到东，路在延伸，风景在变幻。克什克腾旗，蒙古族语意为"亲兵卫队"。喜欢这里，是因为这个地名，朗朗上口。

司机龙龙，身材高大，皮肤黝黑，有着蒙古族人的威猛性格，却戴着眼镜，显得斯文多了。后排坐的是一对来自北京的小情侣，穿着花豹纹理的情侣服，很醒目。

从旗府经棚出来，303国道的路况很好，不久就看到了贡

格尔草原。天气有些阴沉，风也比较大，10月的草原早已金黄一片。不久，天气转好，出了太阳，贡格尔草原金光闪闪，蜿蜒的河流静静流淌。我连忙喊龙龙停车。

下车，风依旧很大，没有想象的那样温暖。那些草，在河边还依旧碧绿，沾染着潮湿的露珠，三步两步便弄湿了裤腿。河床不宽，河水在草原上蜿蜒流淌。贡格尔河，在蒙古族语里意为"弯弯曲曲的河流"，掬起一抔河水，刺骨清凉，顿时，心情变得很好。

达里诺尔湖，蒙古族语意为"大海一样的湖"。这里人烟稀少，湖面广阔，草甸、湿地齐备，是鸟类的天堂。穿过一片芦苇荡，前面的水域顿时宽阔起来，秋季的达里诺尔湖增加了几分凉意，空气潮湿，海风很大，湖的亮色，已现端倪，金色

霞光将达里诺尔湖染成金湖。

远远地可以看见一两只候鸟在天空翱翔，很唯美的画面，顿时想起了额尔古纳乐队的《鸿雁》。这高山上的湖水，不与大江争流，不与大海啸远，目光所及的只是一片的宁静和深邃，波光粼粼，积淀成一池沁心的碧蓝。

从达里诺尔湖出来，前往阿斯哈图，路途很远，龙龙安静地开着车。一路无话，除了沉默，还是沉默，无尽的沉默。后排的情侣相互依偎，我知道，对于他们而言，这一次的旅行仅仅属于二人的世界，所有的一切都需要给爱情让路，这与克什克腾旗的一草一木无关。

不管去往何处，在旅途上我都会显得亢奋，很少瞌睡，端着照相机，随时准备按下快门，瞪大了眼睛竭力去捕捉车窗外飞逝而过的景色。我也知道，那是因为一种本能的向往，这也与克什克腾旗的一草一木无关。

车过了黄岗矿业，开始进入黄岗梁林场，这里的地势开始起伏变化，不再那么一望无垠。黄岗梁地区属于大兴安岭山

系，是大兴安岭的最高峰。车窗外，远处山坡上落光树叶的白桦和发黄金亮的落叶松分外迷人。不一会儿，白桦林越来越多，洁白的树干，明媚的光线，很温暖的画面。

不知翻过了多少山坡，阿斯哈图出现在眼前，阿斯哈图是我来内蒙古时，火车上铺的阿姨极力推荐的地方。眼前的阿斯哈图却开始下雪，梁上的草开始泛白，树枝上也沾满了雪霜，那些兀自突起的石头，一层层，一组组相互交错，都落满了雪花。

阿斯哈图的石林不如云南石林那样多，但却更显得突兀雄浑，在黄岗梁上很明显。从阿斯哈图出来，我的鞋已经湿透，手也冻得通红。

回来的路上，我让龙龙在一个巨大的高坡上停下来，远处是连绵起伏的草原，脚下是笔直的沥青公路。车很少，我在这条让我喜欢不已的公路上拍了张照片。

记得汪国真说过：怎么能不喜欢出发呢？世界上有不绝的风景，我有不老的心情。

　　内蒙古，真大，甚至有时你要在路上耗上一天的时间才能到达你要去的地方，然而，那些风景大多也都会在路上一一展现，等你品读。

　　我一直认为，最美的风景都在路上，而不在于目的地本身。就像你的梦想一样，你所有的痛苦和幸福都是发生在追寻梦想的过程中，而不是梦想本身。

5 时间总会到，我们终究会走

内蒙古，克什克腾旗乌兰布统

　　在秋季，在内蒙古，遇见乌兰布统。目光可及之处便是大片的黄色、红色、白色，衬着蔚蓝的天空，构成一幅壮丽绝美的草原油画，草原疆土上缓慢流逝的时光成就了自然与历史的完美融合。

　　过桦木沟，那里是漫山遍野的金黄。由于修路，汽车时不时地要下到乡间土路，穿过那成片的落叶松。路并不是很好，

有很多水坑，但穿梭在成片的落叶松之间，感觉很好。

司机龙龙害怕我找不到住处，还给了一个他当地朋友的电话，叮嘱我要是找不到地方，可以去他朋友那里，我很感激。

知道乌兰布统，是从康熙开始，从噶尔丹开始。清朝那里叫乌兰木通，是木兰围场的一部分，康熙指挥清军在此大战噶尔丹，据说电视剧《康熙王朝》也是在这里取景拍摄。

到达红山军马场已经是中午，这是一座不大的小镇，就两条街道，再往南就是河北的围场县。在饭馆吃饭，不知去往何地，看见被扔在桌上的一本摄影图集，便看了起来。突然，被一张美景所吸引，问饭店老板，能否帮我安排一辆车，我要去这里。

车是辆很老旧的吉普车，司机就是饭馆的老板。老板说，前几天来这里"拍大片"的摄影家一群接着一群。据说，从专业摄影到业余摄影，乌兰布统的地位都很高。现在全国性的摄影大赛，很多耳熟能详的美景地已经被大家拍烂了，了无新

意，所以评委往往是见到某些著名风光地的图片就甩，不管你拍得多好。但出自乌兰布统的作品，总是能让人眼前一亮，频频入围。当然，我对参赛评选之类并不感兴趣，行摄，是我自问最幸福的生活。

过了将军泡子，过了公主湖，路起伏很大，一般的轿车根本无法继续前行。来到南井，这是一片静谧的小天地。司机告诉我们，来这里的摄影队，拍了不少的大片，都是获过奖的片子。

我看了看周围，连绵起伏的丘陵草原上点缀着丛丛簇簇的白桦树，洁白的树干，泛黄的草原，蔚蓝的天空，红色的小屋，呈现出与我在内蒙古其他地方看到的不一样的草原景色，于是，对司机的话深信不疑。

秋天的白桦树，呈现一片红黄之色。树不高，三两棵挤着生长，瘦瘦的细细的枝干，叶子早已变黄，嫩黄、金黄、枯黄，都在秋风中瑟瑟地抖着。当这些白桦树一棵一棵连成白桦林的时候，这种感觉就更加强烈了。我在南井拍了很多照片，可最喜欢的还是自己和白桦的合影。

小红山是拍摄日出日落的最好地方。草原上很少能见到石头山，因为岩石是红色的，所以叫作红山，听说大小红山本是一座山，康熙年间被外族的炮火给劈开了，成了两座山。

我拿着三脚架爬上了小红山，清晨的气温虽然很低，但是山上已经聚集了很多看日出的朋友。我和这里的每一株衰草、每一滴水珠、每一颗白桦、每一丝雾气一样，都准备好了，来迎接乌兰布统又一个清晨。

突然，我竟有些想待一段时间的欲望了。可回想，其实自己在哪里，都是过客，或行色匆匆，或悠闲自得。走的时候说还会再来，来的时候说再也不想走。可殊不知，自己却永远都在路上。

看完日出后，我又将在深秋的黎明出发。

时间总会到，我们终究会走。

在乌兰布统，我突然喜欢上了树。那些会在秋天金黄一片的白桦，有着盎然的枝干，在视野里把时空分割，傲然站立，随风摆动。这记忆都是关于树的。

在西安，我经常会去看城墙内碑林博物馆外的两棵古槐树。它们挂着保护珍贵树木的标牌，中间早已空洞。我时常会发呆仰望很久。或许，在我心里，也早已种植了一棵心灵的大树，它不会少一片绿叶，它有鲜明的意志，正向的思维，坚强的信念，依旧努力地进行着光合作用。

我愿意和每一株树一样，朝着太阳生长，做一个温暖的人，不卑不亢，清澈生活。

6 守候

内蒙古，东乌珠穆沁旗乌拉盖苏木

　　看蒙古族语电影《额吉》，讲的是20世纪50年代，内蒙古的锡林郭勒草原接纳了三千余名上海孤儿，小伙子锡林夫就是其中一个。十几年后，锡林夫成为了一位牧民，得到了上海亲生父母的消息。当他只身前往上海时，养母琪琪格玛在他的身后将乳汁泼洒向空中为他祈福。最终，锡林夫又回到了草原。

这部电影并不怎么出名，而且全是蒙古族语，看字幕很费力，但是我却看了不下六遍。虽然听不懂蒙古族语，但是我觉得自己能感受到锡林夫对于内蒙古高原的深厚情感。

电影最后有一段锡林夫的旁白使我印象深刻：是的，额吉就是母亲，三千余名上海孤儿如今都已经长大成人，当我回味过去，感悟生命时，心中对我的额吉和草原充满了感激之情，我想我会在这片草原上和额吉一样唱着古老的《劝奶歌》，走向人生的漫漫未来。

于是，脑海里刻印了电影里的场景：勒勒车、蒙古包、草原、捡着牛粪的额吉。我希望自己能在锡林郭勒草原的某一个不知名的"嘎查"看到这样的场景。

我终于来到了乌珠穆沁。

毕力格家是一户草原深处很平常的牧民家。毕力格蒙古族语是智慧、聪明的意思。他告诉我，自己从来没有离开过草原，对于他而言，每天最开心的就是骑着自己的马在草原上驰骋。虽然他现在已经有了一辆摩托车，但他仍然喜欢骑马。据说，这里每户牧民差不多都有几千亩的草场，价值十几万的牛羊。

"我特别喜欢骑马，很小就会，爸妈都教过我，我的马是整个草原里最有灵性的马……"毕力格滔滔不绝地讲着。我知道对毕力格来说，他爱马，胜于爱自己。毕力格说，过冬的时候，没有草料，必须提前储备，有时候遇到极端天气，他宁肯借钱从外地买草料回来，也不会让自家的马饿肚子。我想，在他的眼里，马是有灵性的动物，它早已成为蒙古人的家庭成员。

在这片草原，在出现摩托车之后，千百年来的生活便开始改变。比起马匹，摩托车更像是一头突兀的怪兽，更大的力量，更快的速度，不需要休息，可以轻松应对各种天气和路况。可在此之前，草原的人们一旦失去了马，就会变得寸步难行，没有马的生活是不可想象的。

蒙古高原上驰骋的蒙古马，渐渐变成了一种精神形态的纪念。记得《额吉》里琪琪格玛说的一句话："一个男人要是没有了马，那他的眼睛也没有光了。"我真不敢想象毕力格没有马的日子。

毕力格说，自己的这片草场是附近最肥美的牧场，所以，自家的羊群自然也是最膘肥体壮的了。看得出，他很骄傲。可是他家的蒙古包陈设很简单，甚至有些简陋。

毕力格最大的儿子，目前在旗里跑运输，第二个儿子，去南方打工了，最小的女儿，还在旗里上学。孩子们都已经离开草原，不再与牛羊打交道，他们劝毕力格也离开草原，住进城市的高楼大厦。然而，半辈子未曾远离，毕力格不愿意离开。除了默默陪伴的妻子，成群的牛羊，最难以割舍的还是对草原的深情。

我问他，为什么不到旗里跟孩子一起生活。毕力格淡淡地说，"都老了，你说，还能去哪？"说这些话时，毕力格格外沉静，没有多余的话。我知道毕力格舍不得他的马，更舍不得这片草原。住着自家的蒙古包，吃着自家的羊肉，喝着自家的马奶酒，毕力格自足而踏实。

我问毕力格，杭盖是什么意思？毕力格说，草原上的人都很自豪地把自己的家乡比作杭盖，它是一个古老的蒙古族语单词，意思是一个有着蓝天、白云、草原、河流、山和树林的世界。杭盖是世界上最美丽的地方。

毕力格回答的时候，嘴角洋溢着幸福的笑容，那么真挚。

在东乌珠穆沁旗的乌拉盖苏木，我很享受那段在草原上喝奶茶、吃羊肉的日子。其实，正是那些踏着草原节奏，在幕天席地中缓缓行进的牧民，以传统的轮牧方式保持了草原的千年生态。牧民没有土地，却最了解草原。牛羊跟着肥草走，牧人跟着牛羊走，一走就是千年，大草原滋养着牧人的生命，牧人则维持着草原的生机。蒙古族人的一生总在不断转场中周而复始。

锡林郭勒草原很大，大得出奇，在这里，举目四望，看不到边际。我想，只有身临其境的人才会印象深刻。可毕力格和他的骏马，却情愿一直守候在这片无边的草原上，就像黑夜里的一盏昏暗的灯光，虽然微弱，却依旧坚守。于是我开始相信，一切的存在，都有意义。之前有人问我，若出国旅行，首先会去的地方是哪里？我告诉他，是蒙古国的哈拉和林，他觉得很奇怪。他们对于这个近邻是陌生的，但只有我知道自己这个想法的缘由。

7 思考一段历史

河北，承德市外八庙

　　去旅行，我都在圆一个梦，因为一首歌、一句话、一首诗，想见一个人、想看一种景、想续一种情……。

　　来承德是我临时决定的，从河北围场县的塞罕坝林场出发，在承德旋即停了下来。来之前，我告诉自己，我想看一段历史，这历史既辉煌又悲壮。

　　承德，公交很发达，从车站到避暑山庄仅仅十几分钟的时间。

从丽正门进入避暑山庄，人很多，导游拿着旗子，我躲在一边。有些好奇，这些建筑和我想象的一点都不一样，完全不同于北京紫禁城那样庄严大气，很少有琉璃彩绘，反而有些北方民居亲切朴素的味道，古色古香。

三百多年前，有一位中国皇帝，坚持不对不断坍塌的长城做任何修缮，虽然他面临着漠北、漠南蒙古族各部落的叛乱以及沙皇俄国的入侵。这位有着远见卓识的帝王，选择在蒙古草原边上，在塞外边陲每年举办骑射活动。年复一年，叛族们看到的并不是千军万马的敌兵，而是一座仙境般的大清离宫——避暑山庄。这位皇帝就是康熙。

此后的百余年，康熙、雍正、乾隆，祖孙三代帝王开创了大清国的黄金时代，可康乾盛世之后，清室的龙脉，再没出现光耀史册的人物。内忧外患，使帝王来此消暑的心情黯淡了不少，避暑山庄的光辉也因此逐渐减退。

这里的龙榻之上，先后驾崩了嘉庆与咸丰两位病恹恹的皇帝。道光的儿子咸丰，1860年在这儿签下丧权辱国的《北京条约》后，次年便一命呜呼。咸丰皇帝《北京条约》的签署，不仅使国家蒙难，也让这位不走运的国君羞耻难当，不久便命归黄泉。

康熙不会料到，他耗心费神、倾力建造的皇家别墅，仅仅两百多年后，就随着江山易主而物是人非。如今，家天下成了人民的天下，避暑山庄成了大众的花园。

从避暑山庄出来，下午六点。好心的路人说，外八庙估计早已关门，还是别去了，但是我还是想去。那些牵动我心肠的外八庙，一直是我远方的另一个故乡。

那里有西藏布达拉宫宏伟的影子，有日喀则扎什伦布寺雄奇的影子，有山西五台山殊像寺风采的影子，有新疆伊犁固尔扎庙异域的影子，有中国各民族文化的影子。那些不单单是一些皇家寺庙，那里有我最崇敬的影子，走近的那一刻，我远远拍了张照片。

我站在普陀宗乘之庙的山门前，这座仿西藏布达拉宫形制而建的寺庙，依山势自然散置，庄严肃穆，巍峨壮观，与古朴的避暑山庄形成鲜明对比。可此时，这里早已大门紧闭，没有了喇嘛，只有我孤零零一人在门口徘徊。

热心的扫地阿姨走过来对我说，"你来太晚了，关门了，你明天再来吧。"

我笑着说，"没事，看看就行。"

三百多年后，康熙走了，乾隆走了，大清帝国也消失了。面对庄严巍峨的外八庙，朴素典雅的避暑山庄，我问自己，究竟想要从这些建筑中了解什么。震撼？！感动？！我想应该最多的还是中华民族伟大的团结，是相互的包容和尊重。

中国是一个多民族、多文化的国家。我们需要更多的认识其他少数民族的文化，消除误会和偏见，这样才能和谐共处。

在公交站等车，我依旧远远地看着那座寺庙，公交已经过去了两趟。我想，前期的大清帝国有胸襟、有气魄，它强盛了国家，奠定了版图，更团结了民族。

8 真实有时候会很沉重

北京，怀柔区箭扣长城

凌晨三点，我走进了北京市怀柔区的一家肯德基，抓紧背包，小睡到六点，匆匆离开。坐上车，来到了虹鳟鱼的养殖基地，司机师傅指着一条小路说，顺着这路爬上去就是箭扣长城。

"是箭扣？！没问题吧。"我问。

"没问题！"师傅很肯定地说。

万里长城中存在着一些常人难以见到的长城，被人称为野长城。这段野长城和我们平日里游览参观的八达岭长城一样，均为明代修建，因整段长城蜿蜒呈W状，形如满弓扣箭而得名。

我开始上山，没有料到我选择的这条上山小路，却是箭扣长城最为艰难险峻的路径之一。途中寻找长城的路线很复杂，在山里不断有各种岔路，非常容易迷失方向。

爬了两个多小时，终于到达了长城脚下。一个村民，架了个梯子，开始收费，五元一位。当我踏上长城的那一刹那，兴奋不已。当国人还在八达岭长城上拥挤前行的时候，我却看见了最真实的长城。断壁残垣，杂草丛生，并没有人在此刻字留念，脚下到处是散落的方砖。

我便和那村民聊了一会儿，他说，这里平时很少有人来，大部分是背包客和外国人。平时自己会在这里卖些饮料和食品，自发地也做起了义务维护野长城的工作。他说，自己对这段野长城很熟悉，熟悉到连长城上哪一块又少了一些堆砌的长城砖他都能知道。

　　当他讲起那些破坏长城的游客时，眼中流露出那般无奈和伤心。这时，身边走过了几名游客，他立即上前用中国农民质朴的语言和恳求的语气对他们说："一定不要在城墙上刻字、不要抽烟、不要乱丢垃圾，不要的垃圾都给我。"再看他，流露出对长城虔诚无比的表情，我心里突然升起一阵敬佩之情，

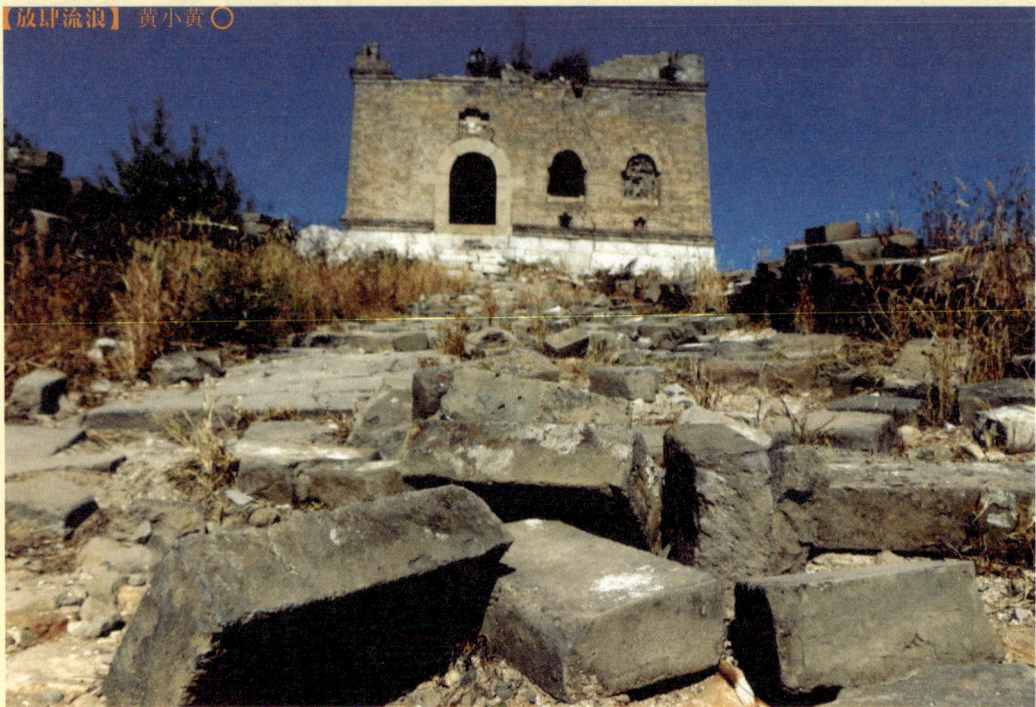

多少还有一丝心酸。

想想，他的生活早已和这座断壁残垣紧紧地联系在了一起。

10月的长城，天高气爽。我爬上了一处烽火台，方砖随地可见。随便拿起一块方砖，当我用双手触摸它时，寻找不到它的过去，当我用内心聆听它时，感受不到它的回声，那么沉重，像是长城厚重的历史。

烽火台下方的台阶早已风化，一座木梯架在那里，旁边有一个村民守着。我往下看，下面有几个外国人背着包，不肯交钱，凭着蛮力想攀爬上来，一旁的村民则抽着烟，看着。这场面更像是一场博弈，双方都不想输。最终他们还是敌不过当地村民，乖乖地交钱才上来。

过了烽火台，我开始在峭壁上攀岩，每个落脚点都要慎之又慎，每个手抓的地方都要看仔细。前面大约有一百多米长的墙体已经完全倒塌了，只有一堆烂砖残石堆在那里，满目萧条。再往前望过去，那些长城墙体上面都长满了茂盛的灌木和杂草，郁郁葱葱。午后的太阳开始变得炙热起来，汗水不断流淌。

记得曾经看过一个故事，讲的是爸爸带着儿子从山海关开始，经过九个省、市、自治区，走过山峰、黄土高坡、沙漠、戈壁滩、村庄、城镇，沿着长城最终徒步旅行到嘉峪关的故事。旅程艰难，道路崎岖，虽然我并不太赞成这位爸爸的做法，但我还是敬佩他的理念，毕竟这会让孩子的内心变得丰富起来，这是行走的正能量。

一路前行，来到了慕田峪长城，我看到了用水泥和石块砌成的景区长城，"正规"很多。游客也多了起来，路边的阿姨用流利的英语向身边的外国人兜售着纪念品。但是，我无论如何也感受不到所谓的万里长城。我想，在箭扣长城，只有那掩映在杂草中的一堆残砖碎瓦才是真实的。

走了很久，不知穿越了多少烽火台，上上下下，我从一个出口，离开了长城。

"万里长城万里长，长城两边是故乡，千年干戈化玉帛，烽烟散尽说沧桑。"已经记不得这是哪位诗人的大作了，可以确定的是，这短短28个汉字，几乎浓缩了长城两千多年的历史。

这部历史，跌宕起伏，风云变幻，曲折辛酸，又缄默不语。

在箭扣长城，最大的收获是精神上的一种释怀。断壁残垣的苍茫，残砖碎瓦的悲凉，这一切是从任何一个已开发的长城景区中体会不到的。

　　我在网上浏览这些不为人知的野长城的新闻和图片，看到最多的就是残破，风沙湮没，缺少保护，有的只剩个垛子，当地村民拆砖盖房、取土种地，靠着长城就吃长城……以明长城为例，据中国长城学会的科学考察，目前明长城有较好墙体的部分不到20%，有明显可见遗迹的部分不到30%，在一些人迹罕至、自然条件恶劣的地方，长城实际上已经消失了。

　　看那些文字和图片，我的心情变得很沉重。

9 清清楚楚地离开

陕西，西安市城中村

犯错，不顺利，被领导谈话，心情跌落到低谷。

记得刚来上班的时候，我总是被同事批评太过骄傲，看不惯简单机械的重复劳动。但最终也只能乖乖接受现实。那时候，我暗自憋了一股子劲，一定要干出点事来，被人高看一眼。于是，在我的内心中，梦想和现实，孤傲和自卑一直纠缠在一起。

几年过去，我还是觉得自己会比人家慢一拍。我对人生的每一个阶段产生怀疑，总觉得有问题。自卑，我开始极度的自卑，我开始极度渴望逃离。

2012年10月9日23时10分，我鼓足勇气在电脑上打出了辞职报告。当我看见这几个字的时候，不禁流下泪来。几年的打拼，我却草草的离场，心虽不甘，无可奈何。我开始明白，越想要强，越容易逞能，越想证明，越容易犯错。这几年，我一直输给了自己，输给了自己的自卑。

我开始写道：尊敬的领导，我很遗憾自己在这个时候向单位正式提出辞职申请，请您理解……当我把所有的想法一览无余地全部倾泻在这篇报告中，一口气写完的时候，我变得坚定，再也没有多想。

第二天，我早早拿着那份辞职报告到了单位，那样淡然，如释重负。雷总在单位等我，我轻敲了门，进了办公室，他看到这份辞职报告时，也很平淡，很快签了字，说，"去总部签完字回来，我和你说说话。"

人事部的屈总，是从招聘的时候一直看着我一步步成长的领导，她和我谈了很长时间，叮嘱了我许多，很中肯。这一刻突然要离开了，我不禁流下泪来，我不想让其他的同事看见我，赶紧匆匆地和屈总告别，跑出了总部大楼。

临走时，回头看见那熟悉的地方从此就要变得陌生，我告诉自己，这里已经和我没有任何关系。中午，雷总请我吃了一顿饭，算是送别饭。雷总说，要是有什么需要帮忙的，记得给他打电话。我依旧坚强地笑着说，"好的，谢谢领导"。

三个小时的时间，我结束了自己毕业以来近三年的工作。这一次，我又哭了，在杨家村的民房里。三年多的时间，这间房子里，依旧没有空调、没有风扇。我躺在床上，在我毫无意识的情况下，眼泪出来了，而且越流越汹涌……

一生中三年多的时间弹指一瞬，并不必太伤感，可我为什么还是泪如泉涌。我不知道离别的滋味是这样凄凉，我也不知道说声再见要这么坚强，看着满屋子杂乱的行李，我依然有一种流浪者的感觉。我翻看着手机的通讯录，却还是犹豫着一个电话也没有拨出去。

我知道，四个月后，按照惯例，单位还会在春节前，举办年度工作会议。那天，依然会有慷慨激昂的讲话，依然会给新来的大学生寄予厚望，然后颁发荣誉证书。获奖者在奋进喜庆的颁奖音乐中，上台领奖。那天的鲜花和掌声永远不断。

之前，那些证书，我每年都能领回来一些。慢慢的多了，也积攒了一小箱子，那箱子原来一直在单位我的更衣室放着，生怕弄丢了。后来搬了好几次，也都用胶带紧紧缠了好几圈，才拿了回来。

而今年，我不能去了。我明白，有些错，需要自己一个人扛，有些关，需要自己一个人过，有些路，只能自己一个人走。

我一个人走过了很多很多的路，看过许许多多的风景，偶然会停下来欣赏，然后，又会背起行囊走向下一个路口。每到一个十字路口，我总会迷茫，因为人生路上也会面对很多个选择，而每一次选择都会影响我一辈子。

那年冬天，我站在最寒冷的十字路口，像个迷路的孩子，伫立，木然。没有了身份和头衔，没有了工资和奖金，再也不用挤地铁，不用加班。我仅仅拥有那个单薄的名字，如轻飘的落叶，然后，就清清楚楚地离开。

后来很多人问我，当时为什么选择离开，是因为旅行吗？我一直没有回答。现在我想说，不是，我需要静下心来，看看到底需要朝那个方向去。 安东尼在《这些都是你给我的爱》里有段话：在这个城市里的每一个人都在找东西、找工作、找住处、找恋人、找一段回忆、找一个梦。有一些人在找另外一些人，还有一些人在找自己，还有一些人，他们也说不清自己在找什么。

史铁生在《我与地坛》一文中提到"怎样活的问题，这却不是在某一个瞬间就能完全想透的、不是一次性能够解决的事，怕是活多久就要想它多久了，就像是伴你终生的魔鬼或恋人。"所以，倒是不急。

现在，我已经和那段经历和解，和自己和解。我没有删除逃避，我要让这些"错误"安稳地生活在自己的记忆里。我至少明白了一个道理，我的每一次寻找，都是成长的必要过程。我想今后，我不会对自己失望，也不会高估自己，生命原本就该这样自然地成长，我不会再催促自己，我将安于贫贱，回归平凡。

生活中，我在一次次跌倒中成长，也在成长中犯错，犯错中惊醒。我明白，这些选择并不存在对错好坏，过去的你永远不会让现在的你满意，现在的你也不会让明天的你满意，当初有胆量去选择，同样该有勇气承担后果。

我终于知道，一个人的长大，就是站在最寒冷的十字路口，敢于惨烈地直面自己，真诚而坚定。

【黯然不神伤】

A1one

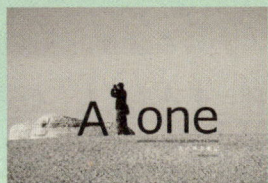

夜晚，看见一辆火车迎面而来，那是一种说不出的味道，有一种流浪的宿命感。趁着夜色，凌晨五点，我跳上列车，我想去看看西北的苍凉，那天是2012年11月5日。

车上人不多，全是疲惫的打工者，我一人坐在安静的角落，列车摇摇晃晃地将我带到一

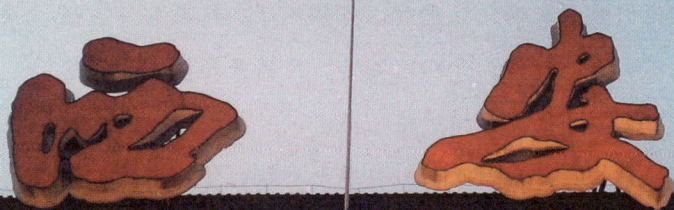

个又一个午夜抵达的城市。这是一个很小的站点，一两个工作人员站在站台，准备接车。灯光下，我看清了站牌——马嵬驿，车停了下来，但是无人下车，也没有人上车，三分钟后，列车离开了这个小站。

早晨六点多，天边渐渐泛白，我目不转睛地注视着窗外，我想用力地看清远方的清晨。田野里，冬小麦上一层层白茫茫的雾气不断游走，几株落光树叶的梧桐树伫立在田野边，昂然的枝干，向天空伸展，更显孤独。偶然也能看见田野中几处突兀的孤坟和三两株松柏。

那些安静的村庄散落在远处，在清晨更显得安静祥和。金黄的玉米挂满了农家的院前屋后，早起的村人，打扫院落，打理着门前的小菜园。门口柿子树上挂着红透的柿子，而树叶早已掉光。这些都是再典型不过的关中农家模样，对于这里，我是熟悉的。但我也明白，这里没有我想要看的风景。

车窗内，人们渐渐醒来，小孩开始哭闹，厕所显得紧张。卖早餐的列车售货员，推着餐车在车厢来回穿梭，叫喊着馒头、稀饭一类的供应食品。若看见前方过道横七竖八地躺着的旅客，则朝他们喊："嗨！注意啦，姿势不对、起来重睡，让我的宝马先过去。"引得我开心地笑着。广播开始播音：一路驰骋，伴你同行，这里是和谐铁路之声……

列车上的售货员拎着篮子，用熟练而幽默的营销术语推销起充电器、毛巾、军用皮带等小东西。坐在我对面的大叔，拿着超大的杯子，半杯都是茶叶，美滋滋地品着，悠闲地和旁边的人说着话。

窗外的风景不断轮换，列车渐渐热闹起来。周围陌生口音的嘈杂聊天，又构成了一个崭新的清晨。太阳渐渐升起来，清晨的阳光洒进车厢，映衬在每一个人的脸上。突然，列车开始转弯，是个大转弯，那一刻，我透过车窗，第一次同时看见了车头和车尾，那优美的弧线，那么美妙。

习惯了一个人只身前往远方，先前的那些忐忑不安和惊喜疯狂，已经慢慢地消失不见，远方有什么在等着我，其实我也慢慢地怀疑不解，一无所知。但唯一可以确信的就是，那只不过是另一个思念的起点。于是，一直去，一直在远方，远方在远方等我。

《立春》里，王彩玲说，立春一过，实际上，城市里还没有什么春天的迹象，可是这风真的就不一样了，风好像在一夜间就变得温润潮湿起来了。这样的风一吹过来，我就可想哭，我知道我是自己被自己给感动了。

在长期的压抑和迷茫里，我们都郁积了太多的情感。就像电影里，王彩玲的歌唱，胡金泉的芭蕾，最终以失败而告终。艺术和艺术家本身就是两码事，理想和理想家也是两码事，理想不是金钱物质的通道，也不是欲望和虚荣心的极大满足。理想的使命便是痛快地自我表达。

一路向西，或光明，或黑暗，我走过大雪和冬至，然后又回到了起点。

记得回来的时候，天蒙蒙亮，路灯昏黄，整个城市依旧在熟睡。我蓬头垢面，疲惫地趴在双层巴士上，看见路边久违的绿色植物和都市的忙碌熙攘。那一刻，我的眼睛湿润了。

我拿出笔记本，看见那扉页上写着：房东你好，房东再见。老板你好，老板再见。朋友你好，朋友再见。西安你好，西安再见。这段话标记的日期是2012年11月5日，想想，时间早已过去了一个多月。

这一个月里，我虽黯然但不神伤。

不是传奇，就是疯子

宁夏，银川市西夏王陵

清早，和小龙约好去西夏王陵。小龙是我在银川的室友，初见，他满脸胡须，一身皮夹克，一双大头皮鞋，双手插兜，颓废的眼神里有着其他九零后不一样的沉稳和安静。我很难想象他已经在外漂泊了一个多月。

小龙的工作其实很简单，每天不是和旅途中结识的几个玩伴聊天、逛街，就是在屋里呼呼地睡大觉。小龙告诉我，他换了很多工作，最后这次找了一个能经常出差的工作，可以满足他长途旅行的需要。他对我说，最近想赚一笔钱，然后去东南亚旅行。

去西夏王陵的交通很不方便，因为淡季，所以没有直达车。两个人换了两趟公交车，才到了一个叫西夏广场的地方。接下来还有八公里的路程。小龙选择了徒步，我倒无所谓，时间充裕，便随他走着。

穿过一个村庄，就上了110国道。小龙很能聊，一路上给我讲前一天自己和其他人拼玩的种种不愉快。我问他，为什么喜欢旅行。他回答，不为什么，就是喜欢。呼啸而过的大卡车急速行驶，尘土飞扬。一个小时后，我俩已经走过了五公里，不远处立有一块广告牌——西夏王陵向西三公里。

当我准备朝着箭头方向前行时，小龙则指着旁边的车辙小路，头一偏，示意我们走小路。顺着他手指的方向，我们绕过绿化带的小树苗，依稀看见了在戈壁滩上孤立的众多封土。我想，这些应该就是西夏王陵的模样了。

不一会儿，那条路就消失不见，只剩下我们在没有方向感的茫茫戈壁前行。四周空旷无人，耳边呼呼的风声，每走一步，那些发黄的草木被踩地嘎吱作响，附着的尘土顿时震落，

随风飘散。

这里很静，静的只有风声；这里很空，空的只剩下人影在不断地行走。这些王陵并不是一座，而是一片。当我走近一座王陵时，依稀看见了陵墓地基的痕迹，还有那散落在杂草中的碎瓦，我们的到来显然打破了这里的宁静。这里并不是西夏王陵的主景区，仅仅用一些铁丝网将陵墓封土围了起来，唯一的作用就是防止放牧。

有位农民抽着烟，悠闲地赶着羊群穿梭在周围。我靠在文物碑刻旁边，无法将这些羊群和西夏的陵墓联系在一起。我试图想象将这些碎片还原回富丽堂皇的皇家陵寝，但这些瓦片和狂风又将我带回了荒凉的现实。整个下午，我和小龙就在这茫茫戈壁中，一个又一个地走近这些孤零零的封土，来不及吃饭，来不及休整，来不及疲倦。

回银川的时候，我和小龙依旧徒步在110国道。走了近一个小时，才有一个好心的司机，搭载我们回银川。车上，小龙和我谈论起今天的出行，虽然满身的疲惫，却还是满心欢喜地

说了一路。

晚上翻看网上关于西夏王陵的照片，和自己所拍的并不一样。也许这就是旅行者眼中的独特，没有经历长远跋涉，怎能看见最鲜活，最能震撼人心的苍茫。

记得有一句话，一个人如果要遵循自己的内心，要么成为疯子，要么成为传奇。不知道我的此次西行，算是哪一种？如果不是冬天那么漫长，我至少不会那么彷徨。

在银川那段日子，很悠闲。清晨坐公交去回乡文化园，傍

晚骑自行车去西湖看夕阳，去菜市场讨价还价买菜做饭，窝在西夏客栈和老板聊天。老板给我讲了很多自己的故事，讲自己当时在西安生活的情景。后来，老板说，"黄，要不你年后来银川吧，跟我干！"我笑着不语。银川没有堵车，节奏舒缓，生活安逸，可我真的还没有做好停下来的准备。

11月，那时候我去宁夏银川干什么？回来后，我一直想问自己。我想自己应该是个多情的种子，一腔热血地来感受这里的寒风凛冽，我想让它吹醒另外一个自己。

和小龙告别，我要去宁夏的中卫。小龙笑着说，"说不定，以后你我还会在路上遇见。"我笑着说，"我也希望这样美好的相遇。"

2 经历了就会明白

甘肃，嘉峪关市嘉峪关

我是一只沉默的鞋子，在地上留下的每一个步伐，都是我
西行的漫记。在嘉峪关，只有荒凉的戈壁，没有荒凉的人生。

坐标为东经98°17′、北纬39°47′，这里是古长城西端
的起点，我在甘肃省的嘉峪关。

旅途中，我每天的花费大约在100元之间，包括交通、食
宿之类，这次旅途中，能不能试试将花费降到最低程度？这是

我从嘉峪关火车站出来时的想法。

半个小时不到，我来到了嘉峪关关城，门票很贵，我该怎么进去。正在犯愁的时候，面前来了一个旅游团。我上前，说明了自己的情况，那个导游姐姐满面微笑，很爽快地答应了，说，"你跟着我就行了。"

果然，我跟着她很顺利地进入了嘉峪关关城。我很感激，跟着她的旅行团，我一路顺便蹭着听讲解，姐姐讲得很详细，也很认真。嘉峪关关城不大，不一会儿就可以转完。出关，举目望去，茫茫戈壁，只有稀稀落落的芨芨草随风摇摆。

导游姐姐告诉我，她明年不想再干了，一天卖命的辛苦不说，顾不上家，丈夫和孩子对她意见也很大。她打算专心在家开一个小超市，相夫教子，平淡生活。说起导游，很多人第一印象便是提成、回扣、打游客、逼购物，可能没有人知道导游的辛苦。导游姐姐不一会儿便向我匆匆告别，她要赶去下一个景点。

出了关城，在回去的路上，我看到了一个旅行指示牌，长城第一墩距，5.5公里。这个距离对我倒也不难，于是决定徒步。

下车时，公交车司机很不解，说："你坐出租，顶多就是十几元的事情，这里还远着呢。"我说："没事，我不赶时间，自己转转。"本没有站牌，车上的人也不多，司机还是将车停在了岔路口。我知道，好心的司机师傅是想让我少走些路。

徒步，一路无人，过连霍高速，茫茫戈壁看不到尽头。一个人走在路上，很醒目。一块"西气东输"的管道标志，大意是严禁挖掘偷盗之类的警示。仰望，"西电东送"的电线塔架一路伸展，贫瘠荒凉的西部依然为祖国的发展默默奉献。

走了好久，看见公路上设置了一处大门，周围用铁丝围起

来。透过铁丝网，向内望去，依旧荒凉，仅仅多了一些低矮的土墙墩。又走了半个多小时，满身尘埃，我终于来到了万里长城的最西端。我一人靠在长城土墙边，打开音乐，闭目听着，很久。

拦下了一辆顺路车，我回到了市区。在车站，买了第二天的火车票，在火车站旁边的小招待所住下，房子没有窗户，只一个阳台大小，屋子里味道很不好闻，但不受冻，能歇脚，我已经觉得很满足。

清晨六点，我在火车站的站台挤上一辆绿皮火车，中途下车的人很多，那节铁皮车厢里突然又只剩下我一个人，我觉得这辆破旧的火车是为我一人而开。那天，温暖的阳光直射心底，我很满足。

继续做好节俭工作，7天共花费421.5元。翻看昨天的花

费明细表，公交车费4元，吃饭13元，买水4.5元，住宿30元，火车票22.5元，总计是74元。我将财务明细发到网上。

有人调侃问我：现在是什么心情？

我回答：和西北的风景一样的心情。

又问：这样玩，折腾自己，挺没劲的，不觉得吗！

我回答：我仅仅想去经历不一样的经历。

生命里的日子，遭遇的人和事，因这些遭遇而产生的悲欢、感受和思考，这一切仅仅属于你。自此，我开始认真地对待一件事情，那就是——经历。

我年纪很轻

不用向谁告别

有点感伤

我让自己静静地坐了一会儿

然后我出发

挎上黄挎包
装有一本本薄薄的诗集
书名是一个僻静的小站名
——海子《我年纪很轻 不用向谁告别》

我觉得很奇怪，条件越是艰苦，反而，我越觉得满足，而这种满足的的确确来自内心深处，我发掘并保持这种感恩的心，这是一种清醒和变形。

从信誓旦旦的梦想到小心翼翼、如履薄冰的愿望，岁月正在逼着我们慢慢地妥协。但想想，还是那句俗话：你还年轻，需要经历。

3 你，欠我一场风沙

新疆，鄯善县鲁克沁镇

原计划直接去敦煌，却跟随内心的指引一路向西逃离了数百公里。在路上，我依旧怀揣着孩子般的好奇，来新疆的鄯善。我问自己，究竟还要去哪里逃离，算下来，此行，我已经离开西安近三千公里。

11月，遇见鄯善，我来鄯善干什么？一片陌生的土地，这里并没有我的朋友。

　　一路上，荒凉的戈壁支配着整个壮观的世界，连续不断的荒无人烟，大风吹起漫天飞沙。路边矗立着很多石油井架，抽油机从地里不断抽吸着原油，这些原油，之前早已在此沉睡了几十亿年。

　　我手机里有个Star Walk软件，它会告诉我此刻太阳的温暖在哪里。我就开始期待，在窗户边等待。对面是一位退伍老兵，姓陈，大家一路都叫他陈哥。陈哥一身西装革履，略微有些胖，我已经无法再回想出他年轻时的模样了。陈哥此行是去乌鲁木齐办事，顺路想去鄯善，因为鄯善是他当年当兵的地方。

　　陈哥给我讲起了他的故事。

那时，陈哥还是一个小伙子。夏天，在沙梁上用铁锹煎鸡蛋，不到一会儿就能熟。他每天要负重30斤，在沙漠中行军20公里，进行适应性耐热和体能训练，一趟下来，汗流浃背。冬天，戈壁飞沙走石，一点都不夸张，脸上，刀割一般得疼。住的地方，玻璃震得响个不停，风声如鬼哭狼嚎一般，第二天醒来，房子双层夹缝中的尘土早已落了厚厚一层。

和陈哥聊了很多，到站，作别。留了电话，相约联系。

从鄯善县城中心向南走1公里，是库木塔格沙漠，库木塔格在维吾尔族语言中就是"沙山"之意。一条细小的河流阻挡着细沙向县城侵蚀，沙漠边缘就是葡萄园。冬天，我看不到一丝绿色，太阳并不温暖，工作人员则靠着炉子在小房子里取暖聊天。

库木塔格沙漠一望无际，从地图上看，一直绵延到南疆的塔克拉玛干沙漠。我并不是第一次来沙漠，我知道那里没有生机，看的时间长了，总会令人孤独绝望。但我一直坚信在沙漠的深处，有一处水草丰美的世外桃源。而站在沙山回望，小城鄯善像极了沙漠中的绿洲，充满生气。

彭加木在鄯善以东，余纯顺在鄯善以西，他们都无声无息地消失在不远处的大漠，消失在楼兰，消失在罗布泊。有豪言壮举，有无数次沙漠穿越的经验，可这世上，无法预料的状况真是难以言说。是风造就了沙漠，还是沙漠成全了风，搞不清楚。

我在沙漠里拍了张照片，人很小，只有颓废的轮廓，但我却很喜欢，感觉就像《大话西游》中那个迷失了自己的至尊宝。

喜欢Abdulla的歌曲，网上关于他的介绍很少。或许准确地说，很少有人了解这位新疆歌手，一首《刀郎麦西莱甫》，旋律轻快。伴奏的拉弦乐器，名为热瓦甫，那声音很细，听起来像是从遥远的大漠中传来。

把历史写在音乐和歌声中的维吾尔族人似乎更钟情于一浪高过一浪的歌唱。在田野地头、葡萄架下甚至不大的庭院，他们都能唱出这种震撼。音阶和旋律充斥他们的心房，流淌在他们的血液中。这些骨子里就具备歌舞元素的维吾尔族人，拿起乐器，在木卡姆演唱，在麦西莱甫跳舞，他们一个个都变成了音乐天才，舞蹈巨星。

有人问我，木卡姆究竟是什么？之前粗略地看过一部电视剧，叫《木卡姆往事》，大致有所了解。木卡姆为阿拉伯语，

意为"规范、聚会"等意，是维吾尔族的一种音乐形式，它的
伴奏乐器有沙塔尔、弹拨尔、热瓦甫、手鼓、独他尔等。十二
木卡姆有12组套曲，12组套曲需要不停地演唱一个昼夜。

　　我来到了火焰山南的鲁克沁镇，镇上很杂乱，但却有着现
代化气息。镇中心的十字路口，是四邻八乡最热闹的巴扎，卖
服装、农资农具、生活用品的摊位有几百个。遇到一个维吾尔
族小朋友，他睁着大眼睛问："你是干什么的啊？你是哪儿来
的啊？"

　　从柳中城侧道出来，遇到几位维吾尔族老大爷在柳中城的
城门垛边聊天。他们新奇地看着我，但他们听不懂我的话，我
也听不懂他们的语言。边上的回族大爷，则充当着翻译。

　　离开鄯善，天边夕阳再次映上我的脸庞，也映着我那颗
不安的心。突然，开始狂风大作，沙尘遮天蔽日，一条条沙流
翻滚而过，在公路上留下道道沙线。路边有一辆侧翻的大型货
车，身边的维吾尔族大叔给我比画，大意是说这是几天前的一

285

次狂风的"杰作"。

　　我嘴唇干裂，从戈壁中走过，没有什么孤独和寂寞无处安置。

　　在向西的路途上，我记得，鄯善，你，欠我一场风沙。

　　我的情人阿依木汗，我一直把她放心上。可是她要离我而去，她是不是有了新欢？为了留住阿依木汗，我悄悄来到她的花园。过去我不该冷落了你，只顾自己跳麦西来甫……

　　这些木卡姆的歌声，懂得我衷肠，时常还会回荡在我的耳边。

4 标记2012

甘肃，敦煌

　　敦，大也；煌，盛也。走到敦煌，我就迫不及待地发了一条微博，因为，我有很深的敦煌情节。

　　我来到了莫高窟，来到三危山。下车的那一刻，我想说的很多，又不知从何说起。于我而言，敦煌，是个不需要理由来说服自己去的地方。

　　《山海经》里说，三危山是神鸟三青鸟居住的地方。三青鸟是为西王母取食的童子。清代，敦煌八景曾将三危山列为第

一景，称为"危峰东峙"。据碑文记载，三危佛光是莫高窟开凿的动因。于是，莫高窟与三危山，两者相互陪伴，一瞬就过了千年。

我两手空空，正如这里飞沙走石的荒漠。这里的司机师傅都拼车，也都很热情，下了车，师傅给我留了联系方式，告诉我明天找他，可以拼车去其他地方。

现在不是旅游旺季，游客不多，但莫高窟层叠了过多的历史，开凿了过多的洞窟，我并没有做好去看的准备，在门口有些犹豫，终究还是没有进去。从莫高窟文物陈列馆出来，公交司机却眯着眼睛呼呼大睡，直到最后一个人小跑着上车，车才缓缓开动。

天蒙蒙亮，我却早已坐上了去往玉门关的汽车。离开敦煌市区不到几分钟，荒凉便肆意铺展开来，除了路，还是路。车窗外，我看到了戈壁的日出。从敦煌至玉门关近百公里，玉门关遗址，五个大字在戈壁滩的晨光下分外夺目。灰褐色的大背

景下，出现了一座金色的土方堆，在空旷的荒漠静静矗立。太
短暂了，就像日出的霞光，太突兀了，就像我的到来。

　　沿古疏勒河谷西行，有连片的沼泽、水湖、草甸，水草
丰茂，牛羊成群。经汉长城，烽燧等古迹再西行十公里，路开
始变差，植被愈来愈少，疏勒河谷沼泽逐渐干涸，草甸渐渐消
失，河谷被戈壁沙漠所湮没，只留下裸露的河床。

　　继续沿谷地西行约一小时，身处在广袤无垠的戈壁之中，
强劲的西北风刮走了戈壁表面的细纱，仅留下青灰色的粗沙
粒，呈现出青色的波浪，一座座土黄色的古城堡耸立在青灰色
的戈壁之上。雅丹地貌堪称西北干旱区的王族，在柴达木盆地
西北部、疏勒河中下游和罗布泊都有大面积分布。

　　沙砾穿过指间，生疼，随风而落。这里的风锋利如刀，
将一切霸道任意切割，我想，这黄色的古堡，这些千年后的残
骸，也终有一天化为风沙随风而去，空空如也。不禁悲凉，世
事万物都抵不过如此归宿，轻若一缕清风，来去了无痕迹。

　　观光车停留四次，每次下车，台湾的陈总是第一个挎起包，戴着鸭嘴帽，一个人匆匆地朝着土黄城堡跑去。看他黑色的羽绒服早已落满了厚厚的尘土，却依旧兴致盎然。旅途上的邂逅，孤单和孤单的相逢，记忆和记忆的重叠，是初识，还是旧友，想来原没有太多区别。

　　我来到阳关之外，我知道，阳关之外没有故人。远远看去，阳关古址，已经没有什么古迹，只有烽燧还在，但也已经坍塌了大半，只见层层泥沙和苇草。

　　我和来自台湾的陈都没有进去，他告诉我，他想去的地方，可以不惜一切代价，不想去的地方，给钱也不去。敦煌，是他想了很久的地方。和我一样，他也是辞职出行，刚从泰国回来，到四川辗转来到了敦煌，下一站还要去西安。

　　午后的阳光很温暖，他沉稳安静地轻描淡写，我则静静地听着。我问他，中午为什么会急匆匆地第一个跑向魔鬼城，他笑着说，他想一个人多去看看。

　　又一个大清早，陈去了西安，只剩下我一个人继续待在敦煌，待在这没有花朵的荒原。北京来的、兰州来的、广州来的，去哈密的、去嘉峪关的、去西宁的在这里，你来我往，永不停息。

我突然想，如果中国没有敦煌会怎么样？这个荒凉、神秘的地域，商旅、驼铃、烽烟、边关、胡马、羌笛……这一切都是为敦煌准备的。这还不够，还有那一个个文字、一页页典籍、一颗颗星星、一座座城池、一个朝代接着又一个朝代、一批接一批的流浪者，全都落进了敦煌的巨大诱惑里，落进月牙泉水，散在鸣沙山间。

敦煌的风沙是千年的灵魂，一片废墟但又生机勃勃，这里的风沙千年以来都活在人们的心里，没有风沙和尘土，那便不再是我想看到的敦煌。"你只要为它去做，得到的就一定比付出的多得多，这便是敦煌。"我记得这是冯骥才在《人类的敦煌》中的话。

我依旧停留在中国的敦煌，离开，已经是11月底了。

　　想来，设置酒泉、武威、敦煌、张掖四郡，修筑汉长城和烽燧，设置阳关和玉门关，那是在公元前121年。乐尊和尚在三危山下的大泉河谷首开石窟供佛，是在公元366年。

　　而我，读懂敦煌，是在公元2012年。

5 你的父母知道吗

甘肃，敦煌至张掖

身上的钱所剩无几，因为便宜，只好在网上订了一张去瓜州的火车票。我记得，那张车票是16.5元。

或许因为是冬季，敦煌火车站偌大的候车厅，旅客却很稀少。列车时刻表显示，从这里驶出的火车仅仅有四个车次。据说，等最后一班火车离开，这里的火车站也该关门下班了。

上车后，我很奇怪那节车厢只有我一人，本想着人多的时候还能趁乱"鱼目混珠"，这下一看没戏了。我孤零零地坐在一号座位，像是一个做了错事的小孩，呆呆地蜷缩在角落，一言不发。

渐渐的天色变暗，窗外漆黑一片，几个列车员过来坐在离我不远的位置聊天。过来一个列车员，笑着对我说："去瓜州直接坐汽车就去了，坐火车慢不说，时间也不好，你去瓜州玩？"我只好尴尬地笑笑，点点头。

我埋头装睡，脑子里却想着怎样能够躲过身边这些人的查票：说自己钱包被偷了，身上没有钱了？说自己的票在另一节车厢的同伴那里？或者说自己的票丢了……都不合适。

过了不久，列车员们散去，都回各自分管的车厢。第18节车厢的列车员是一位年纪偏大的中年男子，坐在自己的列车员室，哼着小曲。我鼓足勇气，想去找他"坦白"。

我怯怯地站在列车员室，小声说："您好，同志。我能跟你说一件事情吗？"

那列车员抬头看见我背着包站在门口，疑惑而好奇地说："你说吧，什么事。"

"我是一个人来敦煌的，身上的钱不多了，但我要继续走下去。我买了从敦煌到瓜州的火车票，我能待在车上吗，站在过道就行。"我渴望地看着他，急切地想知道结果。

"你的父母知道吗？"他问，表情严肃。

"不知道。"我回答。

"你应该让他们知道啊。"

他顿了顿，想了一下，说："你去旁边的车厢吧，查票的时候再说。这节车厢是给瓜州上车的乘客预留的，你最好不要待。以后出远门最好跟父母说一声，省得家人操心惦记。"

他的回答完全出乎我的意料，我已经做好了最坏的打算，想着他有可能在瓜州站毫不留情地把我撵下车去。但这位列车员的回答竟像是一位长辈对孩子的谆谆教导，寥寥几语竟真的让我有些感动了。

我顺着他的指引，来到了旁边的车厢，远远地看见他对那节车厢的列车员叮嘱了些什么，便回到了列车员室。我找了个空位置坐了下来，心虚地望着窗外，随时随地等待着查票员的盘问。

不知睡了多久，我被吵醒了，检票员开始查票。我正准备开溜厕所，可是一想，还是淡定地接受检查吧。检票的是一个戴眼镜的年轻人，看着和我同样年纪，一脸的学生气息。他要走了我的车票，然后又看了看我，停顿了几秒钟，将票塞给我，转身走开了。

我有些不解，那检票员为什么会"放我一马"，是之前那列车员对他暗地里说明了我的情况，还是他由于工作疏忽而将我"漏网"。不过，我情愿相信前者。

晚上十点，列车上早已睡成一片。车停了下来，上来了好多人，我没了座位，旁边的大哥看见，便很大方地将他的大包行李放在座位旁，笑着说："没事，小伙子坐这里，是被子，不要紧的。"我感激地说声谢谢。

又不知过了多久，列车又停了下来，依旧很多人上车。透过窗户，我看见了站牌——张掖！我急匆匆地抽出行李，准备下车。

刚好被那位列车员看见了，他诧异地问我："你不在兰州下车吗？这是张掖，兰州要明天早上才到的啊。没事的话，你还是回家吧，省得让父母操心。"

可我，终究还是在凌晨三点多，低着头义无反顾地跳下了车。

　　"你的父母知道吗？"其实很多人也都在问我，我都诚实地回答："他们不知道。"

　　当我在回答的时候，满脑子都在想两个字——"自私"。

　　我自私吗？记得有句古话，父母在，不远行。我不知道自己的行走究竟是对还是错，在路上，一边决绝自由、一边内疚自责。但我知道，家和旅行一直是我牵挂的最两端，一端有梦想，一端有依靠。

　　余秋雨的《行者无疆》里面有一些关于"流浪"的陈述："根的漂泊，因为有一条回头的路，即便一个人走在路上，哪怕行得太远他的心里是依然踏实而安稳。"

　　认清明天的去处，不忘昨日的来处。我想，如果有一天，能和他们一起多走走，那该有多好。

6 延误

甘肃，景泰县永泰龟城

到景泰县下火车的只有两三个人，我在出站口等了一会儿，一位车站的工作人员不紧不慢地过来，用钥匙打开出站口小铁门，瞅了瞅我手中的车票，摆手，示意我通过，然后锁上铁门，回房间去了。

我不知道，去永泰龟城的班车一天只有一班。从下午一点到四点，我一直在县城的候车室里等着。看看手表，已经四点半，急忙问售票员，售票员说有车坏到路上了，正在修。过了一个多小时，一辆旧车终于开进了车站。车停下来，司机将车牌板子翻了过来，旁边的阿姨提醒我说，"就这辆车，快上。"

急忙上车，坐定后，环顾四周，这车怕是该淘汰了。车身被涂抹的熏黄，油漆有些也起皮打皱，剥落的地方露出了乳白；车前窗角上的玻璃不知被什么东西砸打过，一道道裂纹看着很醒目；好多座位的靠背也不端正，座套脏得好久都没换了，露出了黄色的海绵；车厢里，浅黄色的浮土飘落一层，一条拖把歪斜靠在车的最后座；发动机上放了一些货物，上面写着村名、姓名和电话，我猜想，这是县城的卖家让司机给捎的货。

司机看我不像本地人，便提醒我说："永泰没有宾馆也没有农家乐，只能住在普通百姓家。"我笑着说："怎样都行，有个落脚点就行。"

车开始启动，又熄火。那司机只好下车，拿着随车的工具修了好久，才启动。准备出站，突然有个妇女急忙大喊："再等一会儿，村里一块来县城的有好几个，都还没来。"

那司机回头，见我不停地看手表，便朝我说："咱这车，只能有个大概的钟点，刚跑八道泉，最近车况不好，老是坏，回来晚了。坐车的这些人都是来县城里买东西的，来一次办事不容易，他们也不卡点，你不等她，今儿天黑了就撂在县城，回不去了。"

说话间，几个妇女提着大包，跑了过来，使劲地朝车招手，跳上车，一车人终于出了车站。车上的其他人显然都很熟悉，笑呵呵地说着一天在县城的事情。车一路上几乎随叫随停，又上了一拨人，车里热闹起来。行车线路是典型的乡村线路，在柏油路、水泥路、土路、渣石路中间频繁切换。七拐八绕，走街串户，不错过任何一个沿途村庄，停靠也没准。

　　一会儿，车停下来，车下有人在等着，那男的把前面的货物搬了下去，车下的人连声说着谢谢。有两个人要下车，那司机说："两个人12块钱。"俩人不干了。说："之前坐车不都10块嘛，身上只带了10块钱。"说着就要往下冲，司机也没有办法，只能让下车，喊着："下次记得给补上啊。"

　　过了一会儿，车上的一位老婆婆又开始喊着让司机停车："车怎么开过了，我们村是前面那个。"司机将车停靠一边，发了几句牢骚，然后又掉头，往回开，满车的人也都没说什么，我很奇怪并没有一人因此而心生不满。

　　司机边开车边说："老太太你不送咋办，人老了，咱这路上就这一辆班车。天都黑了，再让老太太走回去，万一有个意外，这不遭了大罪了，一口烟的工夫，也迟不了个啥。"

　　快到的时候，车又停了下来，上来一个中年人，应该是村委会的，叼着烟，一手拿着个手电筒，一手拿着医保报销的花名册。随兜拿出了一支钢笔，写了张报销的凭证，撕了一联，递给了一位妇女，说："好了，手续完了，你对一下。"那妇女看了看，兴高采烈地连忙道谢。

　　突然，我眼睛有些湿润，这些点点滴滴，充满了真实的乡土气息。城里的车死抠着分秒在运营，谁敢不按点运行，谁敢讨价还价地不给线，谁敢在车上不紧不慢地办手续。和城市的车相比，车是两种车，人是两路人，城里有的是精彩，而农村有的是乡情。乡村社会，虽不富裕，但这里的老百姓，就依靠祖辈们交织的人情，约定俗成地调节生活，其乐融融。

　　汽车从永泰龟城的豁口开进了村里，停在了村中间的一块空地上，此时，已经晚上七点。乡村班车，27公里的路程，时间一直在持续延误，但我并没有任何抱怨。

7 怎么能落后呢

甘肃，景泰县永泰龟城

其实，岁月早已经在我们的身后挖好了青春的坟墓。你一直前行，它也一直跟随，永远逃不脱。于是，我奋力地奔跑，跑进星空下的荒原，跑进黑夜里的寒冷，跑进月光下的永泰。可还是没有逃路，但我，也开始自信地不需要任何逃路。

永泰龟城里只有十几户农家院落，一口水井，一个不大的小卖部。

在这里，住宿也成了问题，我只好向当地村民打听。那村民笑着说，自家没有生炉子，屋内太冷，但还是很热情地带我来到了一户姓李的人家。

两间厢房，一个院落，一个铁门，简单而干净。进屋后，看见一对年老的夫妇，我很客气地说明了来意，李老师显得有些为难，不过还是答应了我的请求。后来，和李老师聊天，老人说，他是看我一人，孤苦伶仃，天黑了，屋外又冷，这才打算留我住下来。

我打量起这间厢房，一个大炕，一个炉子，墙上挂满了永泰龟城的各种巨幅摄影照片，还有一幅永泰龟城的俯视图，旁边是两行字："永泰欢迎您，明天会更好。"李老师告诉我，这字是自己用电脑打印出来，然后再用剪刀剪出来的。

在20世纪，景泰县开展黄河提灌移民工程时，李老师原本可以移民到条件更好的黄河灌区生活，可是这位老人并没有离开这座没落的古城。清晨一顿散饭（音译，当地的一种米食），晚上一顿热面，偶尔和游客聊聊，这就是李老师的全部生活。

李老师很愿意和我分享这里的故事。刚吃完晚饭，他就对着满屋的图片讲解起来，领我去隔壁厢房看他自费做的一个关于永泰的小型家庭博物馆，然后又兴致勃勃地拿出了《中国国家地理》，让我看其中关于永泰龟城的描述。晚上，围坐在火炉旁，李老师还给我讲起了来这里拍戏的剧组、大腕、记者、游客。

我不禁感慨，在这样条件艰苦，吃水困难，靠放羊为生的偏僻村落，竟会有这样一位用心的老者，连同这座鲜有人知的城池一样，竟藏有这么多的故事。

第二天，李老师家来了客人，兰州来的一位摄影师和一位姐姐，那摄影师之前是来过的，但这位姐姐却没有来过。李老师又开始兴致勃勃地给她讲起了关于永泰的前世今生。我觉得面前这位李老师对于这座古代军事遗址满怀深情。

那天，屋外阳光明媚，可寒风强冷刺骨。我在屋外待了半个小时，人已经招架不住，仓皇回屋，围着火炉烤土豆。直到晚上，兰州来的客人才走。

李老师之前开过一段时间农家乐，因为无法满足城市人对于农家乐、宾馆的"基本要求"，索性关闭。再者，农家乐也影响他做自己喜欢的事情。但还是经常有人慕名而来，或者被推荐过来，就比如我这样的人。

晚上无事，李老师拿出了一台笔记本电脑，这是他远在乌鲁木齐打工的儿子淘汰给他的。几年前，李老师开始坐下来，研究电脑，他将一些关于永泰的故事、简介和当地的小曲之类的，记录了下来。我好奇，看了一下文档属性，创建时间是2002年。当李老师打开这文档时，我惊愕了，191页，8万多字内容。

原来，李老师之前一直说的"做事情"，就是对当地史

303

料、民俗文化的搜集整理工作。这事情引用李老师的话说，不打麻将，不看电视，权当给自己找个事情干。

据说，李老师的电脑坏过一次，之前写的很多东西都丢失了。目前这些文字，都是自己在县城花了一百多元，让打字员帮他敲进去的。趁我在，李老师开始虚心地向我请教关于Word使用方面的一些问题：怎样插入照片，怎样输入特殊字符。他听得很认真，而且拿起本子和笔一一记了下来。我知道，他是害怕我走后，自己又忘了。

这些问题对于经常使用电脑的人来说，如家常便饭般的简单。可李老师为了整理好这些资料，却像个努力用功的学生一样，听得那般仔细认真。李老师告诉我，他很想给自己的这些文字配些永泰龟城的图片。我被面前这位老人的故事给打动了，我决定帮助他完成愿望。

第二天，我顶着寒风，在永泰龟城又拍了很多照片，直到相机没电。我将照片全都拷进了他的笔记本电脑。然后，按照李老师的要求，将照片以配图的形式放进了文字中。当我将修改完的文档给他看时，李老师很开心。

离开永泰龟城的前一天晚上，李老师还给我准备干粮，嘱咐我临走时带上。早晨七点，寒冬里的永泰古城还在熟睡，但屋外的班车已开始鸣笛。月光中，我匆匆来到了村前的小广场，不多久，班车缓缓启动。

回望永泰龟城，月光中依旧伟岸。但那一刻，我突然感到十分的欣慰，欣慰的是还能有这样一位老人，依旧和永泰龟城相依为命，依旧守候。

想来，李老师，依旧在努力用功，阿武，你怎么能落后呢？

记得在永泰龟城，晚上，屋外的月光格外明亮。星辰闪耀，我敢说那是我见过的最美丽的夜空，那些星星，亮度不一，无不例外地都在闪烁移动。寒冷的夜里，我站在屋外情不自禁地呐喊起来。

星空很美，星星很亮，黑夜很瘦，这些我都能感受到。

8 行走是一种很笨的本能

甘肃，景泰县黄河石林

　　为什么自己偏偏要一个人来到这荒凉的地方，这可能就是行走的力量。记得陈坤曾经说过：行走是一个很本能、很笨，可能让你觉得毫无作为的，但是可以找到你内心的方法之一。

　　我走过黄河石林的路，那天，没有任何人看到。而黄河石林，你也不用将我记下，但我会将你一一记录在心。

　　路边等了好久，终于搭上了一辆去靖远县的车。车是县里某个剧团的，唱地方戏曲的那种。车前排坐满了人，我只好被安排到后面的车厢，靠在那些带有编号的灯光音响的箱子边，一路颠簸着。

过了很久，车开始大跨度下坡，几乎是直下，又不知转了多少道弯，龙湾村出现了。这座与黄河石林毗邻而居的村庄，被绝壁、河面牢牢圈住，与世隔绝。据说，最初的龙湾人，正是为了躲避兵荒马乱，才找到这一块富足、宁静、安详的好地方，自给自足、衣食无忧。

龙湾村被发现之前，通往外界的路只有两条：一条是坐羊皮筏子走水路穿过峡谷，食盐、煤炭要用羊皮筏子一点一点地运进来；另一条是峭壁上的羊肠小道，靠的是人背驴驮，这条路被龙湾人称为"天桥崖"。外地姑娘嫁到龙湾村，骑马坐轿到了绝壁崖顶，也必须一步一步地挪，战战兢兢地走下来。听龙湾村的老人说，也只有龙湾本地的毛驴才能从这里驮东西下来，外地的毛驴绝对不行。

直到2004年，龙湾村才修通了第一条公路。当影视剧组的汽车驶入龙湾村时，许多村民睁大了眼睛呆呆地看着，那是他们第一次看见汽车。不过很快，这些初次见到汽车的村民就开始在各种影视剧中客串群众演员了。也许，当你坐在电影院里看大片时或许就能看见不少的龙湾村人。

静静的黄河沿村流过，错落的农田、零散的苹果园和枣园，面积虽都不大，但灌溉很方便，黄河水随取随用。我在想，若是没有这条盘旋的山路，这个黄河边的小村至今仍会和外界永世隔绝，无人知晓。

汽车停在了黄河岸边，等待渡船前来接应渡河。黄河对岸，不远处有一座寺庙，显得很冷清。我一同随船到了河对岸。推门，小庙不大，农家院落一般，两三个老人守着。看见有人进门，连忙递上香，邀我烧香，见我有些迟疑，老奶奶连忙摆手说："不要钱的，不要钱的"。

跟着那老奶奶进了大殿，三磕头。她便在一旁认真地敲着木鱼。当她得知我是从远方而来，老奶奶从屋里拿出来一个保平安的挂件送给了我，嘱咐我带上。出了小庙，看见一块路牌——靖远人民欢迎您。旁边是一片沙地滩涂，黄河就在不远处静静流淌。可能是我来的季节不对，这里太冷清了。

这一天，我仍没有吃饭，饥肠辘辘。这个时节，农家乐和饭馆几乎全部关门。我投宿在黄河岸边的一处农家，女主人正在屋里做饭，见我进来，连忙拿出花卷和一大碟腌白菜。她在一旁娴熟地往煤炉上的锅里揪着面片。不一会儿，热腾腾的面片出锅了，我吃了个大饱。

女主人的大儿子没上完高中就去深圳打工了，女儿则在县城上中学，一周才回一次家。现在这里开发旅游产业，她开了这家农家乐，做起了生意，游客越来越多，家里还有几亩枣园，只有冬天这个时候才有时间闲下来。晚上我住在她家的农家乐，她家客房很多，可偌大的院子，就我一个房客。怕我冷，阿姨给了我两床被子，又给我一床电热毯。

第二天，我起来的时候，阿姨已经吃完早饭出门了，可锅里却还是给我留着稀饭。

吃完饭，我准备去黄河石林。

1967年，一个名叫苏云来的景泰县文化工作者在当地逐村采风，他历经千辛万苦，从垂直90度的百米悬崖上通过天梯、栈道第一次进入了龙湾村。村内阡陌纵横、绿意盎然的景色给从小在荒原戈壁中长大的苏云来留下了深刻的印象，但是，他并没有看见黄河对岸的"石林"。10年后，苏云来随景泰县文化队第二次来到龙湾，但他还是与石林擦肩而过。

　　1983年的冬天，苏云来第五次来到了龙湾，这一天雪花漫天飞舞，悬崖上的羊肠小道被积雪封住了，苏云来不得不选择了第二条更为艰难的水路：渡过黄河，沿着河边由西向北而上，再直转西去，苏云来进入了世所罕至的黄河石林饮马沟段。

　　1985年，他的第一幅以龙湾山石为素材的国画《龙湾石林》获得白银市美术书法摄影展一等奖。直到1990年，《甘肃日报》才第一次刊登发现黄河石林的消息。

　　顺着石林峡谷前行，我将注意力放在了自己的脚步和那些粗犷的土路中。两边的石林俊秀挺拔，我想象着电影里的场景，一位黑衣蒙面的江湖侠客骑着马，提剑奔驰而过。

　　走了很久，没有看见一个人，只见一颗古树。树早已枯死，却依旧不倒，树上挂满了红色布条，寓意吉祥。

　　往前再走，视野变得开阔，一处索道通向远处山顶，但是冬季无人管理。我翻过了围栏，顺着羊肠小道，开始爬山，山不高，很快就到了顶端。俯瞰，那千沟万壑的地形，弯曲的河道小路，傲然伟立的石林，构成了一副苍凉雄浑的西部画卷。我顶着带有尘土味道的西北劲风，小心翼翼地走遍了山顶的每一处悬崖。

我在一处山顶上端坐了很久，脚下的黄河石林寸草不生，那一天的黄河石林，除了我，还是我。

太阳偏西，天要黑了，我出了黄河石林，渡口客栈的阿姨还在等我回去吃饭。

旅行回来，我翻看影视剧里那些和黄河石林有关的场景。

电影《雪花那个飘》，我记得一个很感人的场景，张鱼儿为了拿回电影放映员的岗位，她在县上电影表彰大会上说："我是个不安分的女子……电影是扇窗户，我就站在窗户上，看到了外面的世界，这一看到外面吧，心里就更加不安分了……我不甘心就这样过一辈子。"

想着张鱼儿爱电影，就像我爱行走一样。张鱼儿是在农村通过电影看见了外面的世界，我则在整个中国大地上，通过行走真真正正地经历了外面的世界。

人这一生，可能就怕遇见"认真"这两个字。

9 志明与阿珂

青海，西宁市塔尔寺

　　记得有一段很经典的话：有一把雨伞撑了很久，雨停了还
不肯收。有一束花闻了很久，枯萎了也不肯丢。有一种友情，
希望到永远，即使青丝变白发，也能心底保留。

　　而我，觉得自己真的很幸运，因为自己拥有这样的友情，
那些可以牵念，可以偶尔想起，可以心灵相通，可以随时对话
的远方家人。

准确地说，住的地方，除了刘阿姨帮老板看店以外，就只剩下一只猫，至少我晚上六点来的时候是这样。

刘阿姨认真地说："大冬天谁来青海，不嫌冷吗？"

我问刘阿姨："晚上不可能就你和我两个人吧？"

刘阿姨一边打毛衣一边烤着电暖气，说："还有一个重庆来的女孩，不知道去哪里了，晚上可能回来。还有一个男孩去青海湖了，晚上可能不回来了，除此，再就没人了。"

屋里没有暖气，除了一个煤炉，再没有任何取暖的物件。说话间，一个女孩背着背包推门进屋，她年龄不大。我们三个人开始围着火炉聊着。

阿珂，来自重庆美院，这是第一次出来旅行，她给我看她一路而来拍的照片，每张照片都能兴奋地说出一小段故事。

312

　　刘阿姨一边打毛衣，一边和我们聊着，说些这里各式各样的旅行者。时间变得不再无聊。已经很晚了，我们都准备回屋睡觉，门开了，来了一位男子，蓝色的外套，戴着手套，看起来外面很冷，刘阿姨又开始接待住宿。

　　黄志明，来自广东广州。晚上我和志明住一个房间，俩人都铺了电热毯，但还是不怎么热，便都没有脱衣服，黑着灯，俩人冻得睡不着，开始胡乱地聊着，直到很晚。

　　第二天一早，三个人相约去吃早餐，一家牛肉面馆，三碗牛肉面。吃完，志明和我们告别，不久微信上便有了新增新朋友的消息。

　　我和阿珂一起去了塔尔寺，虽不远，但车还是开了好久才到。在广场上，我又看见了那一身蓝色外套的身影，依旧背着包，灿烂地朝我们笑着。这次，他是跟着一个广州的旅行团，漫不经心地转着。塔尔寺也因为我们三人而变得温暖有趣。

　　进了寺院，门口的喇嘛正在看着藏文版的经文，他将我和阿珂拦了下来，我俩没有门票。志明索性也没有跟进去，我们三人开始在那喇嘛旁边喋喋不休地说着，阿珂戴着我和志明的手套，笑得很甜。

　　最后，那喇嘛抬起头，问我们，想不想进去。我们面面相觑，不知是何缘故，那喇嘛手一摆，示意我们可以进去了。三人感激地向那喇嘛表示谢意，进了大殿。

　　冬天，塔尔寺很冷，人依旧很多，大多是朝拜的藏族人。跟着志明的广州旅游团，听着导游的介绍，时间变得快了许多。一个小时后，那广州团在塔尔寺的游览结束了，志明也走了，他在汽车上朝我俩笑着招手告别。

　　我和阿珂，依旧还在塔尔寺，我俩决定把下午的时间都交给塔尔寺的阳光。阿珂四处找喇嘛帮她翻译藏文名字，一连找了五个人都不会汉语，最后才碰见了一位汉藏双语都会的喇嘛，我也顺便让阿珂帮我写了藏文版的名字。

在塔尔寺待了好久，有些晚了，我们返回西宁。

回到住处，人突然变得多了起来。大家无非聊着旅行的路线，围坐在一起叽叽喳喳地说个不停。我却怎么也没有昨晚三人静静地在大厅聊天的喜悦。突然，手机一震："黄兄，我到广州了，感谢相遇，非常美好。希望不久后能再次相见，任何地方……"

数日后，我和阿珂告别。阿珂坚持要送我，公交车上，我向她挥手告别。

西宁，对于每一个旅行的人来说，注定都是一座中转的城市。每一个人在此，短暂地交汇，然后又开始决绝地远离。

这阵日子，我每天都回想着路上的那些陪我一起旅行的人。"一朵孤独的男子"，这是我无意间翻看志明的空间里的一个片段。我想，灵魂太过独立的人，肯定会很孤独，因为无所依靠。其实，我们每个人的灵魂都有一个缺口，所以才不断地去远方寻找……

我觉得，我和志明能读懂对方，穿过层层面具，如入无人之境地走进彼此的心灵。前一段时间，我在网上半开玩笑说，"北方太冷，我需要一个南方的热毯。"没想到，过了几天，他还真的给寄了过来，令我感动不已。

5月的母亲节，志明坐飞机在西安中转，我们约定在钟楼见面。在西安城墙上，彼此谈论更多的不是如何去哪里看风景，而是怎样更好地生活。7个小时，停留短暂，但我相信，那些关于生活、关于事业的对话，会让彼此在今后的生活中，更加用心成长。

后来，志明说他很喜欢在城墙几张跳跃的那些照片。

我给远在重庆的阿珂短信，想请她帮我写点东西，阿珂欣然答应。几天后的一个深夜，我收到了一份来自重庆的邮件：

一个人旅游，路上遇到的所有人、所有事都是上天送的礼物。

11月，在西宁的青年旅馆，我本以为会一个人孤单凄凉地待几天，结果我遇见了力武兄、志明兄，瞬间觉得有伴了。也许是淡季的原因，也许是我们都不喜欢往人群中扎堆，整整

一个青旅里，就只住了我们仨人。想起了一起吃牛肉面，一起
在塔尔寺的院子里晒太阳，一人给我一只手套戴的日子，好像
就是昨天。

看了力武兄的相机，里面记录了他每走一步的足迹。他
的照片，文字很真实，有一种温暖的感觉。我想每一次出发旅
行，都会有一个更好的他回来。

远方的家人，遥祝你快乐！

10 我们没有改变，但也不是从前

青海，共和县黑马河

听阿珂说，11月的青海湖湖面已经结冰，风很大，几乎要冻僵。就连刘阿姨，也苦口婆心地劝我不要去。但我还是想去看看，犹豫纠结了一天，最终，还是决定去。

离开西宁，离开湟中，离开倒淌河，汽车开始攀爬青藏高原。车窗外只剩下发黄的衰草，随风摇曳，还有悠闲的牦牛。远处，我看见了一条窄窄的蓝色，旁边的藏族大姐告诉我，那就是青海湖。此时，我与青海湖一起并行，湖边一些废弃的农

家乐，招牌还在，但大门紧锁，冷清之极。从这些简易的农家小院来看，我能猜想出这里七八月份的热闹和拥挤。

太阳有些偏西，风开始呼啸，声音越来越大。司机在一处小镇停了下来，我下了车。顿时，刺骨的寒风，夹杂着飞沙疯狂袭来，巨大的路牌像纸片一样在风中瑟瑟作响，路灯摇摆不定，顶端的风车发出马达一样的巨大轰鸣。我不敢正面迎风，背着身子艰难前行。

黑马河，青海湖边的一个小镇，只有不到三百米的一条街道。11月，这里的街道空无一人，仅有一两家餐馆还在营业，跑了三家，终于才找到一家宾馆。

老板是当地的藏族人，房子只有一层，外面有一层玻璃罩，算是保温。隔壁的房客是一位辞职旅行近一年的大叔，他骑单车，准备在这里环湖，可因为大风，在黑马河已经滞留了三天。晚上的风愈发刮得猛烈，震得玻璃哐哐的直响，那天晚上，房客就只有我和他两个人。

清晨六点，黑马河还在熟睡，一片寂静，而我却早已穿好了所有可以穿上的衣服，蜷缩着身体匆匆出门。一路上风依旧很大，是那种刺骨的寒冷，三公里的路程，我花去了近一个小时的时间。

此时的青海湖岸已经冰封，那样的静。湖边，玛尼堆上供放着刻有"六字真言"等经文的石板或石块。身边的那座两米高的玛尼堆，经幡烈烈而动，犹如动人的诵经声。我拾起脚下的玛尼石，往上垒。

湖边的风很大，我蹲坐在玛尼堆旁，我渴望看到那缕温暖的阳光。半个小时过后，却以失望告终。临走时，从湖面打过来那一丝温暖的光线，太阳已经很高，阳光温暖，可依旧两手冰凉。

回到镇上，旅馆老板正在屋里晒太阳。桌边，他的小女儿正在认真学习，背诵着课文：北京是我国的首都，是一座美丽的城市。天安门在北京城的中央，红墙、黄瓦，又庄严，又

美丽。天安门前面是宽阔的广场。广场中间矗立着人民英雄纪念碑……

我出去买了些本子和铅笔送给她，小女孩很开心，冲着我不停地笑着。

下午，路边等车，可是没有一辆车为我停下来，不是快速地呼啸而过，就是很客气地摆手拒绝。时间长了，脸有些生疼。突然，路边的川菜饭馆阿姨喊我进店。进屋后，阿姨递了杯热腾腾的开水。

听说我是一个人，阿姨时不时思考一阵，然后扭头问我："你一个人不孤单吗？"这问题，几乎所有的路人已经问了无数次。同样，阿姨也想不明白。"这个时候，跑到这里有什么好玩的，你为什么也不找个伴，多孤单啊。"阿姨不停地嘀咕。

　　三个小时后，我终于搭上了一辆卡车，和饭馆阿姨道别。我至今依然清晰地记得她脸上的表情，就像送别自己的孩子去远方。阿姨说："路上注意安全啊，记得下次夏天来，那时候才漂亮。"我不知道该怎样感谢她，只有一个劲地说"谢谢"。

　　青海湖，请问，我到底是谁？我有些犹豫不定。我带着温暖的泪水离开了狂风呼啸的青海湖，离开了那个叫黑马河的小镇。我去无方向，几个小时后，我将出现在另一个陌生的地方。

　　寒风里，我们没有改变，但也不是从前。

　　旅途上，握谁的手都是冰凉的。

　　那天很晚，磊打过来电话，说他在川藏线上骑行，自行

车被一辆疾驰而过的大卡车的一阵劲风吹落进了雅鲁藏布江。我惊讶，12月，我真不敢想象磊一个人骑车在318线行走的情景，竟有些感动。

我很想努力回想起二十多天前，自己出发的那刻希望能理清的事情。可是，却什么也想不起来，唯有感觉：简单地看，简单地活，简单地走。

我开始明白，有时候你的选择从来都不会犹豫不决，因为你一开始都已经作出了选择。在路上，你只是在寻找作出选择的理由。

【有趣的人，全世界都在帮你】

西行回来，我将那些照片，整理后放在网上，那一组组苍凉的风景，就像我沉静的心灵。

同时，我开始整理文字和心情，这是一项庞大而浩瀚的工程。在找工作的空闲时间，我会在陕西师范大学的图书馆待上一天。在安静的校园，在那些占座的书本旁，我摊开笔记

本，那些曾经的故事，便在字里行间慢慢地铺开。中午时分，我也会和学生们一样，去学校的食堂打饭，太累了，也会点一盘炒菜犒劳自己。

12月的寒冬，我没有悲伤，依旧握住芬芳的温暖。

之后的时间，我找了一份新的工作，依旧忙碌不堪。整理文字的时间越来越短，只能断断续续在深夜整理一点。我的生物钟变得简单而充实：睡觉、上班、整理文字。

在文字里，你可能会看不到那年我是不是兜里只剩两元钱，走过了多少个城市，免费搭了多少辆车，住的什么酒店，吃的什么美食，怎么规划的路线，怎么做的攻略……很遗憾，这些都很少。

在文字里，我会写到我的梦想、朋友、大学、工作，听过的音乐，路上遇见的好人和坏人，走过的路最东北到最西北、最东南到最西南的地名和路名，还有那些平淡无奇的故事。

从农村到县城，从县城到学校，从学校到工作单位，从杨家村到徐家庄，从徐家庄到西部大道，很多东西早已物是人非，但有些东西却不会改变：我依旧和朋友们在大声说笑；我依旧自言自语地一个人发泄愤怒；我依旧在网上会待到很晚；我依旧一个人在屋子里邋遢得不顾形象；我依旧买东西会喜欢挑三拣四。

回想自己，从青涩到成熟，八年间，我一直在行走。记得一句瑞典的格言说，"我们老得太快，却聪明得太迟"。

至少有八年，我都不曾挥霍，至少有太多的故事，一直都在给予我能量。八年时间，我证明了一个道理：有趣的人，你不管走到了哪里，哪怕只有最渺小的想法，全世界也都在帮你。

走过一个时代，我也开始传递一种叫温暖的正能量。

1 爱与被爱

江苏，南京市秦淮河

Z88，中铺，我放下背包。

下铺的妹妹问，"你去哪里？"

我回答她，"我要去江南。"

"江南是哪里啊？"她追问道。

我回答她，"南京、镇江、扬州，那里有瘦西湖、金山寺、乌衣巷，秦淮河。"

慧姐，北京人，刚在西安谈完生意，又要赶去南京出差。

她指了指我的腰包，说，"你的造型很别致。"我自嘲说，"是不是很像卖甘蔗的小贩系的腰包？"她说，"不像，更像卖白菜的小贩。"

慧姐很热心，只要她听见了别人的麻烦，她总是热心地帮忙解决。她看我手机上存储的照片，很喜欢，并特地向我要了一张。

我告诉她，我正打算写一本关于旅行的书，可是一直没有勇气，因为市面上同类型的书琳琅满目，简直多如牛毛。

慧姐很认真地说，"你知道困难，但你却很自信地还在朝前走。这一点很好。但是你的书缺少一根主线，我来帮你想想。"

第二天，慧姐起床很早，梳洗完毕坐到座位前，很认真地告诉我："主线我想好了，就两个字——'呐喊'。这种呐

喊，首先，是对现实残酷生活的一种畅快的表达和发泄。其次，是对于自我的一种认可和勉励。最后，是对于这一个时代，这一代人生活的正面感化。"

呐喊，这使我想起了鲁迅先生的同名小说集，1923年由北京新潮社出版，共14篇小说。鲁迅说过，他是抱着启蒙主义的目的来写小说的。《呐喊》中的作品，大都写于五四运动时期，要为新文化运动助阵振威，"有时候仍不免呐喊几声，聊以慰藉那在寂寞里奔驰的猛士，使他不惮于前驱。"

想到这些，我开始有些羞愧和不安，我和鲁迅先生怎么可以相提并论呢？

努力谱写生命的奇迹，怎料想漫不经心却留下了壮观无比的轨迹。

—— 媞媞小妹

这是慧姐在我照片下配的文字，我很感激她的支持。在南京的车站告别，慧姐告诉我，记得去南京了，电话联系。我笑着回答，"一定。"几天后，从扬州来到南京，已经很晚，给慧姐打电话，她特地在秦淮河畔的宾馆等我。

折腾半天，到了秦淮河的时候，已近午夜十二点。被慧姐的助理领进门，慧姐和她老公正在屋里等我。我竟有些拘束，不自然地站着，腰间依旧系着那被她喊作卖白菜的那个腰包。

慧姐开始向她老公介绍："我路上遇见的小孩，倒是挺好玩的，于是便领了过来。"慧姐说，明天他们要陪客户去千岛湖谈生意，走的早，便嘱咐我早上起床将钥匙交给前台即可。不一会儿，慧姐和她老公便都回房间睡觉了，只留下我在这宽阔的大床房。

我开始想，慧姐为什么会这样照顾一个素昧平生的人？我为什么会神情自若地来到这里？这世间，为什么还会有这样传播爱与温暖的人，她在告诉我这样一个道理：信任与被信任，关爱与被关爱是一件多幸福的事情。

大清早，在秦淮河边漫步。短信响起，慧姐提醒我夫子庙有家小吃不错。沿路看见一个广告牌，上面写着"南京有戏"，觉得很有意思。

一路上，爱与被爱，我们都会有戏。

一个人的气质，从外在举止中就看得出来。而一个人的智慧，必须与之长期相处、深入交谈，才能心里有数。慧姐是一个很有智慧的人，她很忙，真的很忙。我问慧姐能不能给我一些指导，她竟然答应，我很意外。

过了几天，慧姐突然问我："你去了多少个地方，行程一共有多少公里？"

我回复："慧姐，我还真没有仔细算过，再说，我也不喜欢这类标榜自己的数字，你看着写就行了，不用具体拘泥于这些数字。"

慧姐认真地说："问你行程和路径不是给别人看，是为了让你更加清楚地知道自己想要什么。我在带你一起梳理你的脉络和路径。"

我脸红了，为自己误会了慧姐而感到羞愧。

晚上，慧姐又打来电话："力武，你把录音功能打开。"

我有些慌乱："我手机没有啊。"

慧姐说："算了，我来录吧。姐先问几个问题。第一，你正在干什么事情？你这样做的目标是什么？第二，你为什么这样做？第三，你是谁？你是自己去做还是和其他人一起去做？

第四，你的使命是什么？你这样做的价值是什么？第五，你将来还继续做下去吗？第六，你还能坚持多久，你将怎样做到？第七，你将来还会去哪里？你只有把这些问题想明白了，这本书写的才有意义，否则你告诉我，你这么累写这么多文字，意义在哪里？"

"你要明白，你不是为了完成任务，你也不是为了凑字数，你需要静下来弄清楚，透过这本书，你想要带读者去哪里？更重要的是，你能否通过这本书，来重新认识自己，了解自己，弄明白自己是谁？做这件事情才是最有意义的，否则就不要去做。"

我一时语塞，脸憋得通红。说实话，之前我仅仅是关注自己是否痛痛快快地表达，根本没有思考得这般透彻深入。

与其说，慧姐在帮我认真地梳理，倒不如说，她在认真地帮我思考自己。挂断电话，我做的第一件事情就是将交稿时间又延长了五个月。

对于自己，我开始变得严肃起来。

329

2 看书是一项不得不做的事情

江苏，扬州市朱自清故居

记得朱自清的散文《匆匆》里说："燕子去了，有再来的时候；杨柳枯了，有再青的时候，桃花谢了，有再开的时候。"燕子、杨柳、桃花，此文虽和地点无关，但是我却固执地坚信，这是扬州在他文字里跃然地闪现。

扬州，在历史上是一个渺小的点，在遥远的那一端，总是富有诗意。李白千古送别名句"烟花三月下扬州"，可有意思的是，到扬州后，李白却再也没有留下任何与扬州有关的诗句。

　　瘦西湖，是相对于杭州西湖而言。我原来一直认为瘦西湖是沾染了杭州西湖的名气，可是却发现自己大错特错。瘦西湖一带细水两岸花柳，曲线玲珑，瘦而不弱。水离岸很近，几乎在一个平面上，像镶嵌有边的玉，特别是在岸边的风中，杨柳与水相应，别有风姿。

　　"天下西湖，三十有六"，唯扬州的西湖，以其清秀婉丽的风姿独异诸湖，占得一个恰如其分的"瘦"字。瘦西湖实在瘦，最窄处只有一条不到百米的水带。3月的瘦西湖，名副其实的桃红柳绿，草长莺飞。慢慢地，你会发现，瘦西湖似乎可以看见风骨。

　　离开瘦西湖，我开始寻找园林。在扬州，园林都和扬州的盐商有很大关系，文化是扬州盐商园林的"灵魂"。康熙和乾隆都是六次南巡，都经扬州。实际上，皇帝的南巡，推动了扬州园林的建设。园林都是盐商的私家园林，盐商之首江春，一个人就拥有康山、江园、深庄、东园等多处园林，他一人就造楼阁三百余座，仅次于黄元德、洪充实等盐商。

扬州如今幽雅宁静的城市风格里，有着当年盐商的影子，盐阜路的个园也不例外。个园是清嘉庆年间两淮盐总黄至筠在明代寿芝园旧址上兴建起来的。当时园中遍植翠竹，盖取苏东坡诗句："宁可食无肉，不可居无竹；无肉使人瘦，无竹使人俗。"大致是人在富裕了以后，开始追求心灵的富足，体现在造园艺术上，就变得有诗意。

离我最近的旅梦者是朱自清了，他的故居离东关街不远，但是却很不好找。费了很大周折，从一个居民楼进去，穿过一条长长的小巷，才看到了文物保护牌。从外面看，和周围的老旧宅院小区没有什么区别，门口的阿姨，戴着眼镜，坐在小屋内，撕了票，放我进了屋。

我们对于一个地方的迷恋除了那些迷人的风景，大抵也是因为那些曾经产生共鸣的经典文字。这一处宅子，可以帮我拼拼凑凑出一个意念中的主人。于是，将近一个世纪的事情开始从我眼前呼啸而过，这样的来访是早已准备过的，是命中注定的事情。

房檐上雨点滴落，有一个稍大的厅堂，屋内陈设还原了当时的状况，古朴而干净。朱自清原籍浙江绍兴，在扬州生活了13年，他在文章《我是扬州人》中有这样一段描述：我家跟扬州的关系，大概够得上古人说的"生于斯，死于斯，歌哭于斯"了。对在扬州的那段生活，他的感受是微妙、复杂的。

了解朱自清最早是因为他的很多文章入选语文课本的缘故，例如《春》、《荷塘月色》，还有我最喜欢的那篇《背影》：

我看见他戴着黑布小帽，穿着黑布大马褂，深青布棉袍，蹒跚地走到铁道边，慢慢探身下去，尚不大难。可是他穿过铁道，要爬上那边月台，就不容易了。他用两手攀着上面，两脚再向上缩；他肥胖的身子向左微倾，显出努力的样子，这时我看见他的背影，我的眼泪很快就流下来了。

朱家是书香门第，朱自清是家中长子，父亲朱鸿钧对他寄予了很大的希望，希望他将来有朝一日能光宗耀祖。然而，父亲朱鸿钧大半生生活在清代，毕竟是封建思想严重的家长。1916年夏，朱自清考进北京大学预科。1920年，朱自清从北大毕业，老派思想根深蒂固的父亲没有把成年的朱自清视为一个平等的个体，朱自清没有独立支配自己收入的自由，即使已经家立业了，也依旧如此。

在朱自清1921年回扬州任扬州省立八中教务主任时，父亲朱鸿钧凭借与校长的私交，直接拿走了朱自清每月的全部薪水，使朱自清非常不满，他愤然离开扬州，到宁波、温州等地执教，父子从此失和。

1921年冬天朱自清接出妻儿，在杭州组织了小家庭。1922年暑假，朱自清想主动缓解和父亲的矛盾，带着妻儿回扬州，但父亲朱鸿钧先是不准朱自清一家进家门，虽在家人劝说下让步了，却不理睬朱自清。此后父子之间的裂痕越来越深，以至1923年暑假朱自清虽又回家一次，但与父亲的关系仍未好转。

晚年的朱鸿钧表面上对朱自清很冷漠、很苛刻，实际一直挂念这个在外讨生活的长子。于是，朱鸿钧就以惦记孙子的名义和朱自清书信往来。这也就是《背影》里所说到的"家庭琐屑便往往触他之怒。他待我渐渐不同往日。但最近两年不见，他终于忘却我的不好，只是惦记着我，惦记着我的儿子。"

1925年朱自清在北京大学任教的时候，10月的一天接到两年多"不相见"的父亲自扬州寄来的一封家信。父亲在信中提到："我身体平安，惟膀子疼痛厉害，举箸提笔，诸多不便，大约大去之期不远矣。"于是，朱自清回忆着八年前与父亲离别的情景，含着泪水，写出了父子情深的《背影》。

1928年秋日的一天，在扬州东关街仁丰里一所简陋的屋子，朱自清的三弟朱自华接到了开明书店寄赠的《背影》散文集，忙奔上二楼父亲的卧室。此时的父亲朱鸿钧已行动不便，他挪到窗前，依靠在小椅上，戴上了老花眼镜，一字一句诵读着儿子朱自清的文章《背影》。诵读时，父亲朱鸿钧的两眼老泪纵横，手不住地颤抖，但读完后，昏黄的眼珠却放射出光彩。

父亲朱鸿钧在看到《背影》以后去世，但他是带着满足的微笑去世的。

读书是项苦差。我不喜欢刻意读书，至今仍是如此。

相比看书，我更情愿睡一觉，或者在家里看电视。是没有时间吗？还是本就不想看？应该是不想看。记得曾经买过一本《史记》，本想好好看看，可是看了三五十页，没有坚持下来，最终放弃，丢在一角，再也不去碰了。

中学，上语文课，老师总是让我们把作者的著作一一记下，但只是死记硬背。那些著作，现在想想，大部分都没有读过，甚至名字都忘得一干二净。大学，每年暑假，总要列一个书单，精心地去图书馆挑书，为了多拿几本，还借了舍友的读书卡。一个暑假过去了，可那些精挑细选出来的书也没有认真地看上几本。

可在路上，我却愿意为了一些风景、一个地名、一首诗歌、一些感悟去寻找和这里有关的每一个文字。来扬州，来到了朱自清故居，想起了他的那篇《背影》，开始百度他的其他文章和著作，细细研读那些感兴趣的文字。

就这样，顺藤摸瓜，很多很多附着在一些地理名称上的名家名作开始跃然水面。旅行回来，看书就变成了一项不得不做的事情，迫不及待地买书或者在网上大致浏览。从中，我汲取生活营养，感悟心灵。

小学的时候，想买一本金庸的《射雕英雄传》，可父母极力反对。在他们看来，这并不算是"正经书"。后来自己偷偷地不吃早饭，将早上的饭钱省下来。那时候，早餐一天就只有一块钱，攒着，等凑够了，才买了回来，还不敢让家里人知道，偷偷地晚上窝在被窝里，拿着手电筒津津有味地看着。

想来，读书变成了一件潜移默化的事情。现在，买到一本书，我并不需要费多大周折，也不必再偷偷摸摸地窝在被窝里。"读万卷书，行万里路"，这句被贴在学校墙上的大字标语，这句被老师唠叨了无数遍的名言，这句大多数人都听腻了的人生座右铭，终于在自己某一天的旅途中，被深深地体会到了。

我真正地将它当作一句至理名言和感悟心得。我也明白，读书，不是为了学富五车，也不是为了成名成家，而是使自己能够成为一个温暖的人，一个会思考的人，一个不断成长的人。

读书是项苦差，但同时亦是项美差。

3 4时01分的安阳

河南，安阳市火车站

听痛仰乐队的歌，喜欢那首《安阳》。以至于每次坐火车路过安阳或者在地图上看见这两个字的时候，总会想起那略带悲伤的旋律。有时候，还真想去看看这座豫北小城。

安阳，今晚的夜色是否美丽，那里的梦想是否痛苦，一切的一切，都来自对那段歌词近乎幼稚的联想。窗外灯火渐渐多了起来，火车缓缓停靠在安阳车站，看看手表，3时55分。窗外在下雨，细碎的水珠敲打在玻璃上，凝成一股股小水流，透过那些水珠，我看见了那个经常在歌里出现的安阳。

安阳站，空荡的站台，乘客不多，列车员静静站立。我很想下车，到安阳的街头寻找那种信仰背后的痛苦，是否也如我一般迷茫无措。可是我又怕自己找不到那份信仰的物质寄托。我知道，这一切的感觉和殷墟、古都、甲骨文有关，但却又与之无关。

其实，我原本不喜欢听摇滚音乐，总觉得过于吵闹。可内心积压的内敛和沉稳过多，有时也会产生副作用。我发现，自己不知从什么时候起，也开始对那些长发、墨镜、文身、皮衣、夹克、架子鼓、电子吉他等摇滚乐队元素产生了兴趣。戴上耳机，将音量放到很大，听着低音炮里激情的呐喊。那些畅快淋漓的节奏，那种对于音乐几乎狂热的态度，将他们的桀骜显露无遗。

记得第一次听痛仰乐队的歌曲，是在一个燥热的夏天。无尽的酷热，遮天的梧桐，车内闷热难耐，我坐在副驾驶，看见朋友的车里放了一盘CD，叫《改变你的生活》。从此便喜欢痛仰乐队，喜欢它歌声中自由的灵魂。

我又想起了凯鲁亚克的小说《在路上》。1951年4月，在路上奔波了七年的凯鲁亚克用了三个星期的时间打完了一卷120英尺长的单倍行距打字纸，这就是《在路上》一书的手稿。凯鲁亚克不会料到，这本书会成为世俗叛逆与抗争者历久弥新的宝典。这是一本注定属于年轻人的书。作者曾经借书中迪安之口对萨尔发问："……我的道路是什么，老兄？——乖孩子的路，疯子的路，五彩的路，浪荡子的路，任何的路。到底在什么地方、给什么人，怎么走呢？"

他走的是一条疯狂冒险的路，虽然一路颠沛流离却是兴高采烈。而你的路在哪里，目的地在何方，应该怎么走？即使这样漫无目的地走在路上，迷茫地思考自己的时光，终无结果，经历的过程和写下来的文字或许也是丰富人生的一种记录。

从白天到黑夜，一路上我的思绪杂乱无章。每一次看到远处的灯火，就以为是今生要去的一个目的地。慢慢地走近了，才发现那只是信仰的灯光。列车缓缓开动，窗外回归漆黑，耳机里依旧飘荡着这样淡然的重金属旋律。

所有的人都醉了，请为你点盏灯火。在夜里轻轻歌唱，回忆是淡淡忧伤。安阳，安阳，别离的话不必多讲……

看看手表，这已是4时01分的安阳。

"地下音乐"，我在网上无意中看到了这个概念。它是一种特立独行的存在，一种自我表达的音乐。痛仰乐队，蛰伏地下数年。《不要停止我的音乐》里唱到：承诺不是我想要的承诺，疑惑是我不想要的疑惑，华丽的外衣全部都会褪去，但请不要停止我的音乐……

想想自己，不论疯狂还是沉默，同样，也请不要停止我的行走。

其实，我很想去更远的地方走走，我在等待着那个来自我心底的，呼唤我的声音，那个世界另一端的，宛若新生的自己。

4 带着痛苦勇敢地走下去

陕西，南郑县小南海镇

　　终究，我还是意识到自己得了一种病，一种压抑已久无法释怀的病，一种想太多而变得消极的病，一种内敛的甚至有些自闭的病，一种毫无生气颓废乏力的病。

　　在炎热的8月，在一个无聊的午后，我穿越秦岭，穿越隧道，来到了满是绿色的江汉平原。来之前，我特意剪了一个很清爽的短发，穿了一件红色的T恤衫，带了一只很时尚的黑色手表，还有一串朱红色的佛珠。

在不一样的地点，换一种作息方式，换一种环境，换一种美食，换一个朋友圈，一切都是崭新的，此行，我奢望得到一种治愈。

晚上七点，汽车从京昆高速离开，进入陕西省的汉中市，这来过不止四五次的陕南汉中，交织了太多的情感和故事，每次来都会刻印不一样的印象和体会。

下了车，阿虎来车站接我，我们各自骑了一辆单车，阿虎说要带我去看汉江边的喷泉表演。晚上八点，喷泉开始。虽不是我见过的最壮观的，但应该是我见过最漂亮的。我拿起相机，拍了很多照片，关于那五彩斑斓的水柱，和那些绿色的激光柱，交织，错乱。相机里出现那些五颜六色的光圈，闪烁，我按下快门，瞬间定格，很美。

第二天，阿虎找了他的朋友阿杰，阿杰之前在贵州当兵后来退伍，阿杰很健谈。汉中市区南去35公里，到达南郑县小南海镇，路还在维修，路况时好时坏。

一路下山，我们来到谷底，那里有一座寺院，香火旺盛，旁边有一处叫观音洞的地方，寒气逼人。据说，这是一处地下溶洞，我们随即进入。据开船的阿姨说，去年这里发洪水，洞口也被淹了，封闭了近两个月。阿姨一边说着，一边拿着钥匙

341

去开铁门，然后开灯，瞬间，眼前的景象别有洞天。

洞里的水静静流淌，崖壁上的水珠不时地滴落。据说，当地人称这里为黑洞子，由于它深邃莫测，长期以来，无人能够深入，20世纪70年代，这里才被世人发现。我们坐船静静前行，河道时宽时窄，河床时高时低，洞内最大的地方大若厅堂，最小的地方只有一线天，洞内两边分布着形态各异的钟乳石。

阿姨说，这河水最深处大概有九米，水里生活着一些小盲虾，暗河的最远处据说可以通向四川省。我们前行了约一公里，停船靠岸，顺着水中的天梯向上爬，便来到一个溶洞的世界。大洞连着小洞，洞洞相连，其顶部，如同若干个古堡，很壮观。

下午，三人返回市区。阿杰有事，提前作别。中午吃完饭，阿虎提议一起去咖啡馆坐坐。店里人并不多，点了两杯卡布奇诺，懒懒地拿勺子搅拌着。从工作到生活，从梦想到迷茫，开始漫无边际地聊着。其实，我们每个人都有自己的圈子，总有一些不愿说起的烦恼和忧愁，于是很容易变得消极，积压很多的情绪。相互聊一聊虽不能解决问题，但至少可以让内心少一些黑暗。

阿虎带我去看他买的房子，屋子很大，小区环境也很好，真为他高兴。临别上车，我给他分享了一段文字：

我亲爱的小伙伴，我们都是天地间的过客，很多人和事无法左右，譬如离去的时间，譬如走散的人。"心"字的三点，没有一个点不想往外蹦的，你越想抓牢的，往往却是离开你最快的。因为看轻，所以快乐，因为看淡，所以幸福。

他回复了三个字："谢谢你！"在他说谢谢之前，我并没有留意，旅行也可以有这般感受。翻看手机，看到他在微信中的状态：终于可以有一个轻松的周末了。我在想，为什么他的周末会变得很轻松？我开始明白，每个人在心灵深处可能缺少一种及时的治愈，而或许旅行可以温暖彼此的心灵，减少这种伤痛。

前一天晚上7点到现在下午5点，我在汉中仅停留22个小时。明天，我们各自的生活都会回归原位，但我相信，每一次短暂的变化，都会让彼此释然许多。

后来我渐渐明白，未来中，治愈将会变得不再那么重要，更为重要的是自己可以带着痛苦勇敢地走下去。

前几天，远在迪拜的Allan给我发微信说，他在考虑回国。Allan在一家国际航空公司做空乘，我经常会开玩笑地叫他"天空旅行家"。在我的印象里，他的状态永远是在世界各地起飞、经停、抵达，品尝当地美食，漫步各国街头。

我很惊讶，我并不知道Allan光鲜亮丽的工作背后，竟也会这般的压抑。那晚，我和他聊了很久，原来每个人，都不是你看到的那样，其实我们每个人都一样神秘，不为旁人所知。

　　年轻时，你认为自己会认识很多人，但后来你会发现能交流的人越来越少。时间久了，我们终究都会变成一个个小心翼翼的人。年近三十的我们越来越孤单。于是，我们开始慢慢地试探将心打开，渴望有一个人走进来治愈它。

　　其实，每个人在本质上都需要治愈，同时，也都拥有治愈他人的成分。漂泊不定的人生里，人们都需要一些温暖人心的东西。我想有一天，Allan还会记得那晚相隔万里的对话，从工作到理想，从午夜零点一直到凌晨两点。

　　"治愈系"，我在网上查名词解释：是指20世纪90年代末日本流行的一种音乐门类，一般把节奏舒缓，放松心情的音乐都归到这一门类。如果有人能够理解你，那么即便与你天涯两隔，也会如同在通往世界的道路上与你一起旅行。懂你的人，会用你所需要的方式去爱你，不懂你的人，会用他所需要的方式去爱你。

　　想来，我们总有一些说不完的话，只愿意对懂你的人说。

5 走过来，走过去

四川，马尔康县西索民居

　　我有一种藏区情节，一次次地，我来到这人烟稀少的高原，一次次地，我又往藏区的腹地奔去，固执而沉静。对于神秘的嘉绒藏寨，我只是不想将其慢慢遗忘，我想与这高原长年累月的平静，达成一种默契。

　　一千多公里的路程，翻山越岭，追随着岷江、大渡河一路走来，那些藏寨总会在不经意间出现在我的视线中。

它们一两座、三五座，一层层依山势而建，颇具规模，点缀在深山之中，出现在下一个转弯处的山巅上，出现在公路边、在河对岸，或者出现在高耸入云根本看不到路的山林里。

那些藏寨有十分独特和优美的建筑形式和风格，与高原壮丽的自然景色浑然一体，色泽质朴自然。宗教信仰、图腾崇拜的符号在石砌墙上大片铺展。

我一路上都很好奇，这些城堡一样的寨子和我以往见的藏式民居都不太一样。后来才知道，自己来到了嘉绒藏区。我有些尴尬，这些年，我竟然对于在中国的这片藏区一无所知。

嘉绒藏区是指青藏高原东部，四川西部以墨尔多神山为中心方圆千里的神奇净土，"嘉绒"一名因嘉莫墨尔多神山而得名，意指墨尔多神山四周地区。分布在金川、小金、马尔康、理县、黑水和汶川部分地区，以及甘孜州、雅安地区、凉山州等地。

　　我在马尔康不远的一个叫西索的地方驻足良久，我想去看看这些城堡。这里的寨子鳞次栉比、错落有致，犹如一座壁垒森严的古堡。土司时期，这里被称为卓克基赶枪巴（音译，即卓克基街之意），当时居住此地的多为卓克基土司的科巴（差人）和商人、民间手工艺者。新中国成立后，民居中的村民多为原土司差人、商人、民间手工艺者的后代。

　　藏寨里面的丹达伦寺，很简朴，但很有风格，转经的奶奶告诉我要用劲转每一个经筒。寨子里，处处都是格桑花。在这里，似乎只要有泥土格桑花就能自己长出来，鲜艳的花朵，杆细瓣小，看上去弱不禁风。这些花，在阳台、在门前、在角落、在窗户边，到处都是，似乎并不需要精心地打理，在一排排廉价的塑料桶里，在破烂的花盆里绚烂地摇曳。

据说，在这里建新房子是很麻烦的。首先请喇嘛选择地址和住宅的朝向， 一般选在向阳的高坡上，或者靠近水源的地方。建新居的时候非常热闹，各家各户都来帮着挑土背石，以示庆贺。新居建起来以后，不能当年粉彩油漆，要请喇嘛来念佛经，把彩色谷粒撒到各个房间，隔了年才可以彩饰装新。

西索民居的对面就是卓克基土司官寨。土司官寨，亦称土司署或土司官邸，为土司管辖境内的政治中心，是土司权力和地位的象征。我对土司的了解也仅仅来源于阿来的小说《尘埃落定》，书里描写了很多土司制度及藏族人民生活细节。当我看见卓克基土司官寨的时候，就像再一次翻开了那本小说，仿佛看见了傻子少爷、卓玛、麦其土司。

离开马尔康时，我特地留下了马尔康一个藏族司机的电话，我惦记着那里的一砖一瓦，还有那些摇曳的格桑花。有些高原，在我心中，似乎注定永远也无法走出。

我电脑磁盘显示已满，而且那些关于嘉绒藏寨的照片中，满意的并不多，但我仍不忍心删去，一直坚持留着。

有好几次在电话里，我问那藏族司机寨子的情况。司机说，寨子还像往常一样，冬天的柴火和牛粪也够用，游客不多，碉楼也依然在，随时欢迎我去看。

6 谢谢擦肩而过的人

四川，317线马尔康至色达

我是在马尔康汽车站遇见巧和杨姐的。

巧，重庆女孩，喜欢旅行，穷游是她在路上的风格。

杨姐，南京人，她说，结婚生孩子后，外出就没时间了。

大家都要去色达，可是车站无票。巧说，明天搭车过去。我忐忑不安，可巧却一路说说笑笑，不再提及此事。我确信，她比我要豁达许多。

第二天，三人朝着色达的方向前进，沿路搭车，我跟着

她俩，走了一两公里。终于，有一辆去松岗的货车停了下来，两位送货的师傅迟疑了一会儿，还是打算搭我们一程。到了松岗，小货车拐进了山里的小路，我们三人下车。

第二辆车是回观音桥的藏族一家，藏族大哥人很好，下来主动帮我们拿行李。大哥的父母都在五明佛学院做居士，已经十年，除了藏历新年回家，平时很少能见上一面。大哥家里有两个孩子，小男孩在绵阳上初中，他妹妹在马尔康上小学，小女孩一路上有些晕车，小男孩则安静地坐在后排，话语很少。

突然，后排的小男孩说："阿爸，狗！"车猛地刹住，我定睛一看，一只小狗慢悠悠地在路中间走着。此后的很长时间，这一幕场景依旧在我脑海里清晰可见。

到观音桥下车后，我们不敢逗留，赶紧又开始搭车，一辆面包车停了下来，开车的大姐去色达办事，搭了我们。巧和杨姐开始昏睡，只有我一路没有倦意。大姐言语很少，一路都只在专心开车。路况开始变差，坑坑洼洼，泥泞不堪。森林多了起来，汽车一路攀升，天气越来越冷。

过了好久，大姐说距离色达不远了。我打起精神，想想从西安钟鼓楼广场到色达五明佛学院的大门，全程一千三百多公里，在路上却用了33个小时，此行更像是一次艰难的远征。回想之前，我好像从没有因为想去一个地方，在路上坚持走这么久。记得此行之前，一位朋友说，越来越看不懂我的远行风格了。突然间，我有些慌张，看着摇晃的车镜里的自己，想起了这些年的旅途，我发现自己在慢慢地改变。

我问自己，去色达五明佛学院干吗？究竟那里对我有多大的诱惑，让我情愿不远千里地奔波而来？我有些说不清楚，便开始问巧："我这算是逃离吗？"巧说："哎，别想太多，哪有这么多问题！"

其实，每一次上路，都是一种痛苦的领悟，山那边还是山，天空的上面还是天空，道路的前面还是道路。只要你想认真地做一件事情，全世界都会帮你。从马尔康到色达，我完全证明了这一点。

几天后，我们在色达县的林木检查站等着搭车返程。

佛学院的道源师傅，他要去康定的塔公草原的一个寺庙办事，本来我们计划原路返回，考虑了一下，也就临时更改了路线，随他前往。原本以为他是藏族人，后来才知道，他是东北人，九年的藏区生活早已改变了他在汉地的所有生活习惯，他的藏语、四川话说的都很地道。他告诉我，九年间，他仅回过两次老家，每次都是匆匆地去，匆匆地回。我问他为什么不在东北老家多待一会儿，他说，早已经不习惯了。

一路上，道源师傅一直在和我谈藏区的生活，讲色达的故

事。我知道，他早已融入了那片神秘的藏区。相遇、相处、相知和告别，不过只是一天的时间。旅途中的缘分就像高原的云朵一样，不知道飘向何处，不知道何时戛然而止。

出色达，经翁达、炉霍、道孚、八美，看见高耸的亚拉雪山，我们在塔公草原告别。

下车的时候，道源师傅告诉我，这个世间是讲究因果的，多做些善事，搭车也不要骗人说自己身无分文之类的话，以后你要有车了，记得帮助那些路上的人。我笑着说，好的。

旅行回来，我努力地将这些在路上的琐碎故事拼凑起来，

　　我不知道为什么在旅行中，自己怎么会多出来那么多的感恩。我想，那些路上帮助过我的人们都懂得。那些一直在路上帮助我的人，那些无所不谈的同路人，你们都是我最珍贵的朋友，毋庸置疑。

　　终将，一切风景再美也终会看透，唯有一路的至深感情才会细水长流。

7 明亮的眼睛

四川，色达县喇荣五明佛学院

　　生活在色达的人并不算少，近年来经常达到数万人，这在地广人稀的川西北可谓"人烟密集"。但是在色达县城内却只有区区几千人口，而这数万人中的绝大多数，都聚集在距离县城东南二十多公里一个名叫喇荣沟的山谷里。海拔四千米多的青藏高原，极为简陋的小木屋，苦行僧式的清苦生活。

　　有人说，色达是地狱，又是天堂，地狱是因为这里的条件极为恶劣，天堂是因为这里可以安放自己的灵魂！后来，我

明白，在色达，你会有一种感悟，一种宁静，一种真善美的丰富。

1980年，晋美彭措上师不顾年迈体弱，来到色达县喇荣沟，在这个生活条件极为艰苦的地方，白手起家，苦心经营，创建了最初只有32名学员的小型学经点。到现在，这里始终都保持有一两万人在这里学习佛经的规模，唯一不变的是喇荣沟依旧道路拥挤，条件艰苦。

从山门到学院，有几公里的上坡路，空气稀薄，步履艰难。身边，满眼都是红色的衣服。年轻的喇嘛，他们平静淡然，步履匆匆地走过；年老的阿妈，拄着拐杖，手里转着经筒，缓缓地走着；三五个觉姆，或背着挎包或打着遮阳伞，眼神清澈明静。一个藏族小孩从我身边跑过，让我给他拍张照片，拍完给他看，他很满意，开心地又跑远了。

"色达喇荣五明佛学院"，前四字因地得名，"五明"则是佛学中的专有名词：一、声明，也就是对语言文字的明了；二、工巧明，就是懂得工艺、技术、历算等；三、医方明，即是掌握医术；四、因明，是指学会逻辑、论理等；五、内明，就是修行佛教"三藏十二部"的根本意理。

第一任院长法王如意宝晋美彭措上师圆寂以后，第二任院长由门措上师接任。学院内的课程一般设为六年，每年考试二次，如果全部获得通过并想继续修习，则课程再加六年。活佛、经书、教义和酥油灯，几乎占据了每个藏民的心灵空间。

山间那些连片的房子，是的喇嘛、觉姆或居士们的住所。那些房子都不大，全部涂成红色，窗户小而简陋，墙面用各种几何图案装饰着。数万间房子错落有致，一层层，一排排，密密麻麻，不断地连片延展。在每一座小房子里，都有一个清澈纯净的灵魂，也都有着一段和信仰有关的故事。这些房子、灵魂、故事拼接起来，不禁让人动容。

路上，不时可以看见外地、甚至国外的年轻居士，三五成群地上课回来，她们的皮肤白皙，少了藏族女性脸上的高原红。我想若是她们长发及腰，也是妙龄女子，可她们没有选择像都市女性一样穿着时尚、看电影、逛街等，而是来到这里，静心求佛，安放自己的人生。路边有一些小卖部，日常用品都能买到。有几个小喇嘛提着刚买的几包方便面，笑着跑远。一老一少的两位女居士，拎着两个大塑料桶慢慢走着，桶里装满了洁净的山泉水。

清晨，我来到最高的山顶，冷得发抖，来到坛城，那些五色的风马旗在山顶猎猎作响。我看见很多藏族人，手里摇着经筒，虔诚地叩拜。转身，我便看见了整个佛学院的全貌，看着看着，便忘了寒冷，突然心底被什么轻轻触动。

突然，我意识到，天空开始飘雪，我躲进了一旁的喇荣宾馆，顺便给手机充电。这时，跑过来一个小女孩，七八岁的年纪，衣服脏而单薄，头发蓬乱，她穿梭在人群中，不知道要干什么。突然她凑到我跟前，很直接地指着我的手机，四处找开机键。我有些惊愕，不知道她要做什么。触屏手机她用得很熟练，很快就找到了相册，一张张地划着看，见到每一张照片都好奇地问我，这是哪里拍的。

我不知道她知不知道这些地方，她也不再追问，只是一张张快速地翻看着。我在一边，耐着性子，一张张地讲给她听。电池充的差不多了，我起身想离开，到山顶上去看看，跟那女孩要回了手机，出了宾馆。

想不到，那女孩跟在我后面，追着喊我："再让我看看照片吧。"我犹豫了，停了下来，她赶紧跟上来。手机递给她，小女孩笑着接了手机过去。我手机里有上千张照片，我真不知道她会看到什么时候。终究，我开始有些不耐烦，忍不住问，"你想看哪里，我给你找。"那小女孩不语，低着头，不停地看，不停地问。我想，我手机里的这些照片拍摄的地方，距她千里，身边的这小女孩，或许也仅仅只能在别人的相机里，手机里看看而已。想到这里，我便静静地在一旁等她看完。

"你家在哪里，上几年级？"我问她，她依旧不语。那小女孩看完我的相册后，心满意足地把手机还给我。我说："来，给你拍张照片。"那女孩很高兴，很熟练地做了个胜利的姿势，笑容灿烂。我问她叫什么，小女孩抬头看我，竟然有些不好意思，笑笑地跑开了。本想着回头把那张照片寄给她，可我忘了要地址。

　　我曾一度怀疑，我是不是不应该出现在这片高原，最终清醒，这都是上天的安排。身边，雪花开始飘落，五彩的经幡依旧飘扬，祝福那些好奇的藏族孩子。那些明亮的眼睛，愿你们不要被世俗污染。

后来，我在网上看到其他人写的游记里面，竟然也有关于这个小女孩的描述，我不敢相信，对比了一下照片，才确信是她，一样的找人要照片看。照片里，那女孩笑得依旧那样高兴，还是那身脏今今的衣服和蓬乱的头发。

我开始好奇，她究竟想看什么？是外边的风景，还是别人的内心？但可以肯定的是，她是想看到高原之外的世界。

8 洛珠说我像藏族男人

四川，色达县喇荣五明佛学院

> 我们能够看到的光，只是光谱上的一小部分；我们能够听到的声音，只是声波中的一段频率；我们能够知道的生命，也只是轮回里的一个小阶段，其余的我们既看不见，也听不着，但却都是存在的。
>
> —— 慈诚罗珠堪布

我是在喇荣五明佛学院认识洛珠的。到佛学院时，天已经黑了，找不到一处住宿的地方，我在经堂前不断询问路人，碰见洛珠。他说，"住我家吧，不远，走几步路就到了。"

一路上，他问我是不是来佛学院皈依的，看我很有佛缘，他说我像藏族男人。我有些尴尬，不知如何回答，含糊着回应，自己是想来这里静一静。洛珠和路边的喇嘛打着招呼，说着藏语，语速很快，我猜想他是向他们说家里来了外地客人。

洛珠，藏族语是智慧的意思。洛珠来色达快两年了，房子是借家里3 000元钱自己建的。他家屋子不大，一个桌子，一个碟机，一床褥子，还有一盏昏暗的白炽灯。仅六七平方米大，屋内陈设简单，没有沙发，没有柜子，更没有床。

进屋，洛珠请我吃糌粑。他用水简单地洗了洗碗，加一

些青稞面，倒一些酥油和水，揉搓成条。洛珠一边演示，一边早已将一碗糌粑消灭干净。而我却实在吃不惯，又不好意思不吃，好在有热水，只好吃一点，喝一口，艰难地吞咽。

洛珠告诉我，他的父母在壤塘，家里有五个子女，他排行第三。大哥在很小的时候就被一个喇嘛带到了印度，早已出家。说着给我看他大哥的照片。二哥目前在中央民族大学上学，据他说，二哥毕业以后还是要回来出家的。妹妹在青海的热贡学习藏族相声，看照片很漂亮。最小的弟弟只有五岁，在父母身边。

在壤塘，洛珠有一座自己的寺庙，只有平时有法会的时候才回去，大多数的时间都在这边学习。他说，自己不愿意在当地每天念经，灌顶，接受藏民朝拜。他说，那样的话，自身并没有得到智慧。

晚上睡觉，洛珠家只有一床被子，也没有枕头。洛珠拿了我的背包，用我的上衣盖上，说，"枕这个吧。"再看看洛珠，他连枕头都没有。夜里，我还是醒了，我是被冻醒的。我没有脱一件衣服，可还是蜷缩着发抖，再看看一旁的洛珠，裸着膀子睡得很香。

我想，在洛珠看来，这样的生活刚刚好。我们习惯了住大房子，习惯了沙发电视，习惯了手机电脑，习惯了社交夜场，习惯了美食菜肴，来到这里便开始不习惯起来。我们住惯了用钢筋水泥建筑起来的都市，却对藏区那些用生命和灵魂搭建的矮小的红房子无法适应。

熬到清晨，我隐隐有些高原反应，好在不是很严重，勉强爬起来。我又来到了喇荣沟的山顶，很多藏民开始在坛城转经筒，在顶礼膜拜。天真的很冷，雪花飘落，风刮过来，我无处躲藏。背水的觉姆低头顶风前行，一些藏族的小孩开始围着我要糖吃。

喜欢一曲叫《唤醒超觉》的音乐，忘了是哪座寺庙送的了，虽然我听不懂意思，但那音乐总能让我安静下来。在色达的喇荣沟，在山顶，我告诉自己，这辈子，我不会再来了，不是说不想来，而是说，我害怕自己真的会皈依出家。

我相信，在这些满山遍野的小红房里，那些修行的喇嘛和觉姆背后，都有着不一样的故事，他们在这里以简单的生活寻求人生的真谛，追寻、探索、领悟，那是单纯、幸福、快乐、质朴的生活，那是佛教友善、博爱的氛围。

临走前，我问洛珠，为什么每一个喇嘛和觉姆看见我，都会微笑？洛珠说，他们每一个都是有智慧的莲花。接着，洛珠突然问我，愿不愿意留下来。我有些不知所措，沉思了一会儿，我告诉他，我不会留下来，但来世有缘我会来的。

在色达，我开始相信因果轮回，内心向善，我开始关心蔬菜和水果，我开始关心周围的人和事，我开始因为那一丁点的蓝天而感到幸福，我开始为那些在藏区有信仰的人们而落泪。

我开始相信，没有一个地方如色达一样，带着智慧的微笑，带着藏地的神秘，在明净的高原大片铺展。

来之前，朋友告诉我，不管你信不信佛法，到过色达，你的生命中就多了个解脱的缘分。走时，回望那连片的建筑，我发现，在藏地，我已经留下了太多的自己。

我当初来色达是因为想拍一些照片出来。很多朋友告诉我，那里的建筑很震撼，是一个出片子的好地方。但是到后来我却发现，这里的人们比那些摄影照片更加震撼人心。

那些求学的喇嘛，那些背水的觉姆，还有那些从外地来的居士，他们清贫孤守，在狭小的木板房里，没有电视，没有电

脑，没有婚嫁，水电紧缺，他们大多自给自足。你认为他们太过艰苦，但你不曾看到那些辛勤劳作的背后，有着何等力量的支撑。

从康巴藏区回来，一直想看看那本《宁玛的红辉》。朋友说我身上的酥油味更重了，我笑着无语。此后好长时间，我一直将内心遗留在了那片高原。我时常会想起洛珠，我留了他的微信，可他更新的内容永远是清澈纯净的感悟心语，如一朵莲花依旧在高原静静开放。

有几次，他微信里问我在哪里，在干吗，我告诉他我在加班，在开会，在陪客户谈话，在听音乐会……他并没再继续追问。我想，他应该是无话可问，他不了解都市人的生活，也不习惯那里的喧嚣，正如我们也不了解那些智慧佛法，也不习惯藏地的清苦一样。

本来，我相机里有洛珠的照片，走的时候都被他删除了，他说那些照片都没有艺术。

9 独自等待

四川，甘孜藏族自治州贡嘎雪山红石滩

当我写下这个标题，心里有些惊慌。其实，我是一个很闷的人，并不善于表达。

从泸定到磨西，午后的阳光很好，可没有人愿意去红石公园。为了找到同伴，我只好和巧窝在出租车上，祈祷着能遇见两个同行的人，出租车在小镇上转了几圈，终于碰见了一对情侣，这才一同前往。

天气骤变，之前的艳阳早已不在，下起雨来，先是零星

的雨点，后来一发不可收拾，路面变得湿滑。据说，原本在路上，是可以看见贡嘎雪山的，看来是没有希望了。贡嘎雪山海拔7 556米，被喻为蜀山之王，记得《中国国家地理》杂志曾这样形容贡嘎：美丽得让人感觉到空气都凝固了。这是什么概念，我无法想象。

认识贡嘎雪山，源自多年前那张经典的照片：炫蓝夺目的天空下，雪山巍峨，那渺小的旅者，在茫茫云海边静静伫立。顿时，我便铭记下了那一幅画面。我一直在找机会接近贡嘎雪山，我想象着自己也能够静静地行走在不断变幻的云海中。可现实的条件限制，使我距它咫尺，却无缘触摸。我想了想，谁能没有遗憾，留着也好，下次再来。

车在盘山公路上蜿蜒盘旋，路边的森林原始得令人敬畏。海拔升高，沿途河滩上的红石越来越多，在急湍的两侧，都是血色的红石，我喜欢这种一路耀眼的色泽。秋雨，云雾，红石，如此的气质。

红石滩的红石，是一种菌类附生在红石滩的砂岩石块上所形成的一种奇异现象。而且只有这方水土才能养育出这样的美景，其他地方绝无复制的可能。比如其邻近的海螺沟，自然、地理环境极为类似，也只有少量、不成规模的红石分布，而其他地方更是极难觅得红石踪影。离开此地，此菌类立即死亡。红石上的生命体每时每刻都在生长，不同的季节和天气情况下，红石的色泽深浅不同。

那些肆意蔓延的红色爬满了整个石头，我在雨中的红石滩伫立良久，好奇地用手触碰，那红色竟然开始片片滑落，原来这些红石竟也这般脆弱。巧在红石滩中不知疲倦地拍着照片，神情专注，全然不顾雨势的大小。那对情侣也不知去了哪里，回来的时候，俩人身上的衣服都湿透了，仍牵着手，咧着嘴笑着，令人羡慕。

想想，我一直都在寻找一个人，寻找的路上独自一人，尽管有信念，还是会觉得失落。关于爱情，我记得之前写过一小段文字：时光如梭，无数画面闪过。一直为了能给你更好的生

活而奔波，回头却发现，一直没有你的下落……

　　山川载不动太多悲哀，花儿经不起太长的等待。无奈，在爱情方面我依旧大段空白。之前很多好心人牵线搭桥，我们见了几面，笑着告别，也没有了后来。我想，自己可能要找的就是一个懂我的人。我需要一种陪伴，一种心灵相通的陪伴和相守。

　　红石拂过衣襟，青云打湿诺言。山和水可以两两相忘，日与月可以毫无瓜葛。那天，在川西的贡嘎，是一场秋雨。临走，在路边的指示牌上看到一句标语："石上红尘，谁能看破。"便将此铭记了下来。

　　此后，我开始留意爱情，因为，我无法一个人幸福。

Here's looking at you, kid.

——《卡萨布兰卡》（Casablanca, 1942）

　　红石滩、雅家梗、磨西、泸定、石棉，我知道，这些围绕着贡嘎雪山的地名，每一个都会串起一段浮想联翩的故事，清澈见底。

　　记得那年夏天，我在陕西华山金锁关看到了很多的同心锁，上面刻着两个人的名字，我猜想这些同心锁背后一定有一些关于爱情的故事，我很羡慕。前几天，唐小盒将她老公婚礼现场戴的那枚戒指特意送给了我，认真地告诉我，记得带上它，它对姻缘很灵验。我有些不信，但不管灵验与否，此后，我便一直戴着那枚婚戒，尽管有些大。有天晚上，吴发来信息："夏快要结婚了，可我真心觉得你俩比较合适"我一时无

语回复，内心迷茫。我不知道自己需要一个怎样的女人陪我度过这一世。或许想太久，我便会错过一些缘分。

　　陈奕迅的《1874》，歌里说：仍然没有遇到那位跟我绝配的恋人，你根本未有出现，还是，已然逝去，为何未及时地出生在1874，挽着你的手臂，彻夜逃避……

　　我的行走一直在刻意回避一些地方，因为我一直在等一个人，等她可以和我一起去这些地方。

【信仰爱与光明的孩子】

　　在旅途中，我曾不止一次地听李健的歌曲，但不得不说，他的声音太过默默无闻。

　　记得我在西湖的那段时光，耳机里循环的就是那首《传奇》。我坚信，那旋律可以带我更加清晰地看见那西湖的美。

　　喜欢他的音乐，也喜欢他的生活态度。近

几年，李健慢慢开始为人所熟知，他的歌声柔软、纯净、沉静，永无撕心裂肺。他不校园，不民谣，不摇滚，只是他自己。

之前记得看过李健的一期访谈节目，他说，许多人都把世道艰难、生存不易挂在嘴上，其实都是为自己的物质、拜金在找借口。要说世道艰难、生存不易，哪个年代哪个国家都是如此，并没什么两样，关键还是看你自己。归根结底一句话，生活没你想象的那么强悍，生活也并不能把你怎么样。

回想自己，我在写一本书，一本关于旅行，又不全是旅行的书，并没有几个人知道，我只是一个人深夜回家后，窝在城中村的小房子里一字一句地写着。

一些朋友知道后，劝我："现在写书的比看书的多，大街上是个人都能写，你写这些有谁看？太不靠谱！"有的给我出主意："你需要写点艳遇，要写点抢劫，写点遇险，或者最好带些夸张离奇的故事，这样才能把你炒作起来，这样你的书才会有销量。"

我敷衍地应和着。我想，他们一定是不了解我。在这些"另类"文字中，我看到的是一种渐渐成长的成熟和领悟，看到的是自己灵魂最深处的东西，那种幸福和满足不是所有人都懂。或许我的确不懂包装宣传，我也是一个平凡普通的青年，或许这本书的确也没什么人看，但我依旧把散落在路上的一个个孤独的灵魂记录下来，我的直觉告诉我需要记录一种存在。

生活中，我仍旧出入公交车，剪15元的头发，听自己喜欢的歌曲，吃简单健康的饭食，去自己想去的地方，一个月也花不了什么钱。我在物质上绝不会爆发，相反精神上，却快乐得如阿Q一般。

前段时间，参加同事的生日聚会，大家都喝得有些多，杯盘狼藉。突然，有一个女同事哭了，哭得很伤心。在我的印象里，她是一个十分要强的人，业务出色，工作卖力。我想，每一个人，可能都不是你看到的那样。回家路上，在过街天桥，看着车水马龙。冷风吹来，我真想大哭一场，可我却哭不出来。我想，一路走过，我早已哭干了所有迷茫的泪水。

终有一天，你会发现连自怜也没了资格，只剩下不知疲倦的肩膀，肩负着简单的满足。

梦想，是一个说出来就很矫情的东西，它像一颗无人知道的种子，被撒进潮湿与黑暗的泥土里，只有破土而出，伸展幼芽，迎接每一缕阳光，终有一日才会硕果累累，才能正大光明地为世人所知。在此之前，这些故事，冷暖自知，除了沉默，别无选择。

前几天和小姨联系，我告诉她，我的书有可能即将出版。小姨很高兴，也很惊讶，鼓励我说："之前以为你老是玩，看来你还是有些想法的，坚持下去吧"

我拿出笔，在纸上写道："我是信仰爱与光明的孩子。"

1 你需要不断加减一些东西

之前看过一个故事，大致是这样的：

一直以来小徒弟都很勤恳，每天忙碌，但内心很挣扎，他忍不住来找师父。

他对师父说："师父，我太累，可也没见什么成就，是什么原因呀？"

师父缓缓地说："你拿个碗来。"

　　小徒弟取来一个碗，交给师父。师父说："现在你再取些核桃来装满这个碗。"小徒弟遵命照做，拿来核桃，装满了碗。

　　师父问："碗里还能再多放些核桃吗？""再也装不下了，师父。"小徒弟回答。

　　"碗已经满了是吗？你再捧些大米过来。"师父仍平静地说。

　　小徒弟又捧来些大米，他沿着核桃的缝隙把大米倒进碗里，竟然又放进去很多大米，一直放到都开始往外掉了，小徒弟才停了下来。突然间他好像有所悟："哦，原来碗刚才还没有满。"

　　"那现在满了吗？"

　　"现在满了。"

　　"你再去取些水来。"

　　小徒弟又去拿水，他拿了一碗水往碗里倒，在小半碗水倒进去之后，这次连缝隙都被填满了。

　　师父问小徒弟："这次满了吗？"

　　小徒弟看着碗满了，但却不敢回答，他不知道师父是不是还能放进去什么东西。

　　师父笑着说："你再去拿一勺盐过来。"

　　奇迹又来了，满满一勺盐洒下去，全部都化在了水里，而水也一点儿都没溢出去。

　　小徒弟似有所悟。师父问他："你说这说明了什么呢？"

　　小徒弟说："我知道了，这说明了时间只要挤挤总是会有的。"

　　师父笑着摇了摇头说："这并不是我想要告诉你的。"

　　接着师父又把碗里所有东西倒回到了盆里，腾出了一只空碗。

师父缓缓地操作，边倒边说："刚才我们先放的是核桃，现在我们倒着来，看看会怎么样？"

于是先放了一勺盐，再往里倒水，倒满之后，当再往碗里放大米的时候，水已经开始往外溢了，而当碗里装满了大米的时候，很显然，再没办法装进核桃了。

师父语气依然平缓，娓娓诉说："如果你的生命是一只碗，当碗中全都是这些大米般细小的事情时，你的那些大核桃又怎么放得进去呢？"

小徒弟这次才彻底明白了。

如果你整日奔波，异常忙碌，那么，你很有必要想一想："我们怎样才能先将核桃装进生命当中呢？如果生命是一只碗，又该怎样区别核桃和大米呢？"

当你不假思索地转发一些至理名言，当你习惯了快速用"收到"回复领导的微信，当你开始镇定自若地说些自己都觉得恶心的话，当你开始变得暗淡而懒惰，不再愿意去思考，你便要问自己，你的核桃是什么？

我有一个网友，他有一组戴着"兔头面具"的照片，在路灯下，在公车上，在海边，低"头"不语，沉默地站着。我问他，为什么要戴着"兔头面具"？他说，我们每一天都带着这般虚伪的面具来伪装自己，自欺欺人，说着一些让自己恶心的话，但却不清楚自己想要得到的是什么。我沉默了，那时候，我感同身受。可后来，我渐渐明白，首先，这个世界上并不需要伪装，也无法伪装，因为，你到底是个怎样的人永远是骗不了人的；其次，你也不要奢望每一个人都能懂你，那是不可能的；最后，自己想要得到什么，这需要你自己去努力。

　　有一位在山东卖猪蹄的阿姨，是我在北京认识的，她的猪蹄在当地很有名气，可是她依旧不知疲倦地在北京四处参加各种学习。她说自己要不断地学，她开始要做服装生意，家里却没有人支持她的想法。我见到她时，她正准备听下午的课。我敢说，她是我见过的最有理想的"猪蹄阿姨"。

　　看电视节目，有一位特殊的选手，他来自黑龙江鹤岗市，由于脆骨病，17岁前经历了近一千次骨折，一个喷嚏一个饱嗝也能让他骨头断裂。这么一个连生活都难以自理的病人，却用自己另类的木偶剧表演感动了我。记得他在回答评委提问的时候说："幕布挡住的是我残败的身体，但挡不住我追求快乐的心。"

　　在这个世界上，有多少人还在坚持，有多少人还在寻找，有多少人已经放弃，有多少人依旧停滞在原点。

　　在北京，慧姐很认真地告诉我，"在生命里，你需要坚持不断地加一些东西，也需要坚持不断地减一些东西，才能使你不断成长强大。"

政法大学人行天桥

2 不如相忘

　　今天，我带着万分的不舍，和大家道声离别！在即将结束的三年愉快的旅程，开始新的一段旅程之际，我由衷地感谢同事们给我的支持和帮助，祝福各位在今后的工作中取得更加辉煌的成绩！

　　我已经来部门有三年多了，在这一千二百多天里，在一起相处的时间比家人还要久的三年里，我和大家一起经历了数不清的风雨坎坷，迈过多少青春岁月。三年中，努力过，奋斗过，也迷茫过，痛苦过，喜欢过这里，也恨透了这里，但要突然说离开这里，却怎么也没有想过。

昨天晚上回家晚些，收拾东西，看见自己的毕业证、实习资料，还有那些兴奋而稚嫩的照片，想起了三年前的一个早晨，自己兴冲冲地拿着介绍信来部门报到的场景，而这些资料一直在我衣柜陪我到现在。

看到了两年前田总在演讲比赛中送我的那只派克钢笔，我想起了有一次和同事聚会自己喝多被送进医院，田总彻夜照顾的情景；想起了一天凌晨三点多和李总为一个客户办事，李总陪我吃早餐的情景；想起了张娜姐工作上耐心的指导，和去她家吃火锅的欢笑，还有平时她送我的化妆品；想起了王爽指导我工作时的仔细认真；想起了和张晓娜拌嘴的日子；想起了唐楠时不时为我买的早餐，然后叫我一声师傅的样子；想起了不开心时，杨绅默默支持；想起了赫连洋带大家陪我在KTV大声放肆地唱《爱情买卖》的情景；想起了和周雨潼开车去其他部门研究工作的你言我语；喜欢郝艳男举行贵宾客户活动时的忙碌；想起了王晓瑜辛苦为大家采购东西，忙碌做饭的样子；喜欢雪娇姐过年送我的礼物，还有不经意间送我的那双筷子；喜欢和司彧聊天，听他爽朗的笑声；同样也喜欢和新来的同事党佩、王鹏、潘金龙、徐馨、张小白一起无忌地说说笑笑。

天下没有不散的宴席，人有悲欢离合，月有阴晴圆缺，但谁又经得起离别的伤，思念的痛呢。每天上班，下班，过得随意，平淡，不经意的点头间，不经意的问候间，一切的不经意之中，由原本的生疏变的熟悉。一生中，三年时间弹指一瞬，但是我会把它当做是一种亦师亦友的交情永藏心底。

人的一生，有很多不能阻挡的事情，正如不能阻挡时间的脚步一样，不能阻挡的是将要到来的离别和不舍。欢迎新同事送别老同事，生活中每天都在上演这样的事情，时间久了，也便成了家常便饭，不必太伤感。

我不知道离别的滋味是这样凄凉，我不知道说声再见要这么坚强。

昔我来思，桃李累累；今我往矣，杨柳依依。

2010年，刘佳熙离职。2011年，杨晓溪、吕宁工作变动调离，唐娟、张洁离职。2012年5月初，田总和我工作变动调离。

秦人雪冬是田总的微博，没有头像，粉丝不超过百人，很少有更新，微博条数永远在个位。那个5月，我却看到了他的一条微博。

今天是五四青年节，也是共青团成立90周年，我的调动文件也在今天正式下发，周一我将迈入新的工作岗位，在这个特殊的日子里祝所有的青年朋友们节日快乐，希望你们珍惜青年时光，为自己的青年时代留下点什么……

2014年的3月，李总离职，王爽工作变动调离，张晓娜工作变动调离，司彧工作也即将有所变动，这样算下来，原部门就只剩下张娜和郝艳男两人。原来13个人的队伍，现在就只有2个人依旧还在……

正文的文字是我在离开部门前，一天晨会上的一段话，我还记得我那天的情绪十分失控。

想想，迎来送往，在单位、在部门是再正常不过的事情，阿武，你又何必挂念不舍？何必深夜对着电脑，努力回忆谁何时离开，而谁又留下？本想将那段话删除，可是选中文字后，

在删除键上停留了数秒，还是没有下决心按下去。我不知道提到的这些同事们，若能看到这篇文字会有怎样感慨？

又是一个5月，我参加之前单位同事的婚礼，看见田总在不远处的酒桌坐着，依然那样微笑，本想上前和他打声招呼，可是想想，还是算了。前段时间，徒弟唐小盒突然问我，"师傅，你为什么很少更新社交平台了？"我平静地回答她，"师傅早已经不是那个慷慨激昂的愤青了。人都是会变的，那个时代已经过去，所有的人终将散场，你不再是那年的你，他也不再是那年的他，念念不忘，不如相忘。

这样简单的道理，我明白它却用了整整四年的时间，而对于那段始终饱含深情的回忆，我最终还是选择了丢弃。

两年前，田总在微博里说，珍惜青年时光，为自己的青年时代留下点什么……

两年后，阿武对自己说，青年时代，记住该记住的，忘记该忘记的，走得简单，看得清澈。

3 怀念

不经意间，有些事情便会消失不见。

记得高中时，攒了好久，我买了一个笔记本，作为她的生日礼物。我不敢给她，便趁同学们都去上体育课的时候，偷偷地塞进她的书包，然后飞一般地跑掉，像个做错事心虚的小孩，忐忑不安。

后来，她递给了我一个纸条，她向我道歉，说我们可以做朋友。

　　第二年春天，我换了座位，换到了靠窗的位置，窗外的紫藤开得很漂亮。我只是在本子上写着作业，拼命地做着模拟卷子，后来，那些事情便和紫藤花一同凋谢。

　　后来，离别，互通了几次书信，便不再联系。多年，那些写了很多页纸的信，还在箱底压着，再也不愿打开。

　　特意去参加了她的婚礼，我并没有多说话，似乎还在刻意保持着距离，客气地早早离场。每个人的初恋，大都十分纯情。跨过了花季，爱情就生出了很多姿态。有人变得风流，见一个爱一个；有人冷漠，再不会拿出真心爱上第二个人。不是每个人，都适合与你白头到老。有的人，是拿来成长的；有的人，是拿来一起生活的；有的人，是拿来一辈子怀念的。

　　后来，经常听别人讲她的生活，偶尔静静看看她的空间，

像一个送行的友人，远远地在人群中张望，却再也不愿联系。

后来，在这座城市里，时间经常会带给我一些人，在咖啡屋，在电影院，在公园的摩天轮，在音乐餐厅，在酒吧，她们都会从我身边走过，而我却没有行动，最终也就没有了结果。想起《大话西游》里的那段经典台词，才知道记得滚瓜烂熟和自己真的懂得是两码事。

《每当变幻时》里，阿妙一直想要一个像PRADA的GUCCI，十年间，都没有找见。怎么会能找见？！钱包会断货，何况那样的钱包根本就不存在，鱼佬也不会在千禧年一直在阳台上等着她。当阿妙看见鱼佬有了娇妻爱女，一家人幸福地离开，阿妙笑了，她明白，过程就是一切，他们都错失了。有时候想，人真的很奇怪，在你身边的人，总是不去珍惜，一旦失去了，又开始后悔不已。

我们曾经傻气地相信一些事情，曾经执着而倔强地在等一个根本不存在的人。却不曾想，这种等，永远都没有一个期限。

我开始关注一个英文单词：

miss

n.（用于姓名或姓前，对于未婚女子的称呼）小姐；女士；失误；

v.漏掉；错过（机会）；思念；没遇到；

你可以用尽"因为"、"所以"，或者"如果"、"那么"，用尽你所能想到的一切关联词汇，构成一串珍藏心底的故事。不！那不是故事，是你的年少经历。你我的故事就在这个四个字母的单词上不断滋生蔓延，你究竟失去了什么，你究竟错过了什么，不是不遗憾？

但每一个人都在向前走，不允许你我再回头……

笑姐问我，干吗不抓住呢？我一时语塞。笑姐说，追求完美只能用于自己，不能要求任何人。我开始清醒地理解。

那一年，你在大街上，都能听到那首叫《十年》的歌曲：

十年之前，我不认识你，你不认识我，十年之后，我们是朋友，还可以问候……

明白一个单词，真的需要十年？请别笑，也不要自信地摇头，"Miss"的意思，你又明白多少，即便明白，你是否也是错过？ 生命是一部悲喜剧，每当变幻时，便知时光去。

我买了一幅《盛开的杏树》，这是凡高1890年的作品，满满的气息，挂在家里，很漂亮。

学生问老师："您能谈谈人类的奇怪之处吗？"

老师回答："他们急于成长，然后又哀叹失去的童年。他们一味地用健康换取金钱，不久后又想用金钱来换取健康。他们对未来焦虑不已，但是无视现在的幸福。因此，他们既不活在当下，也不活在未来。他们或者仿佛从来不会死亡，临死前，仿佛觉得自己从未活过。"

4 324路

早晨六点，闹钟开始响个不停。

当然，它还会在6时10分、6时20分、6时30分与6时40分分别响4次。你很警觉和自然地睁开眼睛，并没有过多的睡意。尽管你昨天晚上十二点半才睡下，可你的生物钟正开始慢慢接受这个时间点。

想起了你上学时，一觉起来，早已上课。于是你匆匆拿起书包，算好时间，趁着课间休息，偷偷地溜进教室，然后在一

个靠窗子的、不显眼的座位上坐下，又开始懒懒地趴着。

　　可现在，你却不敢有丝毫的懈怠。你知道，大学上课，你可以不去，是因为你是"被工作者"，多你不多，少你不少，别人的工作依旧可以正常进行。但是现在，你变成了"主动工作者"，离了你，岗位就没了人，邮件无法处理，客户无人管理，工作流程无法继续，影响别人的工作。

冬天清晨六点，天还没有亮，窗外漆黑一片。你拿起手机，关了闹钟，躺在床上，并没有开灯。你打开微信，浏览朋友圈里大家的状态和分享，你很少说话，但你总愿意为他们点赞。你订阅了很多公众平台，每天早上，总会有很多的未读提示，感兴趣的，你会点开看看。你也会放一段舒缓的音乐，声音会开的很小，若有若无，显得很安静。

过了十分钟，你开始爬了起来，去上厕所、剃须、洗脸、刷牙、整理发型。你知道，平时自己很邋遢，经常会忽略很多环节，匆匆出门后，却经常发现自己忘了剃须，忘了刷牙，忘了拿公文包。你看了看身边的电脑，才想起来昨晚忘了关机。你能清晰地听见机身风扇的转动声，走近一看还停留在昨天的页面。

桌上的常春藤依旧努力地生长，又长出了一片新绿的叶子，摸上去很柔软，好像稍微用力，那片叶子便会被瞬间揉成汁液。

你开始在衣柜里，找合适的衣服。看了半天，你还是把昨天穿回来的工装直接穿上。天冷，你又围上了一条深灰色的围巾。

你有很深的强迫症，你会临近锁门的时候，再细细地看一遍屋子。有时候，人已经下了楼，又觉得自己忘了锁门，急匆匆又返回，门已锁了，却还要再用力推四五下，才放心离去。

记得有一次，你还住在杨家村的民房里。你出门上厕所，不小心将自己锁在了屋外。那次，你只是穿了一条内裤，在门外冻得瑟瑟发抖，却没有任何办法。没有大门钥匙，你等了将近半个小时，才等到有人下楼。你厚脸皮地敲房东家的门，房东被吵醒了，拖着人字拖，披着大衣，开门，看到你的囧样，很不情愿地给了一个开锁公司的电话。

打了两次，电话终于接通了。

"300就去，至少！"

"师傅，你看能少些不，辛苦了。"

"不能少了，最低了。不行的话，那你自己想办法吧。"

啪！电话那头挂断，房东也要走了手机，关了门，继续回屋睡觉。

无奈，你又回到了楼上，找来了一个凳子，站上去，把脸努力贴在门的铁窗上，拿着一个铁钩，开始努力够着桌上的那串钥匙。

尝试了很久，终于，你成功了！你拿到了那串钥匙！

可等你收拾完，匆匆出门，早已八点，上班迟到已成必然……

这时，你看了一下表，6时40分，准备就绪，匆匆出门。

走了8分钟，来到一处站牌，那站名叫西五桥新村。关于这个村名的由来，没人能够说得很清楚。你和路灯一起站着，等车的人并不多，很多时候，就只有你一个人。路上行人很少，只有环卫工人在街边认真地打扫卫生，扫过后的街道很干净，没有一片纸屑和落叶，只有扫帚的划痕。

你在等324路公交车。这趟公交车很少，车况也很差。早晨六点到七点之间只有3班，一般在6时20分，6时40分和7时整左右，人稍微会少些。错过的话，你就只能座7时20分以后的车，但那个时间段，你几乎无法上车，因为人太多。

6时48分，你挤上了324路，车上早已是人满为患。车窗上，热气凝结，留下了道道水痕，照应着窗外的昏黄路灯，一闪一闪。你被挤在后车门的小台阶上，仅仅容下单只脚并齐站着。你也根本不用扶着手把，因为人太多，你绝对不用担心会摔倒。

你从兜里掏出1元钱，靠着众人接力，艰难地传给了站在前门的售票员。那售票员又靠着众人接力，将车票传回给你。车上，大都是和你一样的上班族，低着头，不停地翻看着手机。

从这里到你要去上班的地方有16站，一路上，上车的人很多，却很少有人下车。

你看见有一个女孩，想挤上车，可早已没了空间，哪怕是一寸地方。售票员大声喊着，"不要再上车了，坐下一趟车！"那女孩依旧艰难地拽着车门，很吃力的样子，想挤上来，可是没有成功，只好无奈地下了车。

车关门，走了。你想，她有可能今天上班要迟到了，可能要被领导骂了，可能要被罚款了，脑海里始闪现出一丝怜悯。

公交车走走停停，在一座高大的写字楼边停了下来，你挤出了人群。

这时，天已经大亮，你看了看时间，7时42分。

5 每一个坚持都有精准的定义

　　小时候，喜欢唱歌，会听很多歌曲，然后在无人的地方反复地练。最初是模仿，一字一句地模仿。同学们喜欢听你唱歌，三五成群地围拢过来。在高中的毕业典礼上，你唱了一首《上海滩》，被全校的同学所熟知。可到后来，你却不怎么唱了，嗓子也开始荒废，和朋友去KTV，有些音调控制不住，于是便喜欢坐在一个角落，静静地听。你告诉自己，放弃，是因为会唱歌的人太多，自己也从没有进行过专业的声乐训练。

大一些了，喜欢钢琴，喜欢理查德•克莱德曼的琴声，可是家里根本没有钱买钢琴。最开始的时候，你便拿一张纸，画好琴键，自己摸索着弹。到后来，终于有了一台小型的电子琴，每天就拿着简谱练。弹了一段时间，只会弹一些简单的曲子。再到后来，终究不得要领，便放弃了。你告诉自己，放弃，是因为没有专业的老师教。

高三，你的理想就是考入中国传媒大学，但是北京的分数线很高。为了安稳，你选择了省内的大学读经济。那时你天真地觉得，读经济类的学生就业后就一定会有钱。你不想再拖累父母，因为你需要早日挣钱养家。至今，每年的6月7日和6月8日，你还会梦见自己在为高考而奋战，你怀念那段独自奋斗的日子，可是，你早已不再有选择。你告诉自己，求稳，是因为时间不得不催促着你尽快上路，不再给你机会。

大学时，你很想当一名播音员，在校广播电台打杂，期间也播出过几期广播节目，尽管都是录播。你还记得，为此你准备了好几个通宵的播音稿，你会在无人的地方练习绕口令，你会为此考普通话的等级考试。但是后来，离开了大学，终究还是随大流和同院系的同学去了对口的单位。此后多年，便不再提及。你告诉自己，放弃，是因为播音专业挣钱太少。

你想出国，开始准备考GRE，买了一本词汇字典，从第一页开始看，上了两周自习，什么都不干，天天看书，记单词。单词记住了忘，忘了再记，可最后，你还是放弃了。你告诉自己，放弃，是因为自己学习语言没有天赋。

多年，我们心机太重，理想太轻。算下来，你的一些理想后来都一一荒废，统统丢弃。终究，是我们自己葬送了自己最初的理想。这一切的错过，想来，都是自己亲手葬送的！赤裸裸的现实，我坦然接受。现在，我害怕说上一句放弃的理由，我不知道带给我的将是怎样的遗恨。

我平均每天工作12个小时以上，回家经常是晚上八九点，然后就开始为这本书而忙活。有时候，经常熬夜到凌晨三四点，闹铃定到早上六点，再爬起来，匆匆刷牙洗脸赶公交，但我并没有丝毫的抱怨。我不想失去每一个哪怕最简单、最触手可及的理想，那种失去会很揪心，也很深刻。

经历了这么多，我开始明白，原来我们迷茫的太多，坚持的太少。有理想，按照自己的想法做就行了，不用迁就别人，也不用担心现实。每一个坚持都有一个精准的定义，坚持无关对错，坚持什么才最重要，你的坚持也只有你自己知道。

我在想，是该坚持还是改变？这会不会是一个解不开的问题。因为，这个世界一直在变，我也在变。

我改变着幼稚与鲁莽，坚持着倔强和方向，我改变消极的想法，坚持着温暖的能量，我改变着对人对事的处理方式，我坚持着做人做事的原则，我用旅行改变着自己存在的时间和地点，但同样用旅行坚持着自己的想法和内心。

我改变着一个自己，坚持着另一个自己，三分安乐，三分痴狂，三分颓废。在寂寞的都市丛林中，我在变，但终究我还是我。就像一块石头，无论它棱角分明，还是圆润光滑，它都是一块坚硬的石头。

6 太深奥的相信

> 相信一切事物和一切时刻的合理的内在联系，相信生活作
> 为整体将永远延续下去，相信最近的东西和最远的东西。
>
> ——卡夫卡《午夜的沉默》

看龙应台的《目送》。

她说，20岁之前相信的很多东西，后来一件一件变成了
不相信。20岁之前相信的很多东西，有些其实到今天也还相

信。有没有什么，是我20岁前不相信的，现在却信了呢？有的，不过都是些最平凡的老生常谈。

冬天的树叶早已落光，只剩下为数不多的枯叶依旧在树枝上瑟瑟发抖，不肯离去。我相信泥土里的梦想终有一天会在枝头开花结果，将绿色归还于你。

慢慢的，有些东西，我也开始相信。

我开始相信我是公交车里众多摇晃惆怅的脸庞里最会微笑的一个；我开始相信自己有颗少年的心，深不见底，汹涌澎湃；我开始相信当我争取到一个机遇的时候，其实是为自己争取到了更多的机遇；我开始相信你愿意别人怎样待你，你就怎样对待别人；我开始相信无休止的抱怨只会把自己逼上绝路；我开始相信自己身上的很多习气已经无法改变；我开始相信一些文字可以让我变得成熟智慧；我开始相信人生总有很多不完美，有太多需要重新来过的地方；我开始相信旅行可以带给我快乐和满足；我开始相信我还年轻，还可以走得更远。

而这种感觉不是说你只要相信，就能创造一切，而是说，当你内心深处（潜意识里，并不需要刻意分析）相信什么，由于你百分之百的相信，你的行动会自然地顺应这种相信，最终内心的信念与持续的行动会让梦想照进现实。

其实，我还是很怕，我怕自己今后不再会有相信：不相信努力会带来希望，不相信风骨远胜于媚骨。在这个急速变化的中国，我们或许都会变得将信将疑。因为，讲待遇的人越来多，讲梦想的人越来越少。关注级别晋升的人越来越多，追求独立人格的人越来越少。

于是，我早早告诉自己，阿武，请看管好你的激情和梦想。在这个怀疑的时代，你依然需要信仰。无论别人怎样，中国怎样，请你记得，你所走过的地方，就是你的人生。你有光明，中国便不再黑暗，你有相信，中国便不再彷徨。

我说："世间最美好的两个字就是相信。"

有人问："为什么？"

我不刻回复："因为相信我们才信任，因为信任我们才团结，因为团结我们才努力，因为努力我们才成功。"

书桌旁的水仙，什么时候开花？我不知道，但我相信，一定快了！

如果你想走出常规，放松心态，积极地面对每一天，那么就很有必要问自己几个问题，这不是高难度的哲学命题。我相信，这些问题会带给我们力量和好的心情，和你分享。

1. 我拥有什么？

2. 我应该为什么感到自豪？

3. 我应该对什么心存感激？

4. 我怎样才能充满活力？

5. 我今天能解决什么问题？

6. 我能抛下过去的包袱吗？

7. 我怎么换个角度看待问题？

8. 我怎样过好今天？

9. 今天我要拥抱谁？

10. 我现在就开始行动？

7 掩上双目，将错就错

——我的1 157条状态

给我一些时间，我会把心情整理一遍。

不知从什么时候起，我开始从平淡的日子里感受快乐，我尽量记录下来当时的感受和心情。我不会留意，也不会知道，正是这些简单的话语，时隔几年后，回头看时，滋味复杂。

总是有寂寞的日子，总是有痛苦的日子，总是有孤独的日子，总是有幸福的日子。1 157条状态，每一条，都是对我曾经每一分，每一秒的最好诠释。

【1月】

你相信吗？！我刚下班回家。2012-01-01 01:12

上次吃家乡的豆腐脑是2005年上高三的时候。2012-01-02 10:10

明媚的天气，暖暖的阳光，宁静的心情。熟悉而又陌生的故乡。2012-01-02 12:30

休假提前结束，需要我回到各种表格、计划、日程安排等的烧脑状态。离家的孩子，请慢些走，再看一眼雪中的家乡。2012-01-04 16:42

我曾经有一个电台DJ的梦想。怀念，却已经烟消云散。2012-01-05 00:25

不是每个人，都适合与你白头到老。有的人，是拿来成长的；有的人，是拿来一起生活的；有的人，是拿来一辈子怀念的。2012-01-08 00:40

要是能奢侈购买的话，我渴望能买回我的青春岁月。剩下的我什么都不要！2012-01-10 00:02

你以为你有几年工作经验，其实你只是一年工作经验用了几年；你以为你犯了几百个错误，其实你只是一个错误犯了几百次。舍近求远和原地踏步，是我们职业生涯里最容易习以为常的状态。2012-01-15 16:35

任何艺术表现形式都有局限性，例如春晚，跨越到长江以南，传递至西部边疆，就显得尴尬苍白，毫无意义。因为你看到的全是距离北京不远的艺术。2012-01-22 22:59

哈尔滨，亚布力，长白山，雪乡，松花江，吉林，长春。2012年1月28日，马上！立刻！2012-01-25 12:13

如果你的生活太平淡，那是你没有主动给自己的生活撒一把疯狂的盐！2012-01-29 18:11

【2月】

在站台看见一位老妈妈送女儿，那阿姨一直催促冻得颤颤巍巍的母亲回去，嘱咐她记得吃药，但老母亲始终坚持要看到阿姨上车，也不说话。火车缓缓开动，透过车窗，我看到了寒风中老妈妈眼角的晶莹泪光。2012-02-02 21:08

我喜欢听列车车轨的声音，喜欢窗外一闪而过的村庄和农田，喜欢观察站台旅客匆忙的上下，喜欢清晨火车道上方火红的朝霞，喜欢在旅行路上的感觉。2012-02-03 08:08

一花一世界，一叶一追寻。一曲一场叹，一生为一人。黄小黄生日要快乐！2012-02-14 10:59

现在想学习真是一种奢侈。可支配的时间太少。我真想出钱买些时间。天啊！救救我吧！2012-02-17 21:44

光明正大的外表背后是无人问津的黑暗。2012-02-17 23:01

直到现在，才渐渐明白，原来大部分我认为好的不好的人，在我短暂而又漫长的人生里，他们不过是匆匆过客而已。就算当时印象多深，交情多铁，到最后，或许只是匆匆一瞥，分开了就很难再有交集，仅此而已。2012-02-18 08:37

世界轻轻一晃，想起了6年前，2007年3月，那个独自在宿舍阳台上喝绿茶，看楼下樱花树的自己。2012-02-18 11:05

【3月】

心情差到极点。2012-03-02 11:41

最近很累，不想说任何话。冰与火的我才是最真实的我。2012-03-05 22:39

十年前，满树梧桐，听音乐吹着风走回家，无忧无虑。高

中时代一去不返，你们的面孔都不再清晰。岁月流逝，我喜欢的自己也越来越模糊。2012-03-07 03:01

最近感冒一直很严重，头昏昏沉沉，不想动，吃药也不管用，前几天打电话被我爸发现了。这几天一直问我怎样了，看医生了没？！刚又打来电话，我强忍着打起精神骗他说已经好了，他知道我平时上班忙，快快地唠叨了些注意身体的话赶紧挂断了。接完电话我鼻子一阵酸楚……2012-03-09 21:43

好朋友就像是星星。你不一定总是能见到他们，但你知道，他们会一直在那里。谢谢某某同学的关心，有你我会努力生活！2012-03-14 00:09

不要在意别人在背后怎么看你说你，因为这些言语改变不了事实，却可能搅乱你的心。理解你的人，不需要解释；不理解你的人，不值得解释。请你明白，真正懂你的人，绝不会因为那些有的、没有的而否定你。2012-03-19 23:11

时光如梭，无数画面闪过。想大声问问你在哪里？一直为了能给你更好的生活而奔波，回头却发现，一直没有你的下落…… 2012-03-20 17:23

出发，上午08：01，东航MU2261，江北机场。2012-03-26 23:25

【4月】

你说你很忙，"忙"字拆开，那是意味着你心已经死了。与其行尸走肉地忙，还不如一个人简简单单地活。2012-04-02 07:56

想太多，只会越想越绝望。2012-04-05 00:17

西安的窗外下着雨，美丽的樱花渐渐衰败，此时此刻不知你在做些什么呢？2012-04-11 22:32

我外表乐观积极，内心却极度脆弱，喜欢大笑，其实非常容易感动。爱和朋友们在外面疯和闹，面对自己喜欢的人却害羞和自卑。认为家人和朋友相当重要。不太喜欢小动物。长相和身材都很一般。很少高调，喜欢在陌生的人群中沉默。喜欢宅在家里养花，看书，听音乐。你如果了解我，其实我是个大好人。2012-04-14 16：54

泰坦尼克号。2012年4月15日。2号厅。全区4排20号。2012-04-15 20：19

G70，离开761公里……2012-04-24 16：32

【5月】

黄金大劫案。李家村万达影城4号厅14排15号。2012-05-01 21：14

@赫连洋 @杨绅 fighting @周雨潼 @王鹏 @潘金龙，谢谢你们为我送行，之前有不好的地方愿你们谅解，相互珍重，再见了。2012-05-05 23：06

@司彧 @侯少雄 @杨阳，谢谢欢送我离开，破费啦。2012-05-06 23：10

我会很阳光地努力下去，请大家支持我，谢谢！2012-05-08 21：56

雨天，满地的雨泡，小学生披着花花绿绿的雨衣，急匆匆地上学，很美好的感觉。2012-05-11 07：47

我不懂爱情。2012-05-17 07：39

在柏树林看秦腔折子戏，盛夏的晚上，让我想起了小时候和奶奶带着小马扎十里八村地赶场子看戏。仿佛还在昨天……2012-05-26 00：20

【6月】

如果每个人的轨迹是一个螺旋，我不会无休止地扩散，而是沿着走过的路回到原点。早上好，六一快乐。2012-06-01 07：30

小时候过端午，收麦子休忙假，奶奶早早就给我戴花绳、抹雄黄、做香包、包粽子……然后三五成群的小孩一起在麦田里大声歌唱，蹦跳地拾麦子。早上听广播说，粉巷里有位老奶奶赔钱做手工香包，下班后特意赶过去买了一个，只为在20年后的六一纪念自己20年前逝去的幸福童年……2012-06-01 19：57

离开G210，23公里。冰晶顶巅峰云海，高3 015公里，穿越30公里，已出发……2012-06-03 07：24

有些人相交了几个月，却比认识数十年的人更投机。有些人很久不联系，却可能比天天都见面的某些人更亲近。朋友要像酒一样历久弥醇，而不是甜腻的可乐，喧嚣过后，曲终人散。喜欢的人，要好好珍惜。不喜欢的人，也不要勉强自己去刻意微笑。可以为朋友做一些改变，只是不要改到面目全非就好。 2012-06-09 22：33

端午，伊金霍洛旗、鄂托克前旗、库布齐沙漠、毛乌素沙漠、鄂尔多斯草原、榆林塞北，周四出发。2012-06-20 12：29

我喜欢在路上的感觉，什么都可以不想，飞速闪过的景色，有节奏的车轨。闲适欢喜，放肆流浪。2012-06-21 22：38

一人在毫无方向、远离文明的沙漠穿行，向有绿色的地方继续走，累！饿！渴！谢天谢地沙丘上还有信号，我，还活着……2012-06-23 13：55

【7月】

【放肆流浪の美丽中国】甘南明信片已经寄出，请同学们最近注意查收！2012-07-02 09:25

钟楼到吴家坟，大热天徒步回家。我该有多么的无聊，正常人干不出那事。2012-07-05 22:34

下班路上，看见一对来自农村的音乐学院姐妹俩勤工俭学，一个拉二胡，一个吹笛子。演奏了一曲特别的《神话》，顿时发现她们很坚强。我总是在懈怠时被这个城市的其他人给感动和激励……2012-07-11 19:32

不烟，不赌，不喝酒。没房，没车，没女友。身高一般，发型一般，虽然看起来都还好，可总觉得不够好，虽然不想比，可总被人比下去……我是很平凡的男子，但快乐，其实经济适用就好。2012-07-14 12:06

如果可以，我想给你我的青春；如果不能，让这一些触及心灵。你会过好每一秒，每一分，每个小时，每一天……请不要再无聊搜索，刻意炒作……2012-07-19 23:07

比未知更可怕的是预知，比变化更让人不安的是一成不变。2012-07-23 09:42

7月27日，到达重庆。重庆，你还好吗？那麻和辣的味道，让我朝思暮想，欲罢不能。重庆，4个月后，到底我还是又来了……2012-07-26 22:32

【8月】

什么叫真正地放下？就是有一天，当你再次面对你过往的难堪、你憎恨恼怒的人，能够心如止水，不再起心动念，坦然面对，一笑了之。即便别人在你面前，复述你过往种种不幸时，你仿佛是在听别人的故事，心里一丝涟漪都没有了。放

下，莫过如此，我做到了……2012-08-02 08：01

在@郭剑锋 郭总的邀请下，李浩、@乔启鹏、张薇、王黎、冯飞、冯夫人去看了城墙底下的天禧苑相声。是啊！生命是如此的美丽，开怀的一笑、豁达的一笑、无忌的一笑，让生命更美丽，让生命更精彩，让生命更辉煌！！！2012-08-04 01：05

秦岭东梁穿越，又是一天到晚，等队友中……2012-08-11 19：36

大风起兮 云飞扬 威加海内兮 归故乡。安得自由兮 走四方？ 2012-08-14 22：05

李渊结婚，伴娘，我也来啦！2012-08-19 07：33

若我是莲花，遗世而独立，我是凡尘最美的莲花。一沙一世界，一念一绝尘。不经意的时候，人们总会错过很多真正的美丽。2012-08-25 22：03

【9月】

天马不能行空的夜晚，看不透岁月苍茫。心高高在上，脚步卑微。还好我依然在路上，自己的命运是谁的命运又能怎样……早安！2012-09-06 08：01

你所急的事，一定是最不需要快速解决的，你所不在乎的事，恰恰需要你马上行动。2012-09-07 09：10

秋雨起兮白露寒。草木黄落兮雁南归。兰有秀兮菊有芳。怀佳人兮在何方。[2012年9月7日，二十四节气之白露]2012-09-09 08：50

我要做远方忠诚的儿子。和所有以梦为马的旅行一样，我不得不和烈士和小丑走在同一条道路上，万人都要将火熄灭，我一人独将此火高高举起……2012-09-14 16：45

407

乱我心者，今日之日多烦扰！2012-09-20 21:34

自由的风在秋天，任凭昨天随着它飘散，它不知道有一种脆弱叫孤单……2012-09-28 23:36

【10月】

G306，80公里，马上克什克腾……2012-10-02 12:49

乌兰布统，我只为采撷一片深秋的落叶！2012-10-04 09:29

世界很大，世界很忙，稍纵即逝的是青春的梦想。2012-10-05 21:17

高贵的心灵是不沉的方舟。2012-10-10 23:17

我曾随落日的余晖一起沉没，带着美丽疼痛的忧伤，带着痛彻心扉的迷茫，我是远方的孩子，我将青春永恒地定格……2012-10-13 14:04

马海洋今天结婚……百感交集，岁月催人老啊……2012-10-20 12:26

那些伤害过你的人，放过他们，遇到他们挥挥手永不再见。2012-10-22 12:23

独在异乡为异客，每逢佳节倍思亲。遥知兄弟登高处，遍插茱萸少一人。2012-10-23 08:49

【11月】

15岁觉得游泳难，放弃游泳，到18岁遇到一个你喜欢的人约你去游泳，你只好说"我不会耶"。18岁觉得英文难，放弃英文，28岁出现一个很棒但要会英文的工作，你只好说"我不会耶"。人生前期越嫌麻烦，越懒得学，后来就越可能错过让你动心的人和事，错过新风景。——蔡康永2012-11-16 07:30

多少次荣耀却备受苦楚，多少次灿烂却失魂落魄。2012，我身在敦煌，梦归何处…… 2012-11-20 22:28

河西走廊地区风力6～7级，什么也干不了，在屋里待着。2012-11-24 15:46

明天就要离开这里，呼啸的狂风，裸露的山川，残破的城垣，荒芜的戈壁，干枯的河床，成群的山羊，再见了……2012-11-25 19:26

心所欲不逾矩。2012-11-27 19:51

我曾天真地认为，小时候的梦想每一个都会实现，直到我慢慢地长大，才知道人生就像热气球一样，要越飞越高，就要把沙袋一个一个地丢掉。慢慢地，到最后，梦想都丢光了，我，却变成了，我最不认识的我。2012-11-30 01:21

11月，这是我所选择的方式，这是我所喜欢的苍凉……2012-11-30 10:21

【12月】

突然有些想回家了……2012-12-08 20：18

雾散，梦醒，我终于看见真实，那是千帆过尽的沉寂。
2012-12-09 23：53

节衣缩食，穷困潦倒的日子即将来临，坚持，挺住。
2012-12-10 15：44

今日藏历初八，药师佛节日。顶礼！愿一切众生远离疾病痛苦，身心健康吉祥！ 2012-12-20 23：45

其实我明白，很多事情，在一开始的时候就已经错了。可是走到哪里，都有我们的过去，于是我掩上双目，一路将错就错。2012-12-20 21：45

我变得喜欢低调，不再喜欢灯红酒绿的生活；我开始关注自己的心态和健康；我开始研究国学、历史、养花、烹饪，向往更加惬意的生活；我开始有意无意地缩小和精炼自己的朋友圈子；我开始愿意回家陪父母静静地待着；我开始每年按时去体检，饮食变得规律和清谈；我开始不再乱买衣服和鞋袜，穿着看着只要舒服就行；我开始变得温顺自然，开始慢慢消化自己的情绪；我开始让旅行变成了自己的一种生活习惯。

原本，我开始以为自己升华了，后来才发现，我开始奔三。

8 请勿喧哗

没有所谓说走就走的旅程，什么东西说多了都不值钱，甚至放到嘴边就不值钱了。想去，别说话，安静悄悄地收拾行李赶自己出门。

关注旅行、想去旅行、记录旅行的人越来越多，但很多人的旅行里总是隐约有些浮躁，多了份攀比。经常在网上看到一些极端的旅行者，好像自己干的事是世上最危险最刺激的。可过不了过久，你会发现又出现一个比之前更猛的事情！

搭车旅行火爆了以后，据说，现在川藏线上的司机不怕打劫的，都害怕搭车的，成群结队，浩浩荡荡。还记得在青海湖碰见一位九零后的孩子，背着专业的旅行包，总感觉自己比其他人要牛得多，一副不屑的样子。当搭车成为一种流行或者攀比的资本，我们是不是该反省一下，到底什么才是最适合自己的旅行方式。

如今，有很多人认为只有以特殊的方式才能叫旅行，其他的方式都算不上。记得曾经有人对我说，想当年，他扒过火车，挤过绿皮车的过道，骑过毛驴，和羊挤在一个车厢里，一副好为人师的口气。在他眼里，我的旅行都是小儿科的"过家家"。我平静地回复他，"那真的让您见笑了。"

我们真的没有必要将自己标榜起来，吹嘘自己花多少钱，用多长时间，走了多少个国家，兜里剩了几块钱，非得用几个惊世骇俗的词来渲染自己。因为你去过的地方，早有人来来往往好几趟了，甚至去南极看企鹅都得排着队了。我承认，最初，我曾经也有这样愚蠢可笑的虚荣心在作怪，但庆幸的是我早已悬崖勒马。

如果你想去一个地方，赶紧走，请勿喧哗。

现在的我，少了些年少的冲动，多了些思考的理智，关注我的人自然也不像之前那样"火爆"，但我心里反而很踏实。旅行本身没有优劣好坏，那些浮躁的乱象都是人们的虚荣心在作祟。所以，远行的人啊，请你静下心来好好想想，旅行之于你的意义，不要随波逐流，被那些"潮流"所蒙蔽。

远行本来就是自己的事情，或许，它也根本就解决不了任何问题。在出发之前，你也要想好回家的路，你不是一片树叶，随风飘散，追逐他人的足迹，过度消费你的好奇心。你不要说旅行是为了看清人生，一场出行，它的作用毕竟有限。你也不要说旅行是为了更好的生活，因为它本来就是生活的一部分。

现在，你会发现有很多人在讲辞职去旅行。我想要说的是，我们绝大部分的梦想实现不了，你也不会是职业旅行家。毕竟我们需要努力攒钱，需要孝顺父母，需要养儿育女，极少数人才能做自己喜欢的事情，能由着兴趣去生活。

所以，我想给那些还没毕业或者刚参加工作几年，怀揣梦想，仗剑天涯的同学一些诚挚的建议：决定要开始一段旅行，你的行动方向取决于你对生活的理解和你的追求，你需要明白这趟旅行对你的意义，你需要清楚你的这次旅行是否是真正意义上的纯粹。

旅行中的你并没有那么了不起，不旅行的别人同样也没那么碌碌无为。然后，选择一种适合自己的旅行方式：骑行、徒步、火车、飞机或者搭车，赶自己出门。

每个在路上的人都是一样的平等，没有好坏优劣的等级之分。能区分层次的，只有你的眼睛，你的内心，你的方向。

请你放下傲慢和无礼，误解和偏见。去不去远方？你自己定，请勿喧哗！

9 未完成的记录

我总在城市里，不经意地记住很多瞬间，那些永远是内心的牵挂。

我看过了太多的感动和辛酸，路边乞讨的人也再寻常不过，在天桥，在地下通道，在地铁口，在车站，喊冤的，无钱看病的，残疾的，看得多了，人难免会变得麻木，总觉得应该还有比他更惨的人，你这样花费时间予以帮助，是帮不过来的。

　　但那年夏天，我却愿意停下脚步。街上很热，我看到街上有卖艺的姐妹俩，她们是外地的高中生，已经被西安音乐学院录取，可是由于家庭条件太差，无法支付起高昂的学费，于是这两位小姐妹，一个人吹笛，一个人弹琴，很是卖力。她们都很坚强，那曲《神话》演奏得很美妙。

　　那一刻，我为自己过多的慵懒和抱怨而感到羞愧。

　　记得有一年的平安夜，我乘坐公交返回，从钟楼到西大街，有一站上来一位老太太，领着一个四五岁的小孩。

　　孩子刚一上车，就拿着荧光棒高兴地朝司机喊："爸爸，街上的人太多了，我刚就认出你的车了，奶奶还说不是。"

　　老太太问："你几点回家，我先和孩子回去做饭了。"

　　司机说："你们不用等我了，我还要再跑两趟，回去估计要到晚上十一点多了。"

　　"哦，那我和孩子先回去了，玩了一晚上，你儿子也累了。"

　　说着，下一站，老太太和孩子下车了，那孩子招手说："爸爸再见。"

　　车门关闭，司机依旧按部就班，行车、报站，有人上车，有人下车。可刚才那一瞬间一直鲜活在我的思绪里。多温情的一瞬间，那孩子，那司机，还有他的老母亲。

　　一个寒冷的冬天，下班回家，路灯昏黄，一位环卫工人从我身边骑着环卫车走过，车上满载垃圾。他手里拿着一只口风琴，吹着，那琴声很清脆，也很动听。环卫车从我身边开过，我被这样的声音惊醒。抓起手机，我想把这一瞬间记录下来，

可是等我拿出手机的时候，那位环卫工人早已走远，我只拍到了无数闪烁的霓虹。

　　我后来一直在想，什么样的心态可以让他这般地安贫乐道，知足常乐。

　　有一年五月，端午节。我来到粉巷，我听广播说这里有位老奶奶自己赔钱缝制手工香包。我远远地就看见了她：在墙根，她的面前摆着一个木制的架子，上面挂着琳琅满目的香包，这些香包虽然没有市面上销售的好看，但却和小时候奶奶缝制给我的雄黄香包一样。

　　老奶奶满头白发，她低着头，戴着花镜，一丝不苟地忙活着针线。大概是年龄大了，她做活很慢，花针从她手中颤颤巍巍地来回穿梭。见我过来，这才停了活。老奶奶帮我挑了一个，递给了我，说："其他的针线缝得不太美观，这个好，而且雄黄我也给的足一些。"

我问："奶奶，你还会一直做香包吗？"。

老奶奶笑着说："明年不做了，老了，眼花了，做的也不好看了，给自己的孙子戴，孙子也嫌不好看，明年就算了。"

我想，我们总在拼命挽留的一些东西，可是它们终究会消失，只剩下一丝念想，就像童年和亲情，一去不返。

我想，人们总是很奇怪，总是对一些"火星"般的花边新闻、娱乐八卦十分关注，但是很少有人关注周围平凡的生活。面对这些平凡，我开始不需要离开这座城市，这是一种良好的生活习惯。

　　我明白，真正的旅行不是你在哪里，而是你的心在哪里。
记得林清玄在《玄想》里的一句话：

　　人不是向外奔走才是旅行，静静地坐着思维也是旅行，但
是探索、追寻、触及那些不可知的情境，不论是封土的，还是
心灵的，都是一种旅行。

　　这些是城市的片段，是一种生命的养分，这些养分不至于
让你变成一个橡皮人。

1 写最平凡的事

2005年，我20岁。我正提着大包小包的行李挤在接送新生的校车上，急匆匆赶来读大学。我想问自己，该去向何处，请快快告诉我。

——————时—————光—————机——————

这是2014年。

这一年，我29岁，我突然觉得自己原来是这样的一个人，我用尽所有的时间在彷徨，却只用了无数个瞬间成长起来。我仍旧不靠谱，仍旧抽出时间去旅行，在写漫无边际的文字。我有很多梦想，但不断行走、不断思考却是其中最璀璨的。

我走得太远，以至于忘了自己行走的初衷。但我没有丢掉感恩心、自信心、童心和幽默感，生活依旧平淡，前面的路还很长。

我觉得自己很奇怪，大学毕业后，忙碌地工作，为生活奔波，几乎连睡觉的时间都不够。没有野心勃勃，只想做好自己的工作，听听音乐，看看新闻，和朋友聚聚，活得简单平凡。

然后，突然有一天，我开始决定写文字，那最早源于照片的配文，我当时只是想给一些无法表现出来的元素和感受一点空间。因为我觉得，文字和照片放在一起才能相得益彰。于是，从那时候起，我便深夜下班后，独自坐在桌前，磕磕绊绊，克服语法不通，一砖一瓦地建造自己的"小屋"，后来竟然越写越多，不可收拾。

在我的这座文字"小屋"当中，我想用那些简单而真挚的文字告诉你我的心情和故事。在那些文字里，我有一种诉说的安全感，这是一个可以让自己心安的舒适场所。我相信，文字是有灵魂的，我也愿意把这些文字写给那些灵魂相通的人看。

假如你不经意间来到这间"小屋"，倘若喜欢，请共同拥有，接受我提供的舒适。于我而言，这就是这本书的意义，寻找最默契的共鸣，彼此分享，相互鼓励。

如果，你想做一件很纯粹的事情，请相信，全世界都会帮你。

如果，你是一个远行的男子，请记得，不要再那般彷徨。

如果，你还在路上，请明白，这是一个时代的方向。

2 关于音乐

　　我喜欢留意那些歌词或者旋律，那些平淡的歌词和旋律，那样朴实真切，让我产生共鸣。很多曲子听得多了，也就厌烦了。于是我又不停地寻找，不停地厌烦。在写日志的时候，我经常为了选择一首我满意的音乐忙到深夜；在整理书稿的时候，我也经常循环地听着一些歌曲。

　　我贪心地奢望将这些歌曲整理后一并分享给大家，奈何图书无法将音乐直观地展示给所有人，但仍旧不甘心，便将这些歌曲曲目整理出来，放在了本书的最后，和大家分享。

《单身旅行》《张三的歌》《我就是我》

我在旅行中或者是写日志时经常收听、引用的歌曲，听得多了，用得多了，不免有些俗套，本不想将此列出来，但正是在旅行的最初，正是这些歌曲给了我行走的力量。

《多情的土地》《边疆颂歌》

我是在阿坝的唐克看到那万丈霞光的，当时听着《多情的土地》，我深深地爱着你，这片多情的土地。《边疆行》的节目我也经常看，那首《边疆颂歌》情感真挚火热。很多朋友问我，该考虑国外了，中国都该走遍了吧。我笑着摇摇头，在我的心里，祖国一辈子也走不完。

《存在》《一瞬间》《让我们在一起》《等待》《再见青春》《信仰在空中飘扬》

其实，我觉得汪峰的歌里总有那么一些迷茫和彷徨。他的新专辑《生来彷徨》的介绍中说，尽管我们生来彷徨，但我们不应该耽溺于这些情绪中一蹶不起，而是，勇敢地生活着，真实地生活着。

《传奇》《远》《在每一个想你的夜晚》《风吹麦浪》《心升明月》《什刹海》《想念你》《依然》《松花江》

对音乐的赤诚依然不变，对生命的询问依然不止，对亲情的追寻依然不灭。生活未变，李健依然。

《小路》《遥远的地方》《莫斯科郊外的晚上》《山楂

树》《黑眼睛》《三套车》

巴雅尔其其格，蒙古姑娘。她用清澈歌喉的润泽把那些已成为岁月烙印的原苏联歌曲，焕发出新的活力。在去往哈尔滨之前，我早早地将手机页面的背景音乐换成了她的那首《小路》。

《童年的记忆》《轻柔的世界》《远方的母亲》《阿妈的奶茶》

吉布呼楞，他的名字鲜有人知。一次在内蒙古旅行时，偶然听到他的歌声，瞬间我的耳朵与心灵被牢牢抓住，欲罢不能。网上关于他的介绍很有限，记载的他的作品也很少。记得有一次，当我把《轻柔的世界》给一个朋友听的时候，朋友对我说，味道很正，好听极了。

《蔚蓝色的杭盖》《努力格日玛》《呼伦贝尔大草原》《锡林河》《父亲的草原母亲的河》

《天边》是一首旋律飘逸的草原牧歌，听着它像是做了一次摆脱城市烦嚣的天际之旅。布仁巴雅尔的嗓音纯净清澈，散发着草原的味道；歌声悠扬朴实，而略带一股苍凉。我想听过这样的音乐，你也就走进了内蒙古大草原。

《刀郎买西莱莆》《一个人的黄昏》《石榴之花》

《刀郎买西莱莆》是整个专辑中唯一的一首维吾尔族语歌曲，这首歌唱的就是维吾尔族相传了千年的木卡姆的文化精髓。《石榴之花》是电视剧《阿娜尔罕》的片尾曲，总是能让人想起那位美丽的维吾尔族姑娘。

作为土耳其总理唯一邀请的中国歌唱家，阿不都拉在他的世界音乐观中力求从中西调和中寻求到平衡，唱自心底的维吾尔族腔音，成为他鲜明的音乐语言，这也是他的歌声魅力所在。阿不都拉叱咤西域歌坛十多年之久，这是一种见证。

《不要怕》《山风一样自由》《神曲》《在路上》

我在小凉山宁蒗彝族自治县的时候，班车在崇山峻岭间盘旋，我的耳机里放的就是瓦其依合的《神曲》。此神曲我一点也听不懂，它如小凉山一般神秘深邃。后来，我第一次在他的MV里看见了彝族文字，那是一种看起来很古老的文字。

《山风一样自由》是一首很率真的情歌，我同样听了很多遍。瓦其依合的歌声有一种热情，这种热情，混合着令人着迷的月亮和太阳的品质。他的歌声里也有一种活力，这种活力，将这个古老的民族的文化，新生般地传递给了整个世界。

《蓝月谷》《传奇》《在那东山顶上》《梦回拉萨》《路人情歌》《你为何走的那么远》《拉萨的酒吧》《生命站立成树》

第一次听完玛三智的音乐是那首藏语版的《传奇》，别有一种感受。他的声音有一种沧桑感，很好听。《你为何走得那么远》，融合了流行摇滚与藏式摇滚的风格，曲风平缓自然，感情真挚。记得歌里唱到：你为何走得那么远？去到我触摸不到的世界。你为何走得那么久？冬天它去了又回，多少遍……

《生命的呼唤》《爱人》《朝圣之路》《方向》《妈妈》《我的世界》《乡途》《父母恩情》《花絮》

根呷，故乡四川德格，青年歌手，自创了许多具有现代西藏青年特质的歌曲。那首《方向》，我在川西北时候，听了一路。

《听见蓝山的味道》《在雷诺瓦花园里》《朦胧露珠》《Over the Way》《离开台北去旅行》《境外漂流》《宁静部落》《巴哈—卡布其诺》《邂逅》

这张《放耳朵去流浪》的唱片，是我在大学时经常听的曲子之一。那时，我经常会坐在阳台上，喝着绿茶，听着它。操场边那株盛开的樱花，也会随着音符不断摇曳。

那些或轻快或清新的曲风，让我感受到午后阳光般的舒适。耳朵里，那些欢快跳跃的音符，会脚步轻盈地带我逃离都市。

《再见杰克》《为你唱首歌》《改变你的生活》《公路之歌》《安阳》《西湖》

这张专辑2008年面世，痛苦的信仰乐队多年来以自己的音乐和对待音乐的执着态度，让我们不应该忘记"哪里有压迫，哪里就有反抗"的痛仰。

《遥远的旅途》《启程》《大地求索》《洗礼》《地平线》《风吹砂》《诞生时分》《基因 D.N.A.》《阳光灿烂的地方》《望乡》《怀念的人们》《梦醒了》

吉田洁，空灵缥缈是其专辑的主旋律，其中也不乏具有现代感的节奏和民族化的韵律。尤其是那首《遥远的旅途》，我很多的日志的背景音乐也都源于此。

《唤醒超觉》《心经》

这张CD是广仁寺送给我的，广仁寺是陕西省内的藏传佛教寺院。这部专辑里的歌手林耕进我并不熟悉，但我能听得出来，这是一张充满爱的专辑。丰富与圆满、天与人合一的恩典，听一次就能感到。

还有王菲的那首《心经》，每当我心情很乱的时候，都会翻出来听听。

3 关于照片

　　本来想写"关于摄影"四个字，但是终究没有底气。

　　其实，我是一个伪摄影师。因为我并没有高端的设备，也不懂那些摄影术语和常识，也不怎么研究摄影技术，完全是在凭自己的感觉拍片。

　　自娱自乐，一直被我认为是与大自然的最好的通话桥梁，矫情也好，无聊也好，反正快乐就好。网友都说我的照片有种莫名的文艺风。记得之前的音乐老师说过一句话，舞台上所有你认为很夸张的表现方式，那其实刚好恰到好处。

每次外出，我总要带上相机，衣服可以少拿几件，东西可以少买一点，但相机是绝对不可少的。有人看我认真拍片的样子，会主动地叫我帮他们拍合影，我也乐意效劳。在我看来，这是别人对我的信任。

我喜欢拍雪山，云雾缭绕，让浮躁的心归于平静。

我喜欢拍大海，那带着海腥味的气息，海天相接。

我喜欢拍浩瀚的沙漠，茫茫无边，走出优美的弧线。

我喜欢拍草原，那白色蒙古包，珍珠般的羊群，弯曲的河流。

我喜欢拍笔直延伸的路，那路没有尽头，却云蒸霞蔚。

我喜欢拍日出和日落，那些绚烂的色彩像极了美丽的人生。

我喜欢拍自己的背影，那些孤单而决绝的背影，充满坚毅和执着。

我喜欢拍路牌，那些关于地名和公里数的路牌，它们可以提醒我，自己一直在远方。

我喜欢拍路上的人，认识的，不认识的，喜欢拍那些陪我一路旅行的同路人，喜欢拍那些追着我跑的小孩，喜欢拍那些最为质朴又略显拘谨的笑脸。

我愿意去记录，我也喜欢记录。我虽然并不注意摄影的技巧，但是我却是一个十分注重照片感觉的人，我希望这些照片能鲜活起来，给人传递更多超出照片本身的东西。

很多人问我，你是怎么拍的照片，你的相机是什么型号，我告诉他，平常拍或自拍就行了，目前在役的一款相机是佳能的SX40。我顿了顿然后说，如果说我的回答还是不能让你相信的话，只能说明，你在拍片的时候，起得不够早，登得不够高，看得不够细，去的不够偏，想得不够多。

其实，我还是不免有些失落的。很多时候，大家只是好奇你的照片在哪里拍的，谁给你拍的，用什么相机拍的，却很少有人好奇你为什么会在那个地方，你当时的心情和感受怎样，即便是你清楚地在图片下面标注上一段文字也无人问津。

之前，有一位网友这样评论我的照片：其实我想说，你的文字比照片更动人。我一直很感激他，毕竟在这个文化快餐风行的时代，用心看的人并不多。

多年下来，109G，46个文件夹，37 259张照片，每一张照片其实都有故事，时间已经将它们偷走，但我的相机帮我留下了故事最开始的模样。这些照片，让我觉得自己年轻时，至少做了些事情，还值得欣慰。

很多朋友问我为什么不把旅行的照片一次发完，而是慢慢地一张张传上来。我回答他，旅行中的经历需要慢慢消化，不断体味，才能成长为财富。

由于自己拍照的水平有限，加之相机装备不够，对最近一些想达到的图片效果只能遗憾，愈发觉得自己的拍照技术亟待提高。

于是，我觉得，人的一生总应该需要那么一些动力和理想去支撑。

4 致歉

我要向每一缕阳光道歉。

很多次，我在城市旅行，举着相机，却一直迟迟无法拍照。我该怎么向你道歉，才能让我们回到童年的记忆中？那时天空是湛蓝的，空气是清新的，阳光是明媚的。现在我们之间隔着厚厚的霾，我看不见你，我何时能一洗心中的尘埃，对肮脏不再姑息，不再苟且？我希望，我们可以用湛蓝的天空迎接你的每一缕温暖。

431

我要向多情的土地道歉。

当我行走在你的每一个角落，即便是美丽的青藏高原，都能看见废塑料袋、废纸张、碎玻璃、废旧电子产品，还有那些堆积如山的建筑垃圾。我知道，我们产生的垃圾正在一点点地蚕食你美丽的富饶的身躯。但我不知道，你究竟还能拿出多少地方供我们安置这些垃圾。但我，依旧深深地爱着你，这片多情的土地。

我要向广袤的草原道歉。

在内蒙古，你大片的草场被黄沙无情地掩埋。我看见你变得贫瘠，千疮百孔，伤痕累累。在地图上，从蒙西到蒙东，满眼都被标记着戈壁和荒漠。我知道，你很疲惫，也很脆弱，你的伤疤裸露在春季的狂风里，上面的草皮便会连片地被掀起吹走，你将会变成永远不可恢复的沙地。我还记得乌达木在《中国达人秀》里的梦想：以后我要发明一种墨水，只要在地上一点，全世界都会变成绿草……

我要向每一条河流道歉。

我喜欢你，我也经常会在路上看见你。在江南水乡，在黄河古渡，在松花江畔，在西山滇池，我看见你还是变了颜色。新闻报道里说，五万条流域，七大水系，都变得又脏又黑。滋养着大地的母亲，我不知道，您是否还愿意养育我们的生命。

我要向无边的森林道歉。

在大西北，我经常会看见很多的木桩。我知道你是含泪而去，剩下的只有无尽的风沙和光秃秃的荒山。你在那里原本可能矗立百年，遮风挡雨，可是我却只看到了你不屈的根系。一个个树桩，就像一座座坟丘，裸露着无人理睬的伤口，我能想到你轰然倒下的凄惨。

我要向神圣的雪山道歉。

在雪域高原，太多的"温暖"正成为无法承受之重。记得柴静书中的一句话："知道和感觉到，是两回事。"如果没有照片记录，我们恐怕很难有壮美冰川正在垂垂老去的恐惧感，"全球变暖"也不过是书上一个毫无感情色彩的词汇。在高原，我不知道以怎样的心情面对你，虽然你此刻仍闪烁着银色的光芒，挺拔、圣洁、高傲、神秘。我知道，若你消失，我的精神将会失去光泽。

我要向绵延的古长城道歉。

你从丹东虎山到嘉峪关，绵延七千多公里，可是由于沿线生态环境的不断恶化，再加上人为因素的破坏，多数地段都已被流沙埋于底下，剩下的也有三分之一变得残破不全。我头脑中固存的巍峨磅礴的长城形象逐渐苍白了、脆弱了。我害怕产生这样的联想：一块块苍老、厚重的城砖堆砌起来的不再是一座苍老、厚重的万里长城，而只是一个个孤零零的长城遗址。

我要向青藏高原的藏羚羊道歉。

对准你的不单单是我的相机，还有那些盗猎者手中的猎枪。我无法阻止猖獗的盗猎，根据有关部门统计，每年藏羚羊被猎杀的数量平均在两万多头。你开始走向面临灭绝危险的边缘。我们都是平等的，你、我都有生存的权利。我要向那些不幸遇难的藏羚羊道歉，为那些还坚强活在这个星球上的濒临灭绝的生物祈福。

我要向名胜区的风景道歉。

我知道，你饱受旅游过度开发的困扰，在你的周围，游客服务中心多了，索道多了，宾馆、饭店多了，房地产项目多了。你开始被炒作，你开始被破坏，你开始变成了某些人的牟利工具。但我知道，这些是人类附加给你的东西，我清楚地看见，这并不是你的本意。我不知道，来看你的那些人是否还留有"读万卷书，行万里路"的美好心态，抑或是仅仅有一种"到此一游"的满足感和征服感。

我要向祖国的边疆道歉。

几千年来，你的国界线曲曲折折地不断被重新划分，离开了又回来了。你太过遥远，远的几乎被遗忘。你的身世太过坎坷漂泊，以至于那里的人也都说不清楚。我曾记得西藏樟木镇的"国旗老阿妈"次仁曲珍的故事。这位已经一百多岁的老阿妈，四十多年如一日，坚持每天在自家院中升国旗。我要向那群默默守护边疆、默默推动边疆建设的人们的致敬，是他们，在边疆付出了自己的血汗和青春，保卫守护着神州大地。我要真挚地向祖国的边疆道歉，我之前对你的了解和关注太少了。

我要向我的老师们道歉。

小学的老师，初中的老师，高中的老师，大学的老师，我至今对你们印象深刻，是你们改变了我的命运，是你们无私地教会了我知识和道理。每年的教师节，我都会想起你们，心怀感恩。可随着时间流逝，很多老师永远刻印在了那些青葱岁月。上次回老家看到那废弃荒凉的小学，铁门紧锁，院墙坍塌，想起了我的七伯，几年前他去世了。他是我小学一年级的老师，教了我很多，但我从没有认真学过。

我要向父母道歉。

时间久了，感觉父亲母亲就是一位看客，离我的生活渐行渐远，注视着我，却从不发言。不经意间，父母的威严已经变成了牵挂，父母的不苟言笑已经变成了带着挂念与关切的电话在我的耳边时时响起。我还记得，高三时，下晚自习我很晚才回家，太晚了，父亲就会骑自行车来学校门口等我。但是，我却很少有机会回家看望他们，我真挚的向他们道歉。

我要向朋友道歉。

光阴的故事改变了我们，相隔一方，后来再也没有联系过，和你们一起吃饭，说说笑笑的机会越来越少，大家的生活圈子开始变得陌生尴尬，但我依旧会想起你们。情至深处情转薄，我开始明白，这些年待人的疏离，其实亦是有着深厚情感在内的。我的朋友，你们都懂，所以一直对我不离不弃。

我开始关注你们空间的每一次更新，相册的每一次更改，签名的每一个变动，因为你们是我最好的朋友。这种感情，虽不再浓烈，却一直存在着。

我要向每一个陌生的路人道歉。

小时候，大人们总会对我说，千万不能跟陌生人说话、打交道。因为他们中有很多都是坏人，会把你拐到山区里卖掉。于是小时候，我和陌生人保持着一定的距离，因为我觉得他们都是坏人。长大后，在外漂泊旅行多年，也遭遇了一些坏人的坑骗，但路上遇见更多的还是很多好心的陌生人，素不相识，在路上总会相视一笑，还总会向我伸出援助之手。

茫茫人海中，你我或许只有一面之缘，我无法一一叫出你们的名字，我也记不清你们的面容，我更是无法找到你们的身影，我要向你们说声抱歉，我来不及向你们说声谢谢，我无法报答你们的好意，愿你们都幸福平安！

我要向自己的身体道歉。

我知道，这些年，我有些逞强，总是觉得自己的身体很棒。在这个交通拥挤，住房紧张的城市，经常加班熬夜，奔波劳累，让自己变得疲惫不堪，在此，我想向你道歉。之后的日子，我会好好地照顾你，按时吃饭，劳逸结合，多参加户外活动，保持健康的身心。

我要向时间道歉。

我的时间都去哪里了？我开始寻找。记得曾经看过一个研究调查报告：人活了72岁，睡觉20年，吃饭6年，生病3年，工作14年，读书3年，体育锻炼、看戏、看电影8年，饶舌4年，打电话1年，等人3年，旅行5年，打扮5年。这是个平均数，可正是这平均数可以看到许多问题。

每个生命都是很普通的，普通的生命想度过一个不普通的人生，该在哪里节省，在哪里下工夫或许便会了然于胸。以前，我总觉得你太过吝啬，对我太不公平，现在，我要向你郑重道歉。我明白，你永远都不会公正。你可以让一些人在不知不觉中蹉跎一生，碌碌无为，同样也可以成全另一些人的意志，完成他们的心愿，这取决于用你的人。

我要向苦难道歉。

索达吉堪布曾经说过，苦难，到底是财富还是屈辱？当你战胜了苦难，它就是你的财富；当苦难战胜了你，它就是你的屈辱……才发觉，自己之前的那些抱怨都不算什么。想想上天待我已经不薄，不挨饿不受冻，有着不错的工作，还能抽出时间去做自己喜欢的事情。我在最深的苦难里，看到了那个更加快乐的自己。苦难是我生活中的一部分，我敬你，我爱你。

我要向孤独道歉。

我之前一直害怕你，不想见到你。但当我在行走的时候，大多时候，都注定与你为伴。之前我会觉得很凄凉苦闷，但后来，我觉得，真正的孤独是高贵的，孤独者都是思想者，当一个人孤独的时候，他的思想是自由的，他面对的是真正的自己。在此，我要向你道歉，我误会了你对我多年的深意。

我要向梦想道歉。

在一望无垠的内蒙古锡林郭勒草原，在遥接炫蓝天际的香格里拉纳帕海草原，在狂沙飞舞，胡杨飘零的巴丹吉林沙漠，在凝重的圆明园断壁残垣旁，在小桥流水，白墙黑瓦的江南水乡乌镇，在风清月朗的姑苏城枫桥边，在古道西风瘦马，夕阳西下的嘉峪关口……我不止一次地驻足凝望。

我大声地问自己，我的梦想在哪里？可这些年，我依旧说不清楚，因此，我要向你道歉，我曾经有过放弃你的念头，因为我太累了，为此，我牺牲了很多，放弃了很多，背负的很多。但后来我却没有放弃，依旧在苦苦寻找，随时准备为你奋斗。

我要向各位读者和网友道歉。

这些年来有很多人在默默地支持我。我有些惶恐，我害怕这本书有可能写得不够好，会辜负你们的期望。为此，我向关注我的所有网友和正在看本书的读者致以诚挚的歉意。我知道，我缺少阅历，文笔稚嫩，没有许多的资历、地位、荣耀和财富，书中也难免出现差错，错了语法，错了修辞，但我一直在你们身上获得了许多谅解、支持与提携，这些鼓励着我心怀梦想，继续前行。

我要向自己道歉。

从孩提到少年，从少年再到青年，我想要做的事情并没有全部做到。以前我会觉的很失败。而现在，我觉的不失败，因为，所有的一切只是成功的一个过程……"以贱为本……致誉无誉"，是老子《道德经》里的话，意思是说，真正的高贵是以卑贱为根本的，最崇高最尊贵的荣誉是不需要我们用语言表达的。想来，阿武，你其实不差，带着所有疯狂，带着所有勇敢，真的很棒！

放肆

流浪

【作者简介】

黄小黄，一个远行的男子。

一直游离在旅途和城市中。

他的故事，关乎心灵。

他的不同，关乎人生。

他的真实，需要你静下心来，细细阅读。

请你相信，

当你在看这本书的同时，

你也参与了一个酣畅淋漓的时代。

"最美中国系列"丛书简介

"Zuimeizhongguoxilie"congshujianjie

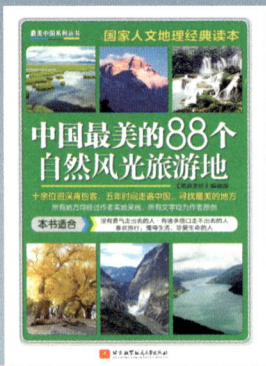

《中国最美的88个自然风光旅游地》

"最美中国系列"丛书是旅游圣经团队历经数年发展、走遍中国后推出的巅峰之作。团队组织所有优秀作者撰写本系列,可谓十余位资深背包客视野中的"最美中国"。

本系列丛书内容系作者原创,是他们心灵的真实感悟;照片系作者亲自拍摄,是他们对美的瞬间永恒的诠释。饱含人文底蕴的文字配上震撼人心的精美照片,定会给读者带来极致美好的心灵慰藉。

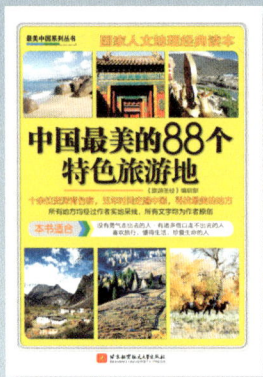

本系列丛书共三本:

《中国最美的 88 个自然风光旅游地》

书号:ISBN 978-7-5124-0242-3

定价:39.80 元

出版社:北京航空航天大学出版社

《中国最美的88个特色旅游地》

《中国最美的 88 个特色旅游地》

书号:ISBN 978-7-5124-0320-8

定价:39.80 元

出版社:北京航空航天大学出版社

《中国最美的 88 个人文旅游地》

书号:ISBN 978-7-5124-0394-9

定价:39.80 元

出版社:北京航空航天大学出版社

《中国最美的88个人文旅游地》

"中国最美旅游线路"丛书简介

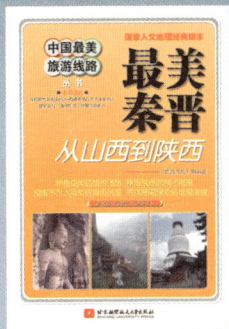

《最美秦晋——从山西到陕西》　　《最美江南——从南京到上海》　　《最美中原——从洛阳到商丘》

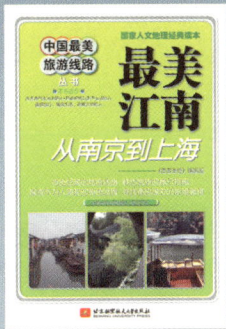

《最美徽州——从黄山屯溪到三清山》　　《最美湘桂——从湘西到桂林》　　《最美福建——从厦门到闽东海岸线》

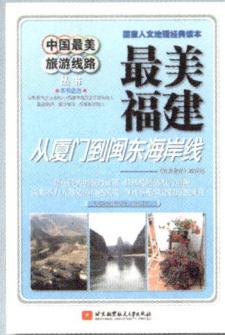

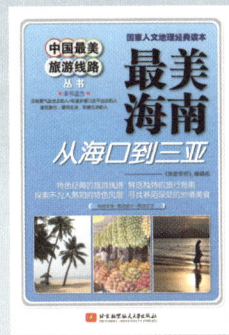

《最美海南——从海口到三亚》　　《最美云南——从昆明到丽江》　　《最美西藏——经绝美川藏线到荒原阿里的旅行》

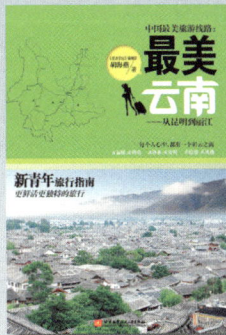

　　本套丛书追求有个性有特色的旅行，淡化走马观花的传统方式，追求历史、文化、民俗的深度感悟、风景、美食、住宿的独特体验，倡导"大景点"概念，提倡在一个地方要做几件事。除了游览出售门票的传统景点之外，更推崇在当地探索不为人熟知的特色风景，寻找巷陌深处的地道美食，住一家温馨浪漫的小客栈，听一段地方戏，寻一件民间工艺品等。这套丛书还打破了传统旅游书以省划分的模式，每本书都不限定某一个行政区域，而是在全国范围内精选多条特色经典路线，设计出最合理的行程安排，每条路线又可以根据读者不同的时间兴趣分化为数条小路线，全书景点行程可相对独立又紧密相连贯通一体。本套丛书由资深背包客实地考察后撰写，文字和照片均为原创，定能带给你全新的启示，使你的旅行充满趣味，更加丰富多彩。

"游记系列"丛书

"YouJixilie"congshu

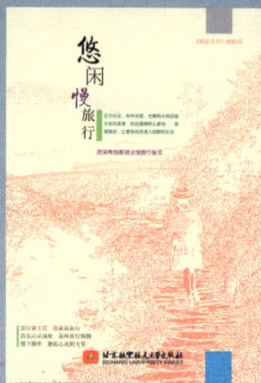

《悠闲慢旅行》

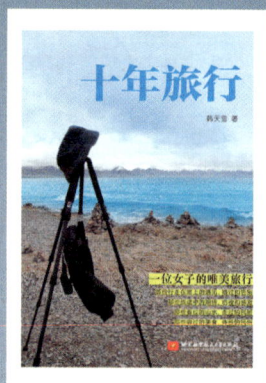

《十年旅行》

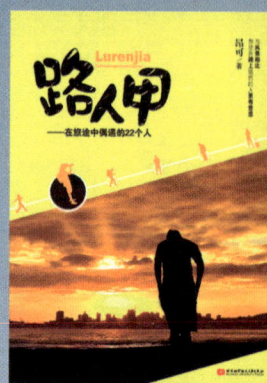

《路人甲》

《一个人旅行直到世界尽头》

《背着家去旅行》

《阳光下的清走》

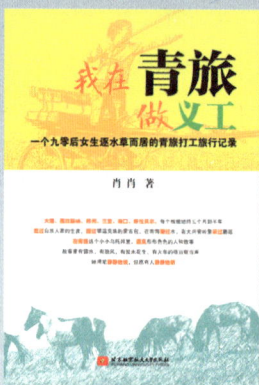

《我在青旅做义工》

《大地上的游吟者》

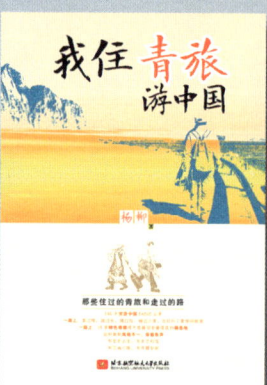

《我住青旅游中国》

《搭车旅行：那些边走边晃的日子》

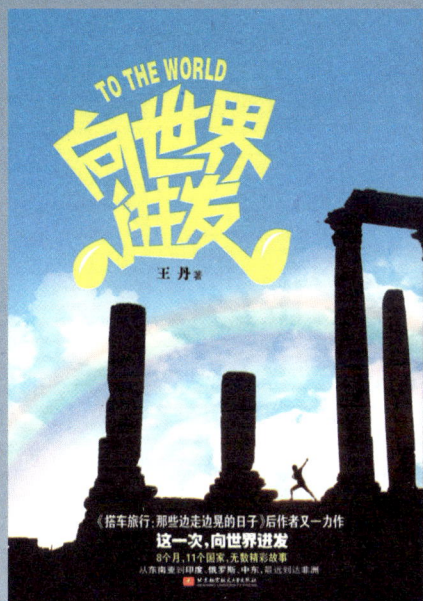

《向世界进发》

《最美藏地时光》

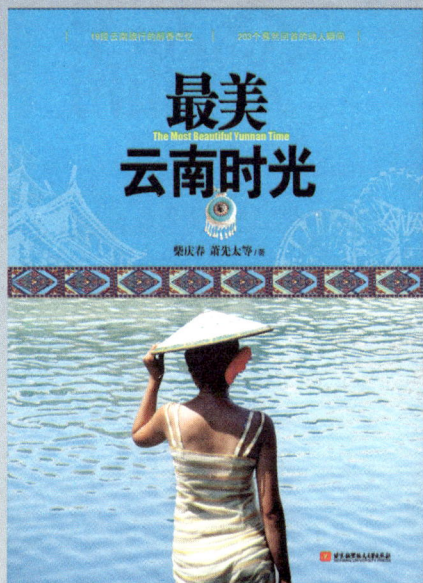

《最美云南时光》

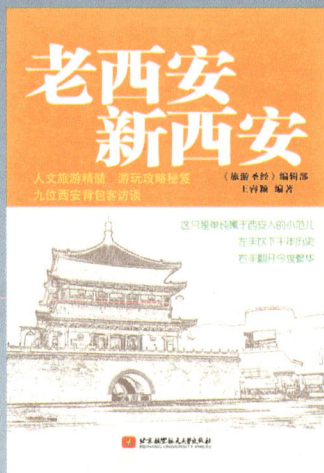

《老西安新西安》

《老上海新上海》

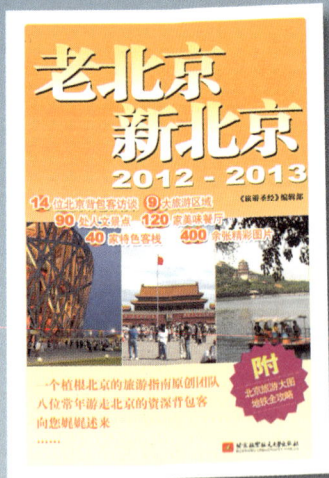

《老北京新北京 2012-2013》

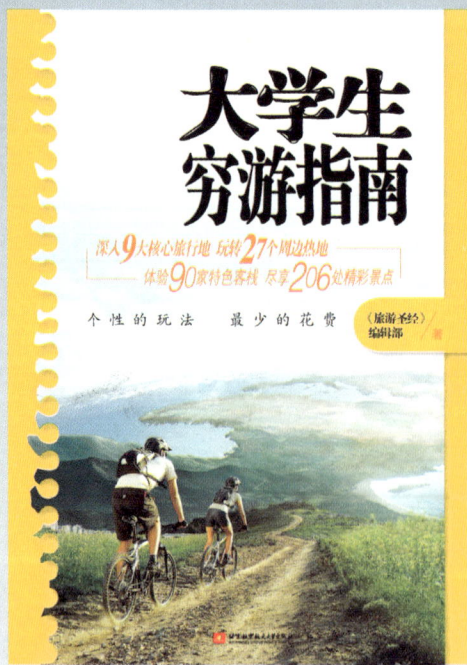

《大学生穷游指南》

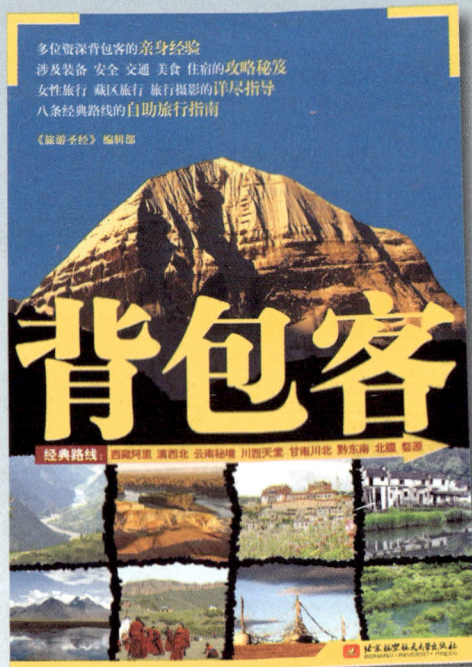

《背包客》